ŒUVRES DE PAUL FÉVAL

L'AVENTURIER

ALBIN MICHEL, ÉDITEUR

L'AVENTURIER

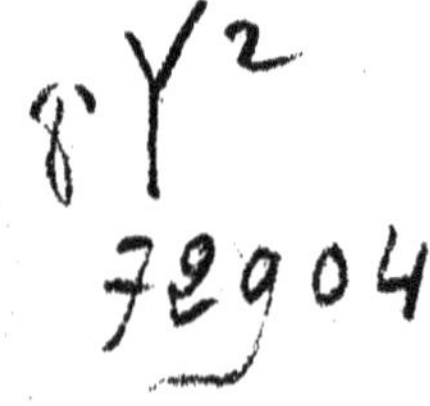

PAUL FÉVAL

L'AVENTURIER

SEULE EDITION REVUE ET CORRIGÉE

ALBIN MICHEL, ÉDITEUR
PARIS, 22, RUE HUYGHENS, 22, PARIS

L'AVENTURIER [1]

I

RENDEZ-VOUS

Le marquis de Pontalès et maître Protais Lehivain arrivaient sous la tour du Cadet pour attendre Robert de Blois, qui leur avait assigné ce rendez-vous. La soirée était déjà fort avancée, et le salon de verdure, déserté tour à tour par tous ceux qui pouvaient diriger la fête, restait décidément en proie aux trois Grâces Baboin-des-Rozeaux de l'Etang, qui se passaient de main en main la redoutable guitare, et faisaient boire, jusqu'à la lie, aux convives découragés, le calice de leur antique répertoire.

Pontalès et l'homme de loi causaient en suivant le sentier qui menait à la tour.

— Il avait l'air sûr de son affaire? demandait le vieux marquis.

Macrocéphale haussa ses épaules pointues et fit une grimace de dédain.

— Ça ne doute de rien, vous savez! répliqua-t-il. Parce que ça sait faire sauter la coupe et pêcher le roi en brouillant les cartes, ça se croit un homme bien habile! Ah! monsieur le marquis, sans le dévouement profond que je vous porte, je ne resterais pas une minute de plus dans toutes ces affaires-là. Ce Robert, voyez-vous, est un aventurier de bas étage, et je n'aime que les gens comme il faut. Vous, par exemple, monsieur le marquis, et le jeune M. Alain... voilà des gentilshommes! Ah! je vous parle franchement, je ne m'inquiète guère plus de ce Robert que de Penhoël lui-même! Mais quant à ce qui vous regarde, je me ferais hâcher en mille pièces pour votre service!

---

(1) L'épisode qui précède est intitulé : DIANE ET CYPRIENNE.

Le vieux marquis l'écoutait avec son sourire bonhomme, et prenait de tout cela juste ce qu'il fallait.

— Je sais que vous êtes un ami sûr, monsieur Lehivain, dit-il; vous êtes en outre un homme de beaucoup de sens, et je crois que vous avez des idées très justes sur M. Robert de Blois. Mais nous avons encore besoin de lui jusqu'à la fin de cette affaire. Quand il sera temps, — il mit la main sur l'épaule de Macrocéphale, — soyez sûr que je saurai faire la part de mes vrais amis. Il y a dans le pays bien des gens qui ne vous valent pas et qu'on regarde comme des gros bonnets, maître Lehivain. Viennent les événements que nous préparons, je vous promets, moi, que vous aurez plus d'un jaloux entre Redon et Carentoir!

Ces paroles étaient douces comme miel aux longues oreilles de Macrocéphale; il écoutait et faisait d'avance le gros dos en songeant à son importance prochaine.

— Mais faut d'abord que Penhoël disparaisse, reprit le marquis en baissant la voix : je vous parle franc, comme vous voyez. Il ne s'agit pas de lui enlever la moitié de sa fortune... les deux tiers, les trois quarts, les quatre-vingt-dix-neuf centièmes! Il faut qu'il soit forcé de fuir et qu'on n'entende plus jamais parler de lui : sans cela, rien de fait!

Macrocéphale se frotta les mains.

— A la bonne heure! s'écria-t-il; j'aime à voir comprendre les affaires de cette façon-là! ça s'appelle au moins trancher dans le vif! Eh bien! monsieur le marquis, nous marchons que diable! Il me semble que nous sommes bien près de notre but!

Ils arrivaient au bout de la route et touchaient à ces grands châtaigniers derrière lesquels Diane et Cyprienne abritaient naguère leur causerie. Pontalès s'arrêta.

— Plus bas! fit-il en jetant un regard inquiet autour de lui. C'est ici que Robert doit venir?

— Ici même.

— Est-on bien à l'abri des oreilles indiscrètes?

— A moins de choisir le beau milieu de la lande de Renac, ou le centre des marais, je ne connais pas de meilleur endroit pour causer tranquillement d'affaires. La muraille est haute; d'un côté le taillis s'éloigne tout exprès pour nous enlever la chance d'être écoutés. Derrière nous, la route est découverte.

— Mais devant nous? fit Pontalès en montrant du doigt le massif des châtaigniers.

Macrocéphale se prit à sourire.

— C'est différent! répliqua-t-il avec l'intention évidente de faire une bonne plaisanterie; derrière ces arbres-là, il pourrait bien se trouver quelque revenant aux écoutes.

— Que voulez-vous dire?

— Je demande pardon à monsieur le marquis de parler avec cette légèreté en sa présence. Le fait est qu'il y a là un espace de quelques pieds carrés où le plus vaillant gars des bourgs voisins n'oserait pas pénétrer après la nuit tombée, parce que le vieux commandant de Penhoël y revient...

— C'est égal, dit Pontalès, excès de prudence ne nuit jamais, et je voudrais voir...

— Ça peut se faire.

Macrocéphale, toujours complaisant, écarta de la main les branches de châtaigniers qui bouchaient l'entrée du massif et se fraya un passage.

— Veuillez vous donner la peine d'entrer, monsieur le marquis, dit-il, puisque vous n'avez pas peur des revenants.

Il disparut derrière l'enceinte de verdure et Pontalès le suivit.

La nuit était noire. Sous les châtaigniers, le feuillage touffu rendait l'obscurité encore plus profonde. Sans cette circonstance, l'homme de loi et Pontalès auraient pu voir qu'ils étaient très pâles tous les deux et qu'ils avaient l'air assez peu rassurés.

Malgré l'ombre épaisse, on distinguait vaguement la guérite et le banc, couvert d'herbe longue.

— Comme on se cacherait ici! murmura le marquis d'une voix légèrement émue.

— Oh! oh! repartit Macrocéphale en tâchant de prendre un accent fanfaron : il me semble que votre voix tremble! Soyez tranquille, le vieux Penhoël est bien mort... et du diable si les vivants ont l'idée de venir visiter son boudoir!

Une feuille sèche vint à bruire sous le pied du marquis. Maître Protais Lehivain s'interrompit pour pousser un petit cri de frayeur.

— Avez-vous entendu? demanda-t-il en retenant son souffle.

Pontalès avait reconnu que l'esplanade et la guérite étaient également désertes.

— Ma foi! reprit l'homme de loi, honteux de son alerte, j'ai cru... il m'a semblé... au fait, mon métier n'est pas d'être brave! Maintenant que nous avons bien et dûment inspecté les lieux, monsieur le marquis, je vote pour que nous retournions sur la voie publique.

— Et n'est-il pas possible, demanda Pontalès, d'arriver ici par un autre passage que la route?

— Regardez plutôt! répondit Macrocéphale : une muraille de trente pieds et des rampes à pic! Je propose de lever la séance.

Il écarta de nouveau les branches et poussa un long soupir

de bien-être quand il revit le ciel au-dessus de sa tête. C'était un esprit fort.

Pontalès visita une dernière fois tous les recoins de l'enceinte de verdure et repassa sur la route à son tour.

Lehivain avait retrouvé sa vaillance.

— A part les revenants, dit-il, il y a pourtant un homme qui aime à se cacher dans ce trou noir comme le fond de mon écritoire.

— Qui ça?

— Le vieux fou de Benoît Haligan, l'ancien passeur du bac de Port-Corbeau. Mais je pense bien qu'il n'y montera plus, car il est à l'agonie... Ah! monsieur le marquis! tout de même, ce que c'est que de nous! Quand le vieux commandant venait s'asseoir là, sur son banc de gazon, il était le chef d'une famille puissante; à présent, le pauvre Protais Lehivain ne voudrait pas changer de place avec le maître de Penhoël!

— Le pauvre Protais Lehivain, dit M. de Pontalès, sera bientôt en possession de ne changer son sort contre celui de personne. Mais parlons un peu du présent. Depuis que ces misérables enfants sont venues dans mon propre château de Pontalès enlever, à dix pas de moi, dans ma chambre, ces papiers, que je n'aurais pas donnés pour cent cinquante mille écus, je ne sais plus bien au juste quelles sont nos armes contre Penhoël.

Maître Lehivain cligna de l'œil.

— Il nous en reste de bonnes! répliqua-t-il; chaque fois que Penhoël a vendu une pièce de terre appartenant à l'aîné, il lui a fallu faire un faux de plus. C'est pour cela que j'ai morcelé les ventes et multiplié les contrats.

— Vous êtes un homme d'or!

— Je connais assez passablement mon état! et, sans parler d'autre chose, il m'a fallu, dans le principe, une certaine triture, — que j'oserai dire assez rare, — pour constituer cet aventurier de Robert créancier de Penhoël. Il est vrai que ce coquin de Robert avait attaqué l'affaire avec un entrain admirable. C'est un gaillard après tout. Franchement, monsieur le marquis, Penhoël chassé, vous ne serez pas encore maître du manoir.

— En temps et lieu j'aurai recours à vos excellents conseils, mon bon ami, répliqua Pontalès. Je ne me donne pas, hélas! pour un diplomate bien habile! Sans vous, je serais certainement resté en chemin... Mais revenons aux titres qui sont en votre possession : vous les tenez en lieu de sûreté, j'espère?

— Ma maison n'est pas si forte, ni si bien gardée peut-être que le beau château de Pontalès, répondit Macrocéphale avec suffisance; néanmoins on fait de son mieux! et je vous réponds des pièces corps pour corps. Eh! eh! les petites rôdent autour de chez moi comme autour de chez vous. Ce sont des diables incarnés que ces enfants-là! Elles m'ont volé bien des obligations souscrites par Penhoël; sans leurs manœuvres, la chose n'aurait pas duré si longtemps. Mais ma maison est armée en guerre, maintenant, et je ne pense pas qu'elles veuillent goûter une seconde fois du plat qu'on leur a servi pas plus tard qu'hier soir.

— J'ai entendu parler d'un coup de fusil... commença Pontalès.

— Deux coups de fusil! dont l'un a porté bien près du but, car on a trouvé un cheval couché sur la lande avec une balle dans la tête.

— Ce sont des moyens bien violents, maître Lehivain!

— Monsieur le marquis, je crois avoir droit de prétendre à la réputation d'homme prudent. Nos landes cachent assez de bandits pour qu'un honnête propriétaire ait un peu le droit d'armer ses gens. La loi est dure, mais positive : quiconque s'avise de forcer une serrure peut s'attendre à trouver, derrière la porte, le maître de la maison prêt à défendre son bien. Si nous passons à la question d'utilité, poursuivit-il en prenant le ton d'un avocat qui plaide, je n'aurai pas de peine à établir, par des raisons impossibles à révoquer en doute, qu'entre tous les obstacles qui nous barrent le chemin, ces deux petits démons sont à la fois les plus gênants et les plus dangereux. J'aimerais mieux avoir affaire à une demi-douzaine d'hommes! Ne vous y trompez pas : elles savent tous nos secrets aussi bien que nous-mêmes, et si le hasard leur donnait quelque jour un appui, je vous promets que nous aurions, tous tant que nous sommes, bien du fil à retordre! Je suis l'ennemi déclaré des moyens violents dans les cas ordinaires, mais, dans la circonstance présente, monsieur le marquis, soyez bien persuadé que c'est votre intérêt seul qui m'anime. Vous avez dépensé trois ans de votre vie et des sommes énormes pour arriver à un but parfaitement légal. Il se trouve que vos adversaires vous attaquent et m'attaquent, moi, votre conseil, par des moyens inqualifiables. Je ne sors pas de la légalité, mais je prends l'arme la plus extrême que la loi puisse donner à un citoyen, et je m'en sers!

Pontalès gardait le silence.

— Quand je dis : Je m'en sers, reprit Macrocéphale, j'emploie une figure, car je n'ai pas tiré le coup moi-même. Je ne connais point le maniement du fusil. Mais Robert de Blois, je dois vous en prévenir, veut aller beaucoup plus loin que cela. Les petits

démons le tourmentent nuit et jour. Elles entrent dans sa
chambre fermée par le trou de la serrure! Elles s'affublent en
fantômes et vont prévenir Penhoël de tout ce que nous méditons
contre lui. Elles s'agitent, elles défont tout ce que nous faisons... et Robert est décidé à prendre l'offensive.

— S'il a un expédient convenable, dit Pontalès en cherchant
ses mots, un biais... vous m'entendez... quelque chose d'adroit
et de sûr.

Il s'interrompit pour prêter vivement l'oreille. On entendit
un bruit de pas sur la route, dans la direction de l'entrée du
manoir.

Pontalès et l'homme de loi s'éloignèrent un peu de la route
battue, afin de se mettre à l'écart, derrière les premières branches
du taillis.

Les pas approchaient ; on put bientôt distinguer dans l'ombre
deux personnes qui s'avançaient lentement.

— C'est lui, dit Pontalès.

— Avec une femme, répliqua l'homme de loi.

Macrocéphale avança la tête en dehors de branches pour
mieux voir.

— Voyez! dit-il d'un accent étonné : c'est Mme Marthe de
Penhoël!

<hr>

La voix de Robert était haute, gaillarde, et dénotait beaucoup de bonne humeur.

— Belle dame, disait-il, Penhoël n'a pas été plus heureux
ce soir que d'habitude. C'est étonnant! le sort ne se lasse pas
de persécuter ce pauvre ami! Avant de mettre le feu à la pile
des fagots qu'on a brûlée dans l'aire, Penhoël avait perdu sa
dernière pièce de vingt francs. Vous devriez user de votre
influence, belle dame, pour le guérir de cette détestable passion!

— Il y a trois ans, répondit Marthe, on ne pouvait pas perdre
plus d'un louis d'or dans sa soirée au jeu que jouait le maître
de Penhoël.

— Ah! ah! fit Robert, les choses ont donc bien changé! Au
jeu que joue Penhoël, rien n'est plus aisé que de perdre maintenant dans sa soirée une bonne métairie ou quelques arpents
de futaie.

— Quel ton! murmura Pontalès. Il y a dans ce Robert du
maraud et du grand seigneur!

— Mais comment diable madame consent-elle à se promener
avec lui, en ce lieu et à cette heure? répliqua maître Lehivain.

Marthe avait répondu quelques mots d'une voix faible et brisée. Robert reprit :

— Ne m'accusez pas, belle dame! Je lui ai dit vingt fois qu'il
avait là deux vices pitoyables. On peut aimer à jouer et à boire,
mais il joue comme une dupe et boit comme un charretier!

Tout en parlant, Robert jetait ses regards à droite et à gauche;
il cherchait évidemment quelque auditeur invisible.

— Je ne veux point vous cacher, belle dame, poursuivit-il.
que je vous ai entraînée jusqu'ici pour parler un peu d'affaires
d'intérêt. Mais auparavant, permettez-moi de vous demander si
l'indisposition de la chère demoiselle Blanche n'a pas eu de suites
fâcheuses.

Robert put sentir le bras de madame tressaillir sous le sien.

— Qu'avait-elle donc? demanda-t-il encore.

— Ce qu'elle avait? demanda-t-elle d'une voix pénible et
sourde; ne le savez-vous pas?

Marthe cessa de marcher, ses jambes chancelaient.

Robert hésita un instant, puis il répondit d'un ton délibéré,
mais peut-être au hasard :

— Ma foi! belle dame, je crois bien que je m'en doute.

Marthe arracha brusquement son bras qui s'appuyait naguère
à celui de M. de Blois.

— Ah! fit-elle d'un ton si étrange que Robert se pencha pour
examiner son visage.

Mais la nuit était trop noire pour qu'il fût possible de rien
distinguer sur une physionomie.

Marthe ne disait plus rien, elle restait immobile, les bras
tombants et la tête courbée. On entendait sa respiration courte
et pénible.

Robert sentait vaguement qu'il y avait là encore un mystère.
Il avait envie d'interroger, mais, pour une confidence d'une certaine espèce, les oreilles qu'il supposait ouvertes sous le feuillage
pouvaient bien être de trop.

— Chère dame, s'écria-t-il, je suppose, d'après votre geste,
que vous êtes en colère. Il n'y a vraiment pas de quoi... un de
ces jours, je veux avoir avec vous un entretien au sujet de
mademoiselle votre fille...

— Tout de suite! interrompit madame avec vivacité.

— Belle dame, vous me voyez désolé de vous refuser. Ce n'est
véritablement pas le moment... et si vous le permettez, je vais
vous parler du motif de notre entrevue.

— Ah ça! grommelait Macrocéphale derrière les branches du
taillis, est-ce qu'il faudrait ajouter foi, par hasard, à ce que disent

les Baboin et les Kerbichel? Est-ce qu'il y aurait sérieusement quelque chose entre madame et ce Robert?

— Pour pécher, répliqua Pontalès, il n'y a rien de tel que les saintes... Mais vous, qui avez l'oreille plus jeune que moi, maître Lehivain, entendez-vous ce qu'ils disent?

— J'entends Robert. Et, Dieu me pardonne! ils parlent de tout, excepté de la vente du manoir.

Comme s'il avait pu saisir ce reproche, le jeune M. de Blois abordait justement à cet instant le chapitre de la vente, et, la réponse de madame étant probablement un refus, il reprenait, sans abandonner son accent de politesse aisée et légèrement railleuse :

— Belle dame! je ne m'attendais pas à cela! j'avais absolument compté sur vous. Je ne sais pas si vous avez remarqué un fait assez bizarre : depuis trois ans que vous me devez toute sorte de gratitude, je ne vous ai point demandé le moindre service!

— N'est-ce pas assez, murmura Marthe, de m'avoir fermé la bouche alors que je voyais un abîme au-devant des pas de mon mari?

— Ceci, c'est du silence, un bon office purement négatif. Pour tout ce qui exigeait un effet quelconque, je me suis toujours adressé à d'autres que vous. Voyons! pour une fois que je mets votre obligeance à contribution, allez-vous me repousser?

Pontalès et Lehivain entendirent ce murmure faible qui annonçait la réponse de madame.

C'était encore un refus, sans doute, car Robert laissa échapper une exclamation d'impatience. Néanmoins il ne se fâcha pas encore. Il reprit le bras de madame et continua son plaidoyer en revenant lentement sur ses pas, le long de la route déjà parcourue.

Dans ce mouvement, ils s'éloignaient tous deux du marquis et de l'homme de loi, qui ne pouvaient même plus saisir le sens des paroles de Robert.

— C'est un fin matois tout de même! dit Macrocéphale. Il aura su prendre la pauvre femme dans quelque piège diabolique...

— Oui, pensa tout haut Pontalès; c'est un homme à la façon des intrigants de comédie. Il a comme cela une douzaine de fils qu'il fait mouvoir assez artistement. C'est un fanfaron d'astuce, un bachelier ès tours de passe-passe! Les hommes de bon sens comme vous et moi, maître Lehivain, laissent aller les choses, attendent l'occasion et dament le pion souvent à ces brillants joueurs de gobelets.

— Belle dame, disait Robert en revenant une seconde fois sur ses pas, c'est un projet arrêté, vous aurez beau vous débattre, il faut que cela soit fait ce soir!

La voix de Marthe était suppliante.

— C'est la dernière ressource de ma pauvre enfant! murmurait-elle; monsieur, ayez pitié de nous!

— Je le voudrais, mais c'est impossible. Une dernière fois, consentez-vous?

— Vous savez bien que je ne le puis pas!

Robert s'arrêta; il touchait presque à l'arbre qui servait d'abri à Pontalès et à l'homme de loi. Ceux-ci le virent mettre la main à sa poche et en retirer un objet de petite dimension, dont l'obscurité les empêcha de connaître la nature.

C'était un portefeuille. Robert l'approcha des yeux de Marthe, qui se couvrit le visage de ses mains.

— Il est pénible d'en venir à ces extrémités, madame, poursuivit Robert en baissant la voix; mais c'est vous seule qui m'y forcez, à tout prendre! Vous savez bien ce que je puis contre vous.

Il frappa sur le maroquin du portefeuille. Marthe demeurait immobile.

— Voyons! reprit Robert. Vous savez si j'ai été discret pendant ces trois années; ne soyez pas plus cruelle que moi envers vous-même. Si vous continuez à me refuser, malgré ma répugnance qui est grande, je me déciderai à faire usage de cette arme...

Marthe hésita encore un instant. La nuit cachait l'angoisse mortelle qui était sur son visage.

— Je ne puis pas vous résister, monsieur, dit-elle enfin, d'une voix à peine intelligible : ce que vous ordonnerez, je le ferai.

— A la bonne heure! s'écria gaiement Robert, qui remit le portefeuille dans sa poche; avec une femme d'esprit, on a toujours de la ressource.

Puis il ajouta, en parlant comme un acteur à la cantonnade :

— Holà! n'y a-t-il personne ici?

Maître Lehivain sortit de sa cachette.

A sa vue Marthe recula effrayée.

— J'ai l'honneur de vous présenter mon très humble respect, madame, dit Macrocéphale de son ton le plus doucereux; je n'ai rien entendu, ajouta-t-il en se penchant à l'oreille de Marthe, humiliée et tremblante; ne savez-vous pas que vous avez en moi un serviteur fidèle qui se ferait hacher en mille pièces pour votre service?

— Maître Lehivain, dit Robert, vous allez avoir la bonté de suivre madame de Penhoël au manoir, vous entrerez avec elle dans la chambre de son mari, qui, sur sa demande, vous remettra un pouvoir écrit de vendre le manoir et ses dépendances.

Il baisa la main de madame d'une façon toute galante et ajouta :

— Faites vite, s'il est possible, maître Lehivain. Je vous attends.

II

PRÉDICTIONS

Diane et Cyprienne étaient déjà depuis quelques instants dans la loge du passeur du Port-Corbeau. A leur entrée, Benoît avait cessé de chanter; il s'était soulevé sur le coude, afin de saluer avec respect les filles de Penhoël.

Depuis lors, il restait immobile sur son grabat, les yeux fixes et tournés vers les solives enfumées qui composaient la charpente de sa loge.

A le voir ainsi, hâve et décharné, la joue creuse, la bouche entr'ouverte, on aurait cru déjà qu'il n'était plus de ce monde, d'autant mieux qu'il avait placé lui-même sur sa poitrine le crucifix de bois noir qui garde contre les influences du malin esprit la couche froide des trépassés.

Une chandelle de résine, mince et fumeuse, était fichée dans la muraille à son chevet, un peu en arrière du lit; ses traits amaigris s'éclairaient à revers, et les saillies osseuses de son visage jetaient des ombres profondes.

Cyprienne était toute pâle et tremblait à le regarder.

La lumière de la résine n'éclairait guère que le grabat et un billot de bois sur lequel reposait un peu d'eau bénite avec son goupillon. Le reste de la chambre se perdait dans une demi-obscurité d'où sortaient çà et là, quand la résine crépitante jetait une flamme plus vive, les misérables objets qui composaient le mobilier du passeur.

Au dehors l'air était lourd; dans la loge on respirait à peine : l'atmosphère se chargeait de ces miasmes froids que semble exhaler l'agonie.

Diane se tenait debout auprès du lit de Benoît Haligan.

— Eh bien! Benoît, disait-elle, vous ne voulez pas nous répondre, ce soir? nous vous avons entendu chanter tout à l'heure, pourquoi vous taisez-vous maintenant?

Le vieillard ne répliqua point. Sa respiration, d'ordinaire bruyante et pénible, était si faible en ce moment qu'on ne l'entendait plus.

— Ma sœur! murmura Cyprienne effrayée; allons chercher le vicaire. Nous sommes peut-être dans la chambre d'un mort!

Aucun mouvement du vieux passeur ne protesta contre cette crainte. Il restait toujours étendu, la bouche et les yeux ouverts, les bras en croix sur sa poitrine, pareil à ces statues couchées qu'on voit sur les anciennes tombes.

— Mon pauvre Benoît! reprit Diane, vous savez bien que nous vous aimions, pourquoi nous effrayer ainsi? Nous sommes venues bien tard ce soir, mais il n'y a pas de notre faute. Benoît, répondez-nous, je vous en prie.

Même silence. Cyprienne avait du froid dans les veines, et ses jambes chancelaient.

Diane s'approcha davantage du chevet de Benoît et reprit encore :

— Vous aviez soif, peut-être, et vous n'avez pas pu vous lever pour boire; pauvre homme! Vous nous avez appelées. L'heure où nous venons d'ordinaire s'est passée et vous avez cru que nous vous avions oublié!

Toujours le même silence. Seulement, la flamme de la résine se prit à trembler, et les déplacements de l'ombre et de la lumière mirent une espèce de vie factice sur le visage morne du vieillard.

Cyprienne, à bout de courage, eut la pensée de s'enfuir. Diane, au contraire, fit un pas de plus vers le chevet du passeur, et saisit son bras, afin de lui tâter le pouls.

Au contact des doigts de la jeune fille, Benoît eut un tressaillement faible. Un soupir s'exhala de ses lèvres décolorées, et ses paupières battirent comme si le charme qui le tenait enchaîné se fût rompu tout à coup.

— Le feu de joie a bien brûlé, dit-il en fermant ses yeux avec fatigue; j'ai vu sa lueur rouge à travers la porte de ma loge. C'est un joyeux jour, jeunes filles! On danse sur l'aire et l'on danse dans le jardin de Penhoël. Le pauvre Benoît reste seul. Il met trop de temps à mourir.

Diane prit l'écuelle où était la tisane et la lui présenta. Benoît secoua la tête en signe de refus.

— J'ai vu le temps, continua-t-il, où Penhoël venait dire adieu à ses serviteurs mourants. Alors, tout ce qui était bon et noble, Penhoël n'oubliait jamais de le faire. Mais il y a une autre agonie que celle du corps, et je n'en veux pas au fils de mon maître.

— Buvez, répéta Diane, cela vous soulagera.

— Il n'y a qu'une chose au monde qui puisse me soulager, répliqua le vieillard, dont les traits flétris eurent presque un sourire : c'est d'entendre votre voix douce auprès de mon oreille, Diane de Penhoël. Il y avait un homme que j'aimais plus qu'un père n'aime son fils unique et adoré. A mesure que j'avance vers mon dernier jour, les yeux de mon esprit voient mieux et plus loin. Il n'est pas mort. Il reviendra peut-être quand 'l ne sera plus temps! Mes filles, vous avez ses grands yeux de feu et vous avez son bon cœur, quand je vais être là-haut à la porte du paradis, avant de parler pour moi-même, je prierai pour lui et pour vous.

Sa voix s'animait peu à peu, et sa tête renversée parmi les longues mèches de ses cheveux gris semblait prête à quitter l'oreiller.

— Non! reprit-il, répondant aux paroles qu'il avait entendues, naguère, alors qu'il restait immobile et comme mort. Non, je ne suis pas fâché contre vous, mes filles. Je savais que vous viendriez encore aujourd'hui... mais demain...

Il s'arrêta.

— Nous vous promettons de venir... voulut dire Diane.

Le passeur se souleva lentement avec effort; il parvint à se mettre sur son séant.

— Approchez ici toutes deux, poursuivit-il d'une voix plus lente et toute pleine d'émotion; que je vous voie encore une fois, ma belle Diane, et vous, ma jolie Cyprienne, douces fleurs du manoir! Oh oui! si l'aîné de Penhoël était revenu, le vieux sang aurait eu encore de beaux jours! Mais il tarde... il tarde! Je crois que Dieu ne veut pas!

Il rejeta en arrière ses grands cheveux gris. Ses yeux commençaient à briller au milieu de sa face pâle, sillonnée de rides profondes.

Les deux sœurs l'écoutaient avec une attention émue.

— Je vois bien des choses! poursuivit encore le vieillard. Pourquoi faut-il que ma volonté soit stérile? Enfants, si vous ne venez plus, demain je serai seul, car tout le monde a délaissé mon lit de souffrance. Dieu m'aura pris ma dernière joie sur la terre!

— Mais nous viendrons, interrompit Diane.

Et Cyprienne ajouta en essayant de sourire :

— Ne faut-il pas bien que je vienne préparer votre tisane, bon père Benoît, moi qui suis votre médecin?

— Pour ce qui est de moi, répondit le passeur, je n'ai besoin de rien, mes filles : abandonné ou non, mes heures sont comptées. La faim, la soif et la maladie ne pourront pas me tuer, puisque Dieu a marqué la manière dont je dois mourir. Je sais le nombre des jours qui me restent à vivre... C'est bien long! Cyprienne de Penhoël, vous qui vouliez aller chercher tout à l'heure le prêtre pour dire sur moi la prière des trépassés, vous vous en irez avant moi, ma fille.

Cyprienne, tremblante, baissait la tête. Elle était habituée à croire les paroles du vieillard comme autant d'oracles.

— Ne dites pas cela! murmura Diane; vous savez bien que nous avons besoin de tout notre courage!

Mais Benoît Haligan semblait céder à un pouvoir irrésistible.

— Et vous aussi, Diane de Penhoël! continua-t-il. Toutes deux... toutes deux ensemble! Ne m'interrompez plus, car ce moment de force que Dieu me rend sera court, et quand je vais me taire, ce sera pour longtemps! Je suis seul, je n'ai ni fils ni fille. Je n'aime personne en ce monde, si ce n'est vous et l'absent. Depuis soixante-dix ans que dure ma vie, je suis un pauvre homme. Et pourtant j'ai amassé un petit trésor qui est enfoui au pied du grand aulne auquel j'attachais mon bac, au temps où je pouvais encore passer l'eau. Écoutez bien ceci, car nulle créature humaine n'est infaillible, et peut-être mes prophéties sont-elles les rêves d'un vieil homme qui se meurt, Dieu le veuille, enfants, Dieu le veuille!

Sous l'aulne, il y a cent pièces de six livres, enfermées dans un pot de grès. Je les ai mises là une à une, et il m'a fallu bien des années de fatigue!

Alors que Penhoël était heureux et riche, je comptais donner mon argent aux prêtres, après ma mort, afin qu'il soit dit des messes pour le repos de mon âme, et aussi pour les bleus que j'ai tués sur la lande pendant la guerre.

Depuis que Penhoël est pauvre, — ne m'interrompez pas, je sais ce que je dis! — ses serviteurs n'ont plus le droit de penser à eux-mêmes.

Je me disais : Mon argent sera pour madame, pour l'absent, qui reviendra peut-être et qui n'aura plus de patrimoine, ou pour les filles de Jean de Penhoël.

Mettez ceci dans votre mémoire, car je ne vous en reparlerai plus. Quoi qu'il arrive, que je sois vivant ou mort, que ce soit aujourd'hui même ou dans dix ans, vous êtes mes héritières, et les cent pièces de six livres sont votre bien.

Cyprienne et Diane avaient des larmes dans les yeux.

— Pauvre bon père Benoît! dirent-elles en même temps.

Le vieillard souriait d'un sourire amer et triste.

— Ne me remerciez pas, reprit-il, à moins que vous ne vouliez suivre mon conseil.

— Quel conseil?

— Aujourd'hui, à l'heure même où je vous parle, dites-moi adieu pour l'éternité, et, sans prendre le temps de remonter au manoir, allez chercher l'argent qui est sous l'aulne. Quand vous l'aurez, passez l'eau et vous vous enfuirez, mes filles, aussi loin que la terre pourra porter vos pas.

Diane et Cyprienne secouèrent la tête.

— Et notre père? murmurèrent-elles en même temps. Et madame? Et l'Ange?

— Que peut faire un pauvre vieillard contre la volonté de Dieu! pensa tout haut Benoît Haligan.

Puis il garda quelques instants le silence, les bras croisés sur sa poitrine et les yeux au ciel.

Diane et Cyprienne se tenaient par la main. Leurs charmants visages, qu'éclairait faiblement la lumière tremblante de la résine, exprimaient une résignation mélancolique.

Toutes deux avaient une foi égale aux paroles prophétiques du passeur; toutes deux croyaient à cette annonce d'une mort violente et prochaine. Elles donnaient leurs âmes à Dieu et regardaient en face le martyre.

Au bout de quelques secondes, Benoît reprit comme en se parlant à lui-même :

— Mon Dieu! pourquoi montrez-vous l'avenir à ceux qui sont trop faibles pour prévenir le malheur ou le combattre? Depuis que cet homme mit le pied sur mon bac, par un soir d'orage, depuis qu'un éclair me montra pour la première fois sa figure, une voix s'est élevée au fond de ma conscience. Il y a trois ans que mes rêves me le montrent, la nuit, le jour, dans la veille et dans le sommeil... et je vois toujours la même chose : malheur! rien que malheur!

Un peu de sang remonta à sa joue pâlie; ses yeux brillèrent davantage.

— Oh! si j'avais encore les bras d'un homme! s'écria-t-il; mais je ne suis plus qu'un cadavre!... Il est arrivé par un déris, avec les

désastres et la tempête. C'est un déris qui l'emportera, un déris et
une tempête! Mais avant ce jour-là, il prendra la vie de plus d'un
et de plus d'une au manoir de Penhoël de toutes les douces filles
du manoir, il fera des Belles de nuit. Je regardais ce soir le beau
soleil d'automne descendre derrière la colline, et je me disais :
Demain le soleil reviendra éclairer ma cabane... où seront, à cette
heure, les filles de Jean de Penhoël?

Cyprienne et Diane frissonnèrent.

— Quoi! sitôt que cela? prononça Diane à voix basse.

— Le marais est profond, murmura le passeur; et, bien que
les eaux soient basses, il y a de quoi noyer deux pauvres enfants
au tournant de la *Femme blanche!*

Cyprienne mit sa tête sur le sein de Diane, qui la pressa en
silence contre son cœur.

— Après cela, poursuivit Benoît Haligan, l'esprit du mal sera
maître au manoir. Pauvre Marthe! comme je la vois pleurer en
appelant sa fille!

— Blanche aussi! dit Diane qui n'avait point pleuré sur
elle-même et qui eut une larme pour le sort de l'Ange.

— Et Penhoël! s'écria le passeur en agitant les mèches mêlées
de sa chevelure; et Penhoël.. Oh! qui donc va-t-il tuer!

Les yeux du vieillard devinrent sanglants et sa voix s'embar-
rassa dans sa gorge.

— Penhoël! reprit-il en cherchant un fantôme dans le vide;
pitié!... c'est votre frère!

Ses bras retombèrent sur la couverture.

— Je l'avais dit... poursuivit-il avec épuisement : son corps
et son âme!

Il s'affaissa lourdement et ne parla plus.

Cyprienne et Diane restaient frappées de terreur.

Pendant quelques minutes un silence lugubre régna dans la
loge; puis une étincelle sembla se rallumer dans l'œil éteint du
vieillard.

— Ecoutez! dit-il d'une voix brève et basse, écoutez!

Son geste commandait le silence, comme s'il eût cherché à
saisir un son faible et lointain.

— Ecoutez! répéta-t-il pour la troisième fois; n'entendez-vous
pas qu'on parle de vous là-haut, sous la tour du Cadet?

Les deux sœurs le regardèrent, étonnées. La distance qui
séparait la loge de la tour était telle qu'il eût fallu crier bien
fort pour se faire entendre de l'une à l'autre.

— Ils sont là! poursuivit Benoît, les assassins lâches et avides!
Fuyez! fuyez, mes filles! Il en est temps encore!

Et comme Cyprienne et Diane restaient immobiles, Benoît poursuivit lentement :

— Ils sont là, vous dis-je! Si vous ne voulez pas fuir, allez du moins apprendre le sort qu'ils vous réservent!

Il y avait dans l'accent du passeur une conviction si profonde que Cyprienne et Diane ne songèrent plus à la distance qui les séparait de la tour. Elles s'élancèrent au dehors, comme s'il ieur eût suffi de sortir pour entendre ces voix qui prononçaient leur arrêt.

Au dehors, le silence régnait. L'atmosphère pesante laissait immobile le feuillage du taillis. Les deux sœurs commencèrent à gravir le sentier à pic qui conduisait à la tour du Cadet.

Elles ne se rendaient nul compte de leur action, et leur esprit restait tout entier aux funèbres pensées que Benoît venait d'évoquer en elles.

Mais comme elles approchaient du haut de la montée, Diane s'arrêta tout à coup et serra fortement le bras de Cyprienne.

Benoît Haligan ne les avait point trompées. Elles entendaient plusieurs voix sous la tour du Cadet, et il leur sembla saisir de loin leurs noms, répétés à diverses reprises.

III

CONCILIABULE

Cyprienne et Diane étaient à une vingtaine de pas du banc de gazon, où elles s'étaient assises naguère, avant de descendre chez Benoît Haligan. Elles franchirent sans bruit et avec précaution la faible distance qui les séparait de la tour du Cadet, car elles ne savaient encore si les voix se faisaient entendre en deçà ou au delà de l'enceinte de verdure.

L'enceinte était vide comme elles l'avaient laissée, mais les interlocuteurs invisibles n'étaient maintenant séparés d'elles que par les basses branches des châtaigniers.

Les deux jeunes filles écartèrent doucement les rameaux, et mirent leurs têtes entre le feuillage. Elles ne virent rien d'abord, mais le son des voix les guidait, et à force d'interroger l'obscurité, elles aperçurent trois ombres qui s'agitaient à quelques pas d'elles.

Elles reconnurent M. le marquis de Pontalès, Robert de Blois et Blaise, le domestique de ce dernier.

C'était Blaise qui avait prononcé à plusieurs reprises le nom des deux sœurs.

L'*Endormeur* n'était plus tout à fait le joyeux coquin que nous avons vu à l'auberge de Redon. Il avait attendu trois ans à l'office, tandis que son camarade Robert, dit l'*Américain*, se prélassait superbement au salon. Cette longue attente lui avait fait le caractère hargneux et l'humeur acariâtre. Il avait pris en outre les vices de l'antichambre, car on n'est pas valet en vain, même pour la montre. Blaise s'était fait insolent, méchant, important, menteur, et il était resté voleur.

Point n'est besoin de dire qu'il détestait son prétendu maître. Il détestait en outre Pontalès, à cause de sa fortune; il détestait l'oncle Jean, que ses gros sabots et sa pauvreté n'empêchaient point de s'asseoir à la table des gentilshommes; il détestait Penhoël, madame, la *société* tout entière, depuis les trois Grâces Babouin-des-Rozeaux de l'Etang, jusqu'au plus mince des trois vicomtes; il détestait les domestiques qui avaient l'impudente prétention de ne lui devoir qu'un médiocre respect; les paysans qui ne le saluaient pas assez bas, et maître Lehivain, qui l'accablait pourtant de politesses et de sourires.

Malgré cette misanthropie universelle, il vivait bien et ne se laissait point aller à la tristesse. C'était un gros garçon, assez rond toujours, et ses aversions envieuses ne se haussaient point jusqu'à la haine, excepté une pourtant. M. Blaise, comme il fallait l'appeler, avait cru remarquer trop souvent les jolis yeux de Diane et de Cyprienne fixés sur lui avec moquerie. Ces petites filles avaient eu le front de railler plus d'une fois sa fière importance! Il les haïssait par préférence à tous et du fond de son cœur.

Malgré sa mauvaise humeur et les dispositions hostiles où il s'entretenait à l'égard de son prétendu maître, Blaise faisait sa besogne en conscience. Sa besogne, bien entendu, n'était point celle d'un valet ordinaire : il avait mission d'observer, d'écouter aux portes et d'espionner, ce dont il s'acquittait à merveille.

En somme, c'était dans son intérêt qu'il travaillait, car, une fois la bataille gagnée, M. Blaise comptait bien se reposer sur ses lauriers.

Il y avait déjà quelques minutes qu'il avait rejoint Robert de Blois et M. le marquis de Pontalès.

Le fruit de ses observations de la journée était sans doute plus important que d'habitude, car Blaise avait pris une physionomie grave et ce ton imposant qu'on emploie pour annoncer les grandes nouvelles.

— Eh bien, ami Blaise, avait dit d'abord Robert en l'abordant, savons-nous quelque chose de bon?

Blaise hocha la tête avec lenteur.

— Nous savons quelque chose, répondit-il, nous savons même beaucoup de choses; mais nous ne savons rien de bon!

— Qu'y a-t-il donc?

— Il y a que vous allez un train de tortue, monsieur Robert, et que, pendant ce temps-là, votre partie pourrait bien se gâter.

— Expliquez-vous.

— Ma foi! j'ai entendu aujourd'hui tant d'histoires que je ne sais par où commencer. Avez-vous pensé quelquefois que ce serait une furieuse danse si les gars de Glénac et de Bains prenaient un beau jour leurs bâtons — car ils n'auraient pas même besoin de leurs fusils — pour venir défendre Penhoël malgré lui, et le délivrer de notre compagnie?

— Quelle idée!

— Comme vous dites, c'est une idée. Je ne me vante pas de l'avoir eue tout seul.

— Il vous resterait toujours le château de Pontalès, mon cher monsieur de Blois, dit le marquis; vous ne doutez pas, je l'espère, du plaisir que j'aurais à vous offrir l'hospitalité.

Robert salua. Blaise reprit :

— Pontalès est un bien beau château... et si l'on y mettait le feu, les murs resteraient debout, car ils sont en bonne pierre de taille.

— Le feu! balbutia le marquis; qui vous fait parler ainsi?

— C'est encore une idée... une idée qui n'est pas de moi.

— Est-ce qu'il y aurait quelque complot? demanda Pontalès d'une voix altérée.

— Oui, monsieur le marquis, répliqua Blaise avec ce sang-froid de comédien qui ouvre toutes grandes les oreilles du parterre, il y a un complot; et si vous ne vous dépêchez pas, je parierais contre vous pour les bons gars de Glénac et de Blains!

Pontalès essaya de sourire.

— Vous voulez nous effrayer, mon cher monsieur Blaise... murmura-t-il.

— Voyons! dit Robert, il ne s'agit pas de parler en énigmes!

— Je vais tâcher de me faire comprendre. Je vous ai dit bien souvent : Prenez garde aux filles de l'oncle en sabots. Vous répondiez : Ce sont des enfants. Eh bien! ces enfants-là ont soulevé contre vous une véritable armée. Si vous aviez entendu comme moi ce qui se disait tout à l'heure sur l'aire, pendant le feu de joie! Vous avez mis Penhoël bien bas, mais son nom a encore un prestige, car ces jeunes gens et vieillards parlent de mourir pour lui comme d'une chose toute simple. Ils savent vaguement ce qui se passe. Ils prononcent votre nom, monsieur le marquis, le vôtre, monsieur Robert; ils voudraient vous mettre en pièces. Pour en connaître si long, il faut qu'on les ait endoctrinés, et qui a pu se charger de ce soin, sinon ces maudites enfants?

— C'est vrai, dit Robert.

Pontalès gardait le silence.

— J'ai fait de mon mieux pour m'en débarrasser, reprit Blaise, mais on ne m'aide pas. Pour en revenir aux lourdauds de Glénac et de Bains, c'est, ma foi, une affaire sérieuse. Vous les connaissez aussi bien que moi, monsieur de Pontalès. Si une fois l'idée de nous faire un mauvais parti se fourre dans leurs grosses têtes chevelues, du diable si la justice et les gendarmes pourront nous protéger!

— Bah! fit Robert, il y a longtemps qu'ils grondent.

— Ce soir, ils faisaient mieux que gronder. Ils ont un chef maintenant, notre ancienne connaissance, monsieur Robert, le vieux Géraud, du *Mouton couronné*. Et ce chef-là m'a l'air de n'être que le lieutenant d'un personnage invisible.

— Qui serait?... demanda Robert.

— Peut-être ces deux petits diables, les filles de l'oncle en sabots, répliqua Blaise.

C'était à ce moment que Cyprienne et Diane se glissaient, à pas de loup, derrière les châtaigniers. Blaise poursuivit :

— Le père Géraud parle d'elles avec un respect étrange. Il a l'air d'attacher à leur aide une sorte de vertu surnaturelle... Mais peut-être y a-t-il encore un autre chef.

— Qui donc? demandèrent en même temps Robert et Pontalès?

Les deux jeunes filles étaient tout oreilles, aucune parole ne leur échappait désormais.

— Ils parlent à mots couverts, répondit Blaise dont la voix baissa involontairement; on voit qu'ils font allusion à une nouvelle toute récente et incertaine encore. Mais j'ai deviné leur espérance et j'ai peur que l'absent ne soit de retour.

Pontalès et Robert tressaillirent comme si leur corps eût éprouvé un choc matériel.

Derrière le feuillage, Cyprienne et Diane cherchaient à modérer les battement de leurs cœurs. C'étaient elles qui avaient répandu dans le pays, au hasard et comme suprême ressource, la fausse nouvelle du retour de Louis de Penhoël. Et pourtant, cette nouvelle, répétée par des bouches ennemies, faisait naître en elles une vague espérance.

L'émotion qu'elles ressentaient au nom de l'aîné de Penhoël leur faisait presque oublier qu'elles-mêmes avaient inventé le mensonge de son retour.

— S'il allait revenir! Voilà déjà deux fois que j'entends parler de cela! murmura Pontalès.

— D'après ce qu'on dit de l'homme, ajouta Robert, il ne s'agirait plus de plaisanter. Ce serait une autre histoire que les petites filles ou que le vieux gargotier de Redon, ameutant contre nous cinq ou six douzaines de balourds! Vous l'avez connu, vous, monsieur le marquis?

— Je l'ai connu, répliqua Pontalès. C'était alors un enfant. S'il n'a pas changé, que Dieu nous garde de le rencontrer jamais face à face!

— Bah! s'écria Blaise, est-il donc assez fort pour nous faire peur avec son ombre? Vous voilà tout déconcertés d'avance. C'est peut-être un faux bruit. Si l'homme en question était de retour, et qu'il fût aussi terrible que vous le dites, nous aurait-il laissés poursuivre paisiblement notre besogne? Allons, messieurs, j'ai mes petits intérêts dans l'affaire. Ma voix compte au chapitre, bien que je sois votre humble valet. Vous avez trop tardé; il faut réparer d'un seul coup le temps perdu.

— Nous avons devancé votre conseil, ami Blaise, répondit Robert. Dans quelques minutes, M. de Pontalès sera propriétaire de Penhoël.

— Vous avez la signature?

— Nous l'attendons

Blaise se frotta les mains.

— Bien joué, cette fois, s'écria-t-il : le meilleur levier ne peut pas grand'chose sans point d'appui. Une fois que Penhoël n'aura plus chez nous un pouce de terre, les paysans réfléchiront. Pour un gentilhomme à moitié ruiné, on se dévoue encore... mais pour un mendiant.

— D'ailleurs Penhoël ne pourra rester au pays, ajouta Pontalès.

— Avec les faux, dit Robert, nous l'enverrons au bout du monde.

— Et une fois le maître parti, poursuivit Pontalès, tout ira sur des roulettes. Nous n'aurons plus à craindre les filles de l'oncle Jean, d'abord, et c'est un point à considérer. Ensuite, ce père Géraud, qui fait le méchant, s'est ruiné lui-même à force de prêter de l'argent à Penhoël. En achetant quelques créances, on aura bon marché de lui. Que Penhoël signe ce soir, et je réponds du reste.

Diane et Cyprienne écoutaient. Mille pensées se croisaient, confuses, dans leur esprit. En face de cette ruine prochaine et inévitable, elles avaient la volonté de lutter encore, mais elles sentaient leurs mains trop faibles et sans armes.

Que faire? L'idée leur venait de courir au manoir et de se placer au-devant du maître. Mais il n'était plus temps déjà, sans doute.

Elles restaient là, indécises et comme anéanties par le découragement.

— Il y a pourtant une personne au manoir, disait en ce moment Robert, qui ne partira pas... et à ce propos, monsieur de Pontalès, je désire avoir deux mots d'explication avec vous. Votre fils est fort assidu auprès de Blanche.

Blaise haussa les épaules en aparté.

— Cela me déplaît, continua Robert d'un ton sec et presque impérieux.

Pontalès lui tendit la main.

— Mon excellent ami, dit-il avec cordialité, je voudrais avoir à vous donner des preuves d'affection plus grandes. Soyez certain que mon fils sera réprimandé sévèrement. Il saura une fois pour toutes qu'entre lui et vous, mon cher monsieur de Blois, je n'hésiterais pas un seul instant. Ceci posé, m'est-il permis de vous demander ce que vous comptez faire de mademoiselle de Penhoël?

— Je l'aime, répliqua Robert; je l'épouserai peut-être.

Blaise éclata de rire.

— Un bon parti! s'écria-t-il; mais il me semble que j'entends venir la signature.

Un bruit de pas se faisait en effet sur la route, et l'instant d'après on vit arriver maître Protais Lehivain.

— Enfin! s'écrièrent nos trois compagnons.

Et Pontalès ajouta :

— L'acte est-il bien en règle?

Macrocéphale ôta son chapeau et tira de sa poche un mouchoir à carreaux de taille considérable, afin de tamponner la sueur qui mouillait son front pointu. Évidemment, il avait fourni la course à toutes jambes.

— Parlez donc! dit Robert impatient; s'est-il bien débattu?

Un soupir s'échappa de la poitrine de l'homme de loi. Personne ne prit encore d'inquiétude, tant on se croyait sûr du résultat, d'après la promesse de madame.

Macrocéphale regarda tour à tour ses trois interlocuteurs.

— Parler! grommela-t-il en faisant aller ses yeux de Blaise à Pontalès, sais-je s'il faut parler comme cela devant tout le monde?

— Maître Lehivain, interrompit sèchement Pontalès, du moment que M. Robert de Blois vous dit de parler, cela suffit. M. de Blois et moi nous ne faisons qu'un... voilà vingt fois que je vous le répète!

— A la bonne heure, monsieur le marquis. C'est juste, voilà vingt fois que vous me le dites; je vais parler.

L'homme de loi cessa d'essuyer son front et poussa un second soupir.

— Diable d'homme, dit-il d'un ton lamentable, il a encore un poignet, savez-vous, à vous casser la tête comme une noisette! Vous demandez s'il s'est débattu; il m'a même battu! et très grièvement...

— Et l'acte? demanda le trio.

— Il m'a donné un coup de poing dans la poitrine, un très fort coup de poing! Il m'a pris par les épaules avec brutalité; il m'a lancé dans l'escalier, au risque de commettre un meurtre sur ma personne!

— Pauvre monsieur Lehivain! mais l'acte?

— L'acte! répéta Macrocéphale en dépliant de nouveau son vaste mouchoir; j'aurais voulu vous y voir! Je vous dis qu'il est enragé ce soir, et qu'il n'y a rien à faire!

Les trois compagnons se regardèrent. Aucun d'eux n'avait compté sur ce résultat.

Cyprienne et Diane se serraient la main en silence et remerciant Dieu de tout leur cœur.

Ce fut Pontalès qui se remit le premier.

— Ainsi, dit-il, Penhoël a refusé de signer?

— Formellement.

— Et madame? demanda Robert avec menace : m'aurait-elle trompé?

— Madame a fait ce qu'elle a pu; mais il est fier comme Artaban, ce soir, et ne veut rien entendre. Je ne l'avais jamais vu comme cela. On dirait qu'il ne comprend plus du tout sa situation ou que le diable lui a donné les moyens d'y faire face.

— Le retour de l'aîné... murmura Pontalès; peut-être en sait-il plus long que nous à cet égard.

Robert frappa du pied.

— Ah! il ne veut pas signer! prononça-t-il d'une voix étouffée par la colère : tant pis pour lui!

— Dès le premier mot que j'ai voulu risquer, reprit Macrocéphale, il m'a fermé la bouche. Dieu lui-même, a-t-il dit deux ou trois fois, s'oppose à ce que Penhoël vende la terre de son nom!

— Encore ces diables incarnés! s'écria Blaise; je savais bien que j'oubliais de vous dire quelque chose. Ce n'est pas Dieu qui s'oppose à la vente du manoir, ce sont tout bonnement les petites filles! Elles profitent du moment où Penhoël, à moitié ivre, chaque soir, tombe comme une masse entre ses draps, pour venir jouer à son chevet le rôle d'apparitions...

— Toujours elles! gronda Robert, qui cherchait sur qui décharger sa rage sourde.

— C'est donc cela! reprit Macrocéphale, voilà bien des fois que Penhoël me parle de visions et d'ordres venus d'en haut...

Cyprienne et Diane se tenaient serrées l'une contre l'autre : elles avaient des larmes de joie dans les yeux. Chacune des paroles qu'elles entendaient retentissait au fond de leur cœur et voulait dire : Enfants, vous avez sauvé Penhoël!

Tandis qu'elles triomphaient, laissant aller leurs âmes à l'espoir, un mot vint les frapper comme un coup de massue.

C'était Robert qui parlait.

— A tout prix, disait-il d'une voix brève et résolue, il faut que ces petites filles disparaissent.

— S'il s'agit d'un assassinat, murmura Pontalès, je me retire.

— Monsieur le marquis, on se passera de vous.

— Si l'on franchit les bornes de la légalité, dit à son tour Macrocéphale, je m'abstiens.

— Monsieur l'homme de loi, on se privera de vos services! Mais il ne sera pas dit que deux misérables enfants nous auront impunément barré la route! Où est Bibandier?

Cette question s'adressait à Blaise.

— Auprès de la tonne de cidre, répondit le domestique : il boit à la santé du roi.

— Peut-on toujours compter sur lui?

— Je le laisse jeûner depuis trois ans, répliqua Blaise, pour le tenir en haleine. Il est maigre et affamé comme un bon chien de chasse.

Robert se retourna vers Pontalès.

— Monsieur le marquis, dit-il, chacun de nous, cette nuit,

doit avoir sa part de besogne; il faut que tout soit fait demain matin, car il y a comme un menaçant mystère autour de nous, et peut-être nous nous repentirions toute notre vie d'avoir perdu quelques heures, dans les circonstances où nous sommes. Je me charge des petites filles.

— Où les trouverez-vous? demanda Pontalès.

— Bibandier est un limier de premier ordre, répondit Blaise.

— Quant à vous, monsieur le marquis, reprit Robert, vous vous chargerez de Penhoël. Maître Lehivain, les faux sont-ils toujours chez vous?

— Toujours, répliqua Macrocéphale : seulement, depuis que les petits démons rôdent, la nuit, autour de chez moi, j'ai ôté le portefeuille du tiroir où je l'avais serré, pour l'enfouir sous les carreaux de mon cabinet de travail. Dérangez mon fauteuil et enlevez une tuile : vous avez la chose!

Cyprienne et Diane, qui retenaient leur souffle pour écouter mieux, échangèrent un signe de muette intelligence.

— Rien n'est perdu alors, reprit Robert, et je vous réponds, moi, que nous aurons cette nuit la signature de Penhoël. Maître Lehivain va vous rapporter les pièces. Quand Penhoël verra qu'on lui met sous la gorge, comme un pistolet prêt à faire feu, les faux commis par lui, nous verrons bien s'il résistera!

— En route, monsieur Lehivain! dit Pontalès; et nous jouons notre dernière partie!

Diane et Cyprienne avaient quitté leur poste d'observation. Elles tombèrent dans les bras l'une de l'autre.

— Ma sœur, dit Diane tout bas, il faut que nous soyons avant eux à la maison de M. Lehivain : nous savons maintenant où sont les papiers qui menacent Penhoël.

— Allons! murmura Cyprienne.

Elles échangèrent un dernier baiser, puis Diane dit encore d'un ton de résignation simple et douce :

— Ma sœur, nous allons risquer notre vie. Si l'une de nous deux meurt, l'autre continuera la tâche commencée. Si nous mourons toutes deux, nous prierons Dieu là-haut pour Penhoël.

Diane s'élança la première dans le sentier conduisant au bord de l'eau et s'y laissa glisser sans bruit; mais au moment où Cyprienne allait descendre à son tour, le pan de sa robe s'accrocha aux piquants d'une touffe de ronces.

L'étoffe se déchira. Les deux jeunes filles précipitèrent leur fuite.

Robert, Pontalès et leurs deux compagnons se séparaient,

lorsque le bruit léger produit par la robe déchirée vint jusqu'à leurs oreilles.

— Avez-vous entendu? dit Macrocéphale.

Personne ne répondit.

Pontalès, Robert et Blaise s'étaient élancés déjà de l'autre côté du rempart de verdure.

L'enceinte fut fouillée en un clin d'œil : elle était vide.

— Il y avait quelqu'un là, pourtant! dit Pontalès d'une voix altérée.

Blaise battait son briquet de fumeur et Macrocéphale ouvrait la petite lanterne qui éclairait sa marche dans les bas chemins, quand il regagnait son logis après la nuit tombée.

La lanterne s'alluma. Nos quatre compagnons virent d'abord leurs propres visages pâlis et bouleversés par la peur.

Puis chacun d'eux fit l'examen des moindres recoins de l'enceinte.

— Il n'y a rien, dit Macrocéphale, qui venait de regarder dans la guérite, et ce lieu est sans issue.

— Ce sera quelque lièvre... commença Blaise.

Mais la voix de Pontalès l'interrompit.

— Voici une issue! dit-il : un véritable sentier qui descend à la rivière.

Il ajouta, en se penchant vivement pour ramasser quelque chose :

— Qu'est-ce que cela?

Les trois autres se rapprochèrent. Pontalès tenait à la main un lambeau de la robe de Cyprienne, qui était resté attaché aux épines du buisson de ronces.

Tout le monde reconnut l'étoffe. Il y eut un silence consterné.

— J'avais tort! dit enfin Pontalès d'une voix basse et brève, et vous avez raison, monsieur de Blois. Elles en savent trop long désormais : il faut qu'elles disparaissent.

— Il y a dix à parier contre un, dit Robert, qu'elles sont à la maison de maître Lehivain.

— En avant! s'écria Blaise: sans sortir des bornes respectables de la légalité, nous allons leur faire faire connaissance avec le Bibandier!

IV

PETITS DÉMONS

Robert et Pontalès se dirigèrent ensemble vers la rivière, non point par le petit sentier à pic où venaient de s'engager les jeunes filles, mais par la route qui longeait les anciennes fortifications. Pendant ce temps-là, maître Lehivain remontait en toute hâte au manoir, pour avoir la clef du bac, et Blaise retournait à l'aire afin de trouver Bibandier.

Bibandier allait bien encore quelquefois se promener solitairement sur la lande ou dans les sentiers de la Forêt-Neuve, quand les nuits étaient sans lune, mais il n'y mettait plus le même cœur qu'autrefois. Il avait laissé dans le taillis de Bains son armée de manches à balais habillés en brigands; son chien était mort de faim depuis longtemps; et s'il continuait lui-même à mener son métier de rôdeur, c'était vocation irrésistible, car jamais le hasard ne l'avait payé de ses peines.

Que faire en un pays où les poches ne contiennent que des gros sous, et où les bâtons sont des massues?

Bibandier avait dû espérer un instant un sort meilleur en voyant deux de ses camarades intimes occuper une bonne position dans le pays; mais Robert et Blaise l'avaient systématiquement tenu à distance, et le pauvre diable n'avait jamais pu réclamer trop haut, parce que le bagne de Brest est un bercail incessamment ouvert, où les brebis égarées comme lui rentrent au premier mot.

Il se taisait. Peut-être n'en pensait-il pas moins. Cependant, c'était un coquin assez débonnaire, et la rancune qu'il gardait à ses anciens camarades n'atteignait pas des proportions bien tragiques.

D'ailleurs, on n'était pas sans lui faire entrevoir de temps à autre un meilleur avenir. Bien qu'il ne connût pas en détail ce qui se passait à Penhoël, il pouvait voir, comme tout le monde, qu'une lutte était engagée. On pourrait avoir besoin de lui, et alors il faudrait bien lui donner sa part de l'aubaine.

En attendant, Blaise lui jetait çà et là une pièce blanche pour l'empêcher de s'impatienter trop fort, et M. de Blois lui avait fait obtenir, par son crédit, une petite position officielle.

Bibandier était fossoyeur de la paroisse de Glénac, aux appointements fixes de douze francs par an, plus le casuel.

Mais, malgré les fièvres du marais et deux médecins qui s'étaient établis depuis peu à la Gacilly, la mort ne donnait guère au bourg de Glénac. Le pauvre Bibandier était maigre à faire compassion.

Blaise le trouva, comme il l'avait annoncé, sous le tonneau de cidre qu'on avait mis en perce dans un coin de l'aire. Bibandier était couché paresseusement dans la poussière; sa tête reposait sur une de ses mains et l'autre tenait une écuelle demi-pleine. Sa figure longue, et dont les teintes ternes tiraient sur le gris, s'empourprait légèrement, son œil cave veloutait son regard; il y avait dans sa physionomie un repos content et parfait.

Il restait là depuis le matin, buvant tout seul et voyant la vie couleur de rose. C'était son jour de fête. Il ne buvait ainsi à sa soif qu'une fois tous les ans.

Au premier mot que Blaise lui glissa tout bas dans l'oreille, il quitta sa pose nonchalante et se dressa d'un bond sur ses pieds. On eût pu le voir dans toute la longueur de sa taille, avec ses membres étiques et osseux ballotant dans un vêtement de futaine trop large, et qui n'avait plus que la corde.

— Oh! oh! dit-il avec gaieté, il s'agit des chers petits anges! ça me paraît très faisable.

Il y avait tant de joyeuse humeur dans son accent et l'expression de son visage restait si débonnaire, que Blaise ne put s'empêcher de lui dire :

— Me comprends-tu bien?

— Parfaitement! répliqua Bibandier, sans rien perdre de sa tranquillité sereine; quand quelque chose démange on se gratte, mon fils, c'est tout simple. L'Américain en est-il?

— C'est lui qui monte le coup.

— Bonne affaire! moi je n'ai pas encore travaillé dans ce genre-là... mais chacun gagne sa vie comme il peut, pas vrai?

On eût dit que Blaise s'était attendu à plus de résistance, car il regardait Bibandier d'un œil surpris et même un peu inquiet.

Celui-ci parut comprendre ce que Blaise avait dans l'esprit.

Il emplit l'écuelle et la lui présenta d'un geste cordial.

— On peut se déboutonner ici, dit-il, en montrant du doigt le groupe de paysans qui se pressaient autour du père Géraud, à la porte de la ferme; voilà deux heures qu'ils oublient le tonneau pour écouter les sornettes du vieux gargotier de Redon. Bois un coup, l'Endormeur. Je savais bien que Robert et toi, vous en viendriez là, quelque jour, et je vous attendais.

. Son regard, qui prit une nuance de mélancolie, tomba sur la futaine usée de sa veste.

— J'avais grand besoin de me refaire! reprit-il, grand besoin! l'Américain et toi, vous n'avez pas été gentils avec un vieux camarade. Mais on ne peut pas payer celui qui ne fait rien, pas vrai? Je dis donc que je suis content d'avoir l'occasion de travailler pour vous.

— Voilà un brave garçon! s'écria Blaise; sois tranquille, tu seras payé comme il faut.

— Quant à ça, répliqua Bibandier, je ferai mon prix moi-même en temps et lieu. Tu dis que c'est pressé, mon fils? eh bien! partons!

Blaise ne bougea pas : son regard exprimait toujours la même défiance.

Le fait est qu'il était difficile d'accorder les paroles de Bibandier avec l'expression de douceur patiente qui était sur son pauvre visage, maigre, pâle et défait. Il semblait à Blaise que son vieux camarade souriait aussi par trop débonnairement en parlant de meurtre.

— Ah çà! reprit d'un ton d'hésitation, es-tu bien sûr de ne pas faiblir? Elles sont si jeunes.. si jolies!

— Ça ne me fait rien, répondit l'ancien uhlan : chacun pour soi! Je ne dis pas que je me servirais volontiers du couteau avec de pauvres chérubins comme ça. J'espère bien qu'on me laissera la liberté de m'y prendre à ma guise.

— Carte blanche, pourvu que cela soit fait.

— Ça sera fait, mon bonhomme, et proprement!

— Viens donc, dit Blaise, qui se mit en marche.

Bibandier but une dernière écuelle de cidre et n'eut besoin pour le rejoindre que d'allonger un peu le pas de ses grandes jambes.

Chemin faisant, Blaise lui expliqua plus en détail ce qu'on attendait de lui; Bibandier, tout en écoutant, fredonnait avec sa voix de basse-taille un air à roulades. Plus d'une fois, avant d'arriver au Port-Corbeau, Blaise s'arrêta court pour lui dire :

— Du diable si je te comprends, mon vieux. Moi qui n'ai pas

le cœur tendre, je ne pourrais pas chanter à l'heure qu'il est.

— C'est que tu manges tous les jours, toi, répliquait Bibandier doucement et le sourire aux lèvres; si tu avais été trois ans à mon régime, tu m'en dirais des nouvelles !

Et cela était dit si bonnement! c'était de la quintessence de férocité.

En approchant du passage, Bibandier coupa la parole à Blaise, qui continuait ses instructions.

— Voilà qui est entendu! dit-il; l'affaire des petites est réglée, et tu seras content de moi. Quant aux dépenses de l'entreprise, c'est deux mouchoirs et quelques bouts de corde. Mais l'Américain n'est pas seul. Qui diable avons-nous là?

Devant le bac, dont l'amarre était déjà détachée, trois hommes se tenaient en effet debout.

M. de Blois seul avait le visage découvert; les deux autres cachaient soigneusement leurs figures sous les larges bords de leurs chapeaux de paysans.

Bibandier, qui était toujours d'excellente composition, fit semblant de ne pas les reconnaître.

Il salua respectueusement Robert et entra le premier dans le bac.

— Je connais un peu les habitudes des chers petits anges, murmura-t-il; je les rencontre souvent au clair de lune, quant je me promène, la nuit, pour ma santé. Elles auront passé l'eau dans leur batelet, qui doit être amarré là-bas sous les saules.

Robert s'était rapproché de Blaise.

— Eh bien? demanda-t-il tout bas.

— Un cœur de pierre! répliqua le gros garçon; dur comme une lame de poignard. Je ne le croyais pas si fort que cela!

— Tant mieux! dit Robert.

Bibandier s'était emparé de la perche du passeur. Au lieu de se diriger vers la route de Redon, qui lui faisait face, il remonta un peu le courant, pour gagner un rideau de saules qui baignaient leurs basses branches dans la rivière.

A l'aide de sa perche, il écarta le grêle feuillage et finit par rencontrer, après deux ou trois tentatives inutiles, un objet qui sonna contre le bois de sa gaffe.

— Qu'est-ce que je disais! s'écria-t-il joyeusement. Perchez un peu, s'il vous plaît, monsieur Blaise, pendant que je vais voir là-dessous.

Il abandonna la gaffe en effet et gagna le bout du chaland qui passait sous les saules. On entendit un léger bruit, puis on

vit un petit bateau qui s'en allait à la dérive le long du bord,
du côté du marais.

Bibandier, qui reparut au même instant, regarda fuir la barque
et dit avec un gros rire bonasse :

— Quand les petits chérubins voudront repasser l'eau, c'est
elles qui seront bien attrapées!

Chacun pensa sur le chaland que Bibandier valait son pesant
d'or.

Il y avait dix minutes environ que Diane et Cyprienne avaient
traversé l'Oust, au moyen du batelet trouvé par Bibandier sous
les saules.

En quittant leur cachette, au pied de la tour du Cadet, elles
se doutaient bien que le bruit de la robe déchirée avait trahi leur
présence et qu'on allait les poursuivre; mais elles avaient de
l'avance, parce que Pontalès et ses compagnons ne pouvaient
parvenir à l'autre rive qu'à l'aide du bac, dont la clef était au
manoir. En outre, le sentier qu'elles suivaient les conduisait
en quelque sorte d'un saut jusqu'au bord de l'eau, tandis que
la route commune nécessitait un long détour.

Ce n'était pas la première fois que les deux filles de l'oncle
Jean couraient un danger prochain et terrible; mais en ces
moments leurs forces semblaient grandir avec le péril. Cyprienne
semblait lutter avec un enthousiasme fougueux; Diane, plus
calme, se dévouait de sang-froid.

Elles avaient entendu l'entretien des ennemis de Penhoël. Elles
savaient que leur sexe et leur jeunesse ne les défendraient point
contre la colère de ces hommes. Elles n'espéraient point de
quartier.

Mais loin de s'arrêter devant la menace entendue, elles y pui-
saient un nouveau courage. Dans leur vaillance virile, un sentiment d'orgueil enfantin s'élevait : on les craignait! On prenait
pour les combattre les mêmes armes qu'on eût employées contre
des hommes! Elles étaient fières.

N'avaient-elles pas entendu tomber de ces bouches ennemies
l'aveu de leur puissance? Sans elles, pauvres jeunes filles, Penhoël aurait succombé depuis longtemps!

Leur cœur battait de joie et non point de frayeur, car la
lutte n'avait pas été stérile. Grâce à l'effort de leurs bras d'enfants,
René, madame et l'Ange restaient en équilibre au bord du
précipice.

La ruine qui menaçait toujours n'était pas encore accomplie;
et d'après ce qu'elles venaient d'entendre, il ne restait à Pontalès

et à Robert qu'une seule arme contre la résistance tardive de Penhoël.

Mais c'était une arme cruelle, qui suspendait sur la tête de René l'infamie en même temps que le malheur.

Il y avait longtemps déjà que Cyprienne et Diane avaient surpris le secret de ces fausses signatures, arrachées à l'ivresse quotidienne de René. Elles en avaient reconquis et détruit une partie en s'introduisant la nuit au château de Pontalès. L'autre portion, déposée chez l'homme de loi, avait défié jusqu'alors toutes leurs tentatives.

Mais elles savaient maintenant l'endroit précis où se trouvaient les papiers. Avec l'aide de Dieu, si on leur donnait le temps d'agir, elles pouvaient encore sauver Penhoël.

Diane détacha d'une main ferme l'amarre du bateau caché parmi les glayeuls, sous la loge de Benoît Haligan, et Cyprienne saisit la perche.

L'Oust n'était pas débordée, mais elle coulait à pleines rives et laissait couvertes les parties basses du marais. Tout en perchant, les deux jeunes filles entendaient, parmi le silence de la nuit, le bruit sourd et continu, produit par le tournant de Trémeulé. Dans l'ombre, les vapeurs qui se suspendaient au-dessus du gouffre rayonnaient d'une lueur faible et pâle. Elles voyaient au loin le gigantesque fantôme de la Femme blanche qui se balançait et planait sur les eaux tranquilles du marais.

Derrières elles, au-dessus des taillis de châtaigniers, les jardins de Penhoël gardaient leur illumination brillante : la fête n'était pas finie. Quelques accords, jetés par l'orchestre campagnard, arrivaient, par bouffées, jusqu'à leurs oreilles.

Quand elles touchèrent le bord opposé, nul mouvement ne se faisait remarquer encore du côté du bac, qui allait s'ébranler bientôt pour les poursuivre.

Elles sautèrent lestement sur la rive, et au lieu de prendre la route de Redon, qui les eût conduites à la maison de maître Lehivain, elles se dirigèrent, en courant, vers le marais.

Dans l'immense prairie, où se déroulaient de toutes parts d'étroits filets d'eau, on apercevait un mouvement confus, au milieu des ténèbres : c'étaient les troupeaux de Glénac et de Saint-Vincent qui erraient en liberté sur le pâturage commun.

Tout en courant sur l'herbe courte et unie comme un tapis, Cyprienne et Diane appelaient doucement :

— Mignon! Bijou!

Leurs voix se perdaient dans la nuit. Quelques moutons effrayés prenaient la fuite sur leur passage, et les oies, éveillées, allongeaient le cou pour jeter leurs cris plaintifs et discordants.

Les deux jeunes filles appelaient toujours.

Au bout de deux ou trois minutes, un piétinement sourd se fit entendre sur le gazon. L'instant d'après, Bijou et Mignon, — deux jolis petits chevaux demi-sauvages, — arrêtaient leur galop et restaient immobiles, la fumée aux naseaux et les jarrets tendus.

Diane et Cyprienne s'élancèrent à cru sur leur dos. En quelques secondes, elles eurent regagné le temps perdu à courir sur le marais.

Bijou et Mignon étaient deux vrais Bretons, noirs tous deux, robustes d'encolure, trapus de formes et pouvant soutenir pendant des heures leur galop rude et vif.

Ils allaient côte à côte, d'une ardeur égale. La voix des jeunes filles les excitait sans cesse, et leur course perçant droit devant soi, à travers champs, landes et haies, ressemblait à un tourbillon.

Diane et Cyprienne, excellentes cavalières, ne s'inquiétaient point des obstacles de la route; quand il y avait un fossé large à franchir d'un bond, elles plongeaient leurs petites mains blanches dans la dure crinière des bretons; quand il fallait traverser un taillis, elles se couchaient presque sur leurs chevaux et passaient rapides, comme des flèches, au travers du fourré.

Sur la lande rase, elles se redressaient. Hope! Mignon! hope! Bijou! Elles caressaient doucement le cou déjà baigné de sueur de leurs montures.

Les deux chevaux, lancés à fond de train, dévoraient l'espace.

Si quelque paysan les eût rencontrées, glissant comme deux traits dans la nuit, il se fût signé sans doute avec terreur, en recommandant son âme à Dieu. Et, après la terreur passée, il se serait vanté, jusqu'au jour de sa mort, d'avoir vu, par une nuit d'automne, les fées se rendant au sabbat!

Vraiment, c'était une course étrange. Les chevaux noirs disparaissaient dans l'ombre; on n'eût pu voir que les deux jeunes filles, à la taille svelte et comme aérienne, entraînées par une force mystérieuse. Elles semblaient glisser, assises sur un nuage rapide. C'étaient bien des fées légères et gracieuses. L'œil ne pouvait les suivre. L'aile du vent les emportait et laissait flotter derrière elles les boucles molles de leurs longs cheveux.

— Hope! Bijou! hope! Mignon!

Il y a une grande lieue de pays entre Port-Corbeau et le bourg de Bains. Quelques minutes avaient suffi à ce trajet. Cyprienne et Diane descendirent de cheval, laissant Bijou et Mignon sur la lisière de la lande.

Maître Protais Lehivain occupait une maison isolée qui s'élevait à cent pas en avant de l'unique rue du bourg.

Pour acquérir cette propriété, il lui avait fallu susciter bien des discordes dans les campagnes voisines, ruiner bien des pauvres cultivateurs et jeter plus d'un orphelin sur la paille. Mais c'était là sa vocation et son plaisir. Maître Lehivain était, en fait de chicane, un véritable artiste. On peut dire que la vue seule de sa figure jaune et démesurément longue donnait aux paysans la fantaisie de plaider.

Cyprienne et Diane avaient déjà rôdé bien des fois autour de la maison, mais la vigilance rusée de l'homme de loi avait trompé jusqu'alors toutes leurs tentatives. Aujourd'hui, elles avaient deux chances nouvelles pour arriver à leur but : d'abord elles savaient où trouver les papiers, ensuite le domestique de maître Lehivain qui, d'ordinaire, faisait bonne garde, était en ce moment à fêter la Saint-Louis de l'autre côté de l'eau, dans l'aire du fermier de Penhoël.

En donnant cette vacance à son domestique, maître Lehivain avait compté sur l'effet du coup de fusil de la veille au bord de la lande, et aussi sur le bal qui devait assurément retenir au manoir les deux filles de l'oncle Jean.

Il n'y avait pour défendre sa maison, ce soir-là, qu'une servante septuagénaire, assistée par un chien de garde accablé de vieillesse.

La bonne femme et le chien dormaient sans doute d'un profond sommeil, sur la foi des gros verrous qui fermaient toutes les ouvertures, car les deux sœurs purent escalader les murailles du jardin, sans éveiller le moindre mouvement dans la maison.

Du côté du jardin, les fenêtres n'avaient point de contrevents. En un clin d'œil, à l'aide d'une échelle que leurs jolies mains eurent bien de la peine à dresser contre le mur de la maison, Cyprienne et Diane furent dans le cabinet de travail de l'homme de loi.

Elles battirent son propre briquet et allumèrent sa propre lampe.

Il eût fallu les voir en ce moment, animées par la course qu'elles venaient de fournir et par la joie du premier succès! Leurs joues se coloraient d'un incarnat charmant; leurs yeux pétillaient d'impatience et de désir; un sourire espiègle se jouait déjà autour de leurs lèvres fraîches, tant elles se croyaient sûres du triomphe.

Leur gaieté d'enfant était revenue. Le moment avait beau être solennel, puisqu'il s'agissait en définitive du sort de toute une famille aimée; il y avait dans la nature même de leur acte quelque chose d'étrange et de gaillard qui éloignait toute idée tragique.

Elles riaient en descellant les carreaux du cabinet.

Leur recherche ne fut pas longue. Sous le fauteuil même où Macrocéphale ruminait chaque soir ses consultations diaboliques, il y avait un trou creusé au couteau, qui renfermait un petit carnet crasseux.

La vue de ce carnet fit battre bien fort le cœur de Diane et de Cyprienne. Elles ne songeaient plus à rire. C'était là le salut de Penhoël.

Elles restèrent un instant à genoux, levant au ciel leurs yeux humides, afin de remercier Dieu.

Elles songeaient à madame et à la pauvre Blanche.

Mais le temps pressait. Diane serra le portefeuille dans son sein et toutes deux redescendirent l'échelle.

La vieille femme et le vieux chien dormaient toujours comme des bienheureux. C'était une réussite complète.

— Hope! Bijou! hope! Mignon!

Comme elles avaient toutes deux le cœur léger en reprenant la route parcourue; comme elles caressaient gaiement le cou de leurs petits chevaux! comme elles étaient heureuses!

— Tiens! dit Diane, tandis que Mignon franchissait un large fossé, c'est là qu'on a tiré sur moi hier. Le corps du pauvre Cabry est encore au fond du trou!

La course ne se ralentit point, mais elles se penchèrent toutes deux, leurs bras s'enlacèrent, leurs joues s'unirent dans l'ombre.

— C'est la dernière fois que tu seras exposée à un danger pareil, petite sœur, s'écria Cyprienne : ils sont vaincus!

— Et qui sait! ajouta Diane; peut-être y a-t-il dans ce portefeuille de quoi rendre à Penhoël la fortune qu'on lui a volée!

Elles étaient à moitié chemin déjà. Diane arrêta tout à coup le galop de son cheval.

— J'y pense, reprit-elle : ils doivent nous attendre sur cette route.

— Je voudrais bien savoir lequel d'entre eux, répliqua Cyprienne, que la victoire rendait fanfaronne, est capable de barrer la route à Bijou?

— S'ils ont des armes?

— Nous leur passerons sur le corps!

— Et s'ils nous guettaient au passage de Port-Corbeau?

Cyprienne arrêta son cheval à son tour.

— Ce n'est pas pour moi que j'ai peur, reprit Diane; mais maintenant nous avons à garder un trésor.

— Eh bien! remontons jusqu'aux Houssaies. Nous passerons sur le pont du moulin.

L'avis était bon. Les deux sœurs changèrent aussitôt de direction et se mirent à galoper vers les Houssaies.

Mais il se trouva que d'autres avaient eu la même idée qu'elles, car, en arrivant au bord de l'eau, elles virent que la tête du pont était occupée par deux hommes, en qui elles crurent reconnaître Robert de Blois et M. le marquis de Pontalès.

— Prenons du champ, dit Cyprienne que rien n'effrayait, et passons.

— Essayons plutôt de passer à Port-Corbeau, répliqua Diane : il sera toujours temps de revenir ou de mettre nos chevaux à la nage.

La course recommença le long de la rivière.

Quand elles arrivèrent au passage du bac, il y avait à peine trois quarts d'heure qu'elles avaient enfourché, pour la première fois, leurs vaillants petits chevaux.

Il n'était pas tout à fait minuit et le jardin de Penhoël montrait toujours, au haut de la colline, ses illuminations intactes. La fête en avait encore au moins pour une bonne heure.

Rien de suspect n'apparaissait, cette fois, sur la rive. Les deux sœurs rendirent la liberté à Bijou et à Mignon, qui regagnèrent en caracolant leur lit de gazon. Elles pensaient que bien leur en avait pris de ne pas tenter le passage au pont des Houssaies, car ici aucun obstacle ne leur barrait la route.

— Allons! dit Cyprienne en descendant vers les saules, nous voici à bon port, et nous aurons encore le temps de danser une contredanse.

Diane écarta les branches du saule.

Comme elle ouvrait la bouche pour lancer quelque gaie répartie, trois hommes, couchés dans l'herbe haute qui croissait au bord de l'eau, se dressèrent tout à coup sur leurs pieds.

Les deux jeunes filles eurent à peine le temps de pousser un cri, tant on mit de prestesse à leur nouer solidement des mouchoirs sur la bouche.

V

DEUX PIERRES

Nous rétrogradons d'une heure pour revenir aux exploits de Bibandier, et aux débuts de son expédition nocturne.

M. le marquis de Pontalès était un homme prudent, qui n'avait aucun goût pour les aventures; c'était uniquement par nécessité qu'il s'était joint à l'expédition de cette nuit. M. de Blois et lui traitaient en effet de puissance à puissance, et du moment que M. de Blois se mettait à l'œuvre, Pontalès ne pouvait point reculer.

C'était la première fois qu'il se livrait ainsi. Jusqu'alors il s'était toujours tenu derrière Robert, contribuant volontiers aux frais de la guerre, mais ne combattant jamais en personne.

Cela lui allait mieux.

Et, en vérité, il aurait regardé sans doute comme un imposteur quiconque lui aurait annoncé, le matin même, les événements de cette soirée. Lui, le marquis de Pontalès, propriétaire de soixante mille livres de rentes, jouant au loup-garou dans les taillis et bravant la cour d'assises comme un malheureux.

Mais les circonstances entraînent, et l'homme le plus habile, engagé dans certaines entreprises, doit jouer le tout pour le tout à un moment donné.

Cela ne veut pas dire que Pontalès, en passant la rivière d'Oust avec ses quatre compagnons, ne fît des réflexions assez chagrines. Il eût vidé sa bourse, sans doute, de grand cœur pour être transporté tout à coup entre les murailles de son château. On peut penser même que, malgré le désir ancien et passionné qu'il avait de détruire la vieille influence des Penhoël et de se mettre à leur place, il n'aurait point engagé la bataille s'il avait prévu, dès le principe, les dangers de cette nuit.

Maintenant, il était trop avancé pour reculer. Le péril était en arrière comme en avant, et les chances de salut se trouvaient tout entières du côté du crime.

Une fois qu'on eut pris terre de l'autre côté de l'eau, Bibandier fut choisi tout d'une voix pour diriger les opérations. Ce n'est point déroger que de servir sous les ordres d'un glorieux général. Pontalès était marquis, Robert se disait gentilhomme, et Bibandier n'était qu'un simple échappé du bagne, mais l'histoire est pleine de ces exemples, où l'on voit des princes céder le commandement à de vaillants officiers de fortune.

Bibandier se montra tout de suite à la hauteur de son autorité nouvelle. Son premier soin fut de se raviser au sujet du petit bateau qui avait servi au passage des deux filles de l'oncle Jean.

— Nous allons avoir besoin de ce joujou, dit-il en saisissant la perche du bac.

Et il se mit à courir le long de la rive jusqu'à ce qu'il eût atteint le batelet, entraîné par le courant. Il l'accrocha au moyen de sa perche et l'amarra au-dessous de la route de Redon, à l'un de ces mêmes saules qui avaient servi de refuge à Robert et à Blaise, la nuit de leur arrivée à Penhoël.

Puis il revint vers sa troupe, tranquillement et sans se presser.

— La petite barque allait tout droit vers le trou de la Femme blanche, grommela-t-il : on n'aura besoin que de se laisser mener.

— Ah çà, dit Robert, il faut prendre un parti. Elles doivent avoir de l'avance, et nous aurons de la peine à les rattraper!

— Les rattraper! répéta le uhlan : il faudrait de meilleures jambes que les nôtres. Si vous les aviez vues comme moi courir toutes les nuits sur la lande! Hope! Bijou! hope! Mignon! Ce sont de jolies petites filles tout de même!

— Mais qu'allons-nous faire?

Bibandier tira de sa poche sa pipe et son briquet.

— Voulez-vous vous allumer, monsieur Robert? dit-il, nous avons joliment le temps d'en fumer une.

— Il ne s'agit pas de plaisanter... commença M. de Blois d'un ton impérieux.

D'un seul coup sec et merveilleusement ajusté, l'ancien uhlan mit le feu à son amadou, puis il atteignit sa pipe toute chargée et l'alluma en faisant claquer savamment ses lèvres.

Pontalès avait piteuse mine derrière les bords de son grand chapeau. La froide impertinence de ce drôle, comme il l'appelait au fond de son cœur, ne lui présageait rien de bon. Maître Lehivain songeait à sa maison dévastée.

Blaise s'approcha de Robert, qui frappait du pied avec impatience.

— Si vous ne le laissez pas marcher à sa guise, dit-il tout bas, nous n'en ferons rien cette nuit.

— Qu'il s'explique au moins!

— Quant à ça, dit Bibandier en s'asseyant sur l'herbe, on va te faire un programme, Américain!

Robert tressaillit. Il y avait bien trois ans qu'on ne lui avait donné ce nom, et depuis ce même espace de temps, le pauvre Bibandier affectait, en toute circonstance, vis-à-vis de lui, le plus profond respect. L'ancien uhlan reprit, tandis que Blaise riait sous cape de la déconvenue de son maître :

— Il n'y a donc de sage ici que l'Endormeur et moi!

Blaise cessa de rire.

— Monsieur l'homme de loi, poursuivit Bibandier, qui se croit si bien caché derrière son chapeau de paille, pourrait vous dire que, dans un procès, le client ne donne pas de conseil à son avocat.

La figure de Macrocéphale s'allongea notablement. Le marquis tremblait d'avoir été reconnu à son tour.

Mais, Bibandier, soit qu'il ignorât véritablement le nom de son quatrième compagnon, soit qu'il eût fantaisie d'épargner Pontalès, reprit presque aussitôt :

— Quant à l'autre, je ne puis pas parler, n'ayant pas l'avantage de le connaître. Ah çà! ne te fais pas de mal, Américain; voilà le programme des opérations, comme disait Bonaparte : attendre et faire le mort!

— Et pendant ce temps, dit Macrocéphale, on va piller mon domicile!

— Exactement, père la Chicane.

— Et les pièces seront enlevées! ajouta Robert.

— Ça me paraît vraisemblable, mon fils.

— Ecoute, dit Robert, qui voulut essayer de l'autorité; on t'a promis de te payer grassement, mais cela ne te donne pas droit d'insolence. Fais ta besogne, ou va-t'en.

— Où ça? demanda Bibandier tout doucement : à Redon? dire à M. le procureur du roi ce qui se passe ici? Américain, tu ne m'en crois pas capable! Que diable! on est plat comme une galette aujourd'hui pour devenir insolent demain comme un bureaucrate. Tu sais bien que c'est la vie! Voyons, ajouta-t-il, en changeant de ton, sommes-nous donc des enfants, monsieur Robert? mettons que j'ai eu tort, et veuillez recevoir mes très humbles excuses. Entre gentilshommes, ma foi! on ne peut faire davantage.

Il se leva et tendit, avec une grâce très noble, sa main, que Robert n'osa repousser.

— Ainsi, poursuivit-il, voilà une affaire arrangée, l'honneur est satisfait! maintenant, parlons de choses sérieuses. Si nous étions dans un pays civilisé, où l'on ne fait qu'une route pour aller d'un endroit à un autre, je vous dirais : marchons et poursuivons nos petits anges, l'épée dans les reins; mais d'ici au bourg de Bains, il y a une diable de lande, où plus de cent routes se mêlent et se croisent, nous aurons beau nous séparer et prendre chacun notre sentier, il y a dix à parier contre un que les petites passeront entre nos doigts comme des anguilles!

— C'est vrai, dit Blaise.

Et, de fait, le raisonnement était si rigoureusement juste, que personne n'y put trouver une objection.

— Vous auriez pu vous expliquer tout de suite! grommela seulement Robert.

— Je pourrais relever cette parole, répliqua Bibandier avec gravité, mais je sacrifie une susceptibilité légitime à l'intérêt de tous. Il est donc bien entendu que donner la chasse aux petites serait une ânerie, reste à savoir comment nous les pincerons. Je crois avoir résolu le problème d'avance en vous disant : Attendons.

— Mais si elles passent la rivière ailleurs? objecta Macrocéphale.

— Bonne idée! Ailleurs, cela veut dire au moulin des Houssaies, car il n'y a pas d'autre passage. Eh bien! l'Américain et ce monsieur que je n'ai pas l'honneur de connaître peuvent prendre leurs jambes à leur cou et aller garder le pont des Houssaies.

— C'est cela! s'écria Pontalès, ravi d'avoir un prétexte pour s'éloigner du lieu probable de l'action ; monsieur de Blois, je suis à vos ordres.

— Et si elles viennent là-bas, demanda Robert, nous leur barrerons le passage?

— Du tout! répliqua Bibandier : vous vous rangerez bien poliment, parce que vous aurez eu le temps d'enlever cinq ou six planches du pont, et que la rivière est large et profonde au moulin des Houssaies.

Pontalès avait froid jusqu'à la moëlle des os, malgré l'étouffante chaleur de la soirée.

Robert le prit par le bras et ils remontèrent le cours de l'eau à grands pas.

— Cinq ou six planches au moins! plutôt six que cinq! leur cria de loin le bon fossoyeur, car Bijou et Mignon sautent comme des chèvres.

Pontalès et Robert se perdaient déjà dans la nuit.

— Nous autres, dit Bibandier en conduisant ses deux camarades vers les saules, en faction, s'il vous plaît! Faites comme moi, monsieur Blaise : préparez votre mouchoir. Vous, père la Chicane, vous êtes spécialement chargé des cordes... et maintenant, du silence!

Ils étaient couchés tous trois dans l'herbe.

En combinant la partie de son plan relative au pont des Houssaies, Bibandier avait compté sans l'étonnante vitesse des deux petits chevaux. Pontalès et Robert en étaient encore à déclouer la première planche, lorsqu'ils entendirent sur la lande le galop de Bijou et de Mignon. Ils se relevèrent, irrésolus, et vinrent à la tête du pont, sans savoir ce qu'ils allaient faire.

Leur vue seule arrêta les deux jeunes filles, qui dirigèrent leur course vers le bac.

Pontalès et Robert quittèrent alors leur poste pour les suivre de loin.

Quand ils arrivèrent à Port-Corbeau, il trouvèrent la besogne bien avancée. Cyprienne et Diane, un bâillon sur la bouche et garottées solidement toutes les deux, étaient au fond du petit bateau.

Bibandier tenait en main la perche.

— Ah! ah! dit-il en éprouvant les cordes qui liaient les jambes et les bras des deux jeunes filles, voilà qui est proprement fait, et vous savez établir un nœud, père la Chicane!

— Avaient-elles les pièces? demanda vivement Robert.

— Certainement, certainement! répliqua Bibandier; ah! avec de petits anges comme ça, on ferait sa fortune à Paris. Ça passe par le trou d'une serrure!

— Donne-moi les pièces! dit encore Robert.

Bibandier le repoussa tranquillement.

— On ne compte pas les manger, tes pièces, mon bonhomme! murmura-t-il; mais il faut que les choses se passent avec régularité. Je rendrai mes comptes quand tout sera fini. D'ici là, patience!

— Je veux que tu me donnes ces papiers, répéta Robert d'un ton impérieux.

— Le roi dit : nous voulons, grommela l'ancien uhlan; moi, je veux que tu me laisses tranquille! Et si tu ne me laisses pas tranquille, ajouta-t-il en redressant sa taille longue et maigre, je le plante là, mon fils... tu achèveras la besogne à ta fantaisie!

— N'insistez pas! murmura Pontalès à l'oreille de Robert; cet homme veut quelques louis de plus: on les lui donnera.

— Maintenant, messieurs, dit Bibandier, faites-moi le plaisir de me souhaiter bon voyage. Je vais partir.

— Pas seul! s'écria Robert, qui concevait de vagues soupçons : il faut que Blaise au moins vous accompagne!

Blaise fit la grimace dans son coin, mais il n'eut pas même la peine de refuser.

— Le petit bateau ne porterait pas quatre personnes, objecta Bibandier, sans rien perdre du calme singulier mêlé d'une nuance de moquerie qu'il gardait depuis le commencement de l'aventure; je veux bien noyer mon prochain, mais le suicide répugne à mes principes.

Il entra dans la barque et mit un soin scrupuleux à écarter les deux jeunes filles, de droite et de gauche, pour pouvoir manœuvrer sans leur faire de mal.

— Les deux petits chérubins seront là comme dans leurs lits! dit-il en donnant au fond de l'eau son premier coup de perche.

Personne, parmi les quatre complices du crime, ne pouvait se défendre d'un serrement de cœur. Tous les yeux se fixaient, par une sorte de fascination, sur les deux pauvres enfants couchées dans le bateau. La gaieté du uhlan assombrissait encore le caractère atroce de cette scène.

Diane et Cyprienne étaient étendues sur le dos, les bras liés en croix.

La lune, qui perçait maintenant çà et là les nuages déchirés, montrait la grâce exquise de leurs tailles et leurs pâles figures, où se lisait la résignation du martyre.

Bibandier seul restait parfaitement à son aise en face de ce navrant spectacle.

— Messieurs, dit-il, tandis que le bateau s'ébranlait, je vais vous donner un dernier bon conseil. La fête se continue là-haut. Allez faire, croyez-moi, un petit tour de bal. Il est toujours agréable, le cas échéant, de pouvoir établir un alibi.

Ce terme de palais et de bagne sonna comme une menace aux oreilles des trois complices, qui se dirigèrent en silence vers le bac; mais Bibandier les rappela tout à coup.

— Encore un service, s'il vous plaît! dit-il. J'oubliais d'embarquer deux pierres, pour empêcher les petites de remonter sur l'eau.

Une sueur froide perça sous les cheveux de Pontalès.

Ce fut Macrocéphale qui apporta les deux pierres : il pensa se trouver mal en regagnant le bac.

Bibandier quitta enfin la rive et se laissa dériver au fil de l'eau, en chantant une de ces chansons lentes et tristes qui mesurent le travail des forçats à la fatigue.

La lune s'était levée tout à fait et mettait des nuances argentées à la colonne de vapeur suspendue au-dessus du tournant de Trémeulé.

La Femme Blanche semblait grandir et osciller lentement au-dessus du gouffre.

Pendant quelques minutes, les quatre compagnons virent la petite barque glisser sur l'eau calme du marais.

Puis elle disparut dans les longs plis de vapeur qui formaient le vêtement de la Femme blanche.

VI

PAUVRES FILLES

Robert de Blois, le marquis de Pontalès et leurs deux compagnons remontaient au manoir de Penhoël. Ils marchaient en silence. De temps en temps l'un d'eux se retournait comme malgré lui, pour jeter un furtif regard vers le marais où la Femme blanche se dressait aux rayons de la lune.

Il leur semblait ouïr de loin le clapotement sinistre et sourd du tournant de Trémeulé.

Dans le taillis qui couvrait tout le versant de la colline, une route était percée pour conduire à la loge de Benoît Haligan. Les quatre complices traversèrent cette route à cinquante pas au-dessus de la pauvre cabane du vieillard. Ils entendirent Benoît Haligan qui chantait de sa voix creuse et tremblante la prière de l'agonie.

Ils pressèrent leur marche en frémissant.

Comme ils arrivaient à la porte du manoir, Robert s'arrêta et releva brusquement la tête.

— C'était nécessaire! dit-il à voix basse; et d'ailleurs, ce qui est fait est fait! Prenons le dessus, messieurs, et ne rentrons pas au manoir avec des figures d'enterrement.

— C'est juste, dit Blaise.

Et Macrocéphale ajouta :

— On ne peut rien contre les faits accomplis. Je chargerai la vieille Yvonne, ma servante, de prier pour elles tous les soirs. Et je suis bien sûr que M. le marquis de Pontalès sacrifiera volontiers une vingtaine d'écus pour leur faire dire des messes.

Pontalès essuya la sueur de son front.

— Je donnerai vingt louis à l'église de Glénac! balbutia-t-il, cinquante louis à l'église de Redon! cent louis à l'église de Rennes!

— Ma foi! dit l'homme de loi naïvement, si elles ne sont pas contentes avec cela!

Robert et Blaise ne purent s'empêcher de rire. L'impression lugubre était en partie secouée, et comme, en définitive, aucun des quatre complices ne se repentait véritablement, ils n'eurent pas grand'peine à rappeler sur leurs visages le calme souriant qui convenait à ce jour de fête.

Ils se séparèrent, afin de rentrer dans le bal par différents côtés.

La danse s'était ranimée au salon de verdure. Jeunes gens et jeunes filles prenaient leur revanche. On se dédommageait de la longue heure d'ennui qu'on avait éprouvée à entendre les gémissements des trois Grâces Baboin-des-Rozeaux de l'Etang. Au moment de finir, le bal retrouve presque toujours ainsi une gaieté plus vive. A la ville, l'orchestre redouble de verve et d'entrain; à la campagne, les danseurs cabriolent, battent des mains et crient : à la Courtille; vers cette heure consacrée, où l'allégresse atteint son plus chaud paroxysme, on brise les verres, on se poche les yeux et on marche sur la tête.

Le musiciens de Glénac jouaient comme des possédés. Ils avaient entonné cette gigue interminable, connue sous le nom de *bal breton*, et qui peut dérouler jusqu'à cent cinquante figures diverses, suivant la renommée. Danseurs et danseuses, enlevés par les cahots de cette musique nationale, bondissaient avec enthousiasme. On se mêlait, on se choquait, on tombait sur le gazon avec de grands éclats de rire.

C'était charmant.

Et les invités de Penhoël ne pouvaient plus se plaindre d'être abandonnés par leurs hôtes. Le maître, il est vrai, ne s'était pas montré de la soirée, mais madame avait reparu, apportant de bonnes nouvelles de l'Ange.

Elle présidait à la fête maintenant, assise auprès de Jean de Penhoël. Sa figure était bien pâle, mais l'effort qu'elle faisait gardait à ses traits réguliers et nobles une apparence de sérénité.

Personne n'a été sans remarquer que la province, si prude et si peu charitable, ne choisit pas toujours ses expressions parmi les plus châtiées, lorsqu'il s'agit de calomnier ou de médire. Quand la conversation arrive à un certain degré, les dents grincent, quand les langues s'aiguisent, la province est comme le latin qui, *dans les mots, brave l'honnêteté* et il n'est point rare d'entendre des locutions très téméraires tomber alors des bouches les plus vénérables.

En ce moment, la *société* faisait de la calomnie légère. Elle allait de l'un à l'autre, déchirant un peu Penhoël absent et risquant sur madame des hypothèses devant lesquelles une valetaille insolente eût assurément reculé. Ensuite on passait à l'Ange, pour retomber sur quelqu'un des couples occupés à danser le bal breton. Puis on se demandait quelle vie menaient ces deux petites dévergondées, Cyprienne et Diane, qui étaient absentes depuis plus de deux heures!

Et c'était, ma foi, très significatif. On avait vu disparaître presque en même temps qu'elles ces deux grands fainéants de Roger et d'Etienne...

Les trois Grâces Baboin échangeaient, à ce sujet, avec la chevalière adjointe de Kerbichel, des observations d'une philosophie si avancée, que le chevalier adjoint et les trois vicomtes avaient envie de rougir.

Une chose bizarre, c'est que ces deux grands garçons d'Etienne et de Roger étaient revenus sans les petites! La Romance expliquait cela en disant que ces demoiselles avaient dû friper leurs toilettes, pendant deux heures de promenade.

Etienne et Roger étaient rentrés ensemble dans le bal à peu près en même temps que Robert de Blois, M. le marquis de Pontalès et Macrocéphale. Tandis que ces derniers affectaient de se saluer en passant comme gens qui ne se sont pas vus depuis longtemps déjà, Etienne et Roger parcouraient d'un regard triste les groupes animés des danseurs.

Leur recherche s'était inutilement prolongée, et, en revenant au salon de verdure, ils avaient l'espoir d'y retrouver Cyprienne et Diane.

— Elles ne sont pas là! dit Roger avec un gros soupir. Deux heures d'absence au milieu d'un bal!

La physionomie d'Etienne était mélancolique et pensive.

— Nous ne les reverrons pas ce soir... murmura-t-il; et il faut que je sois à Redon demain avant le jour; je ne pourrai pas lui faire mes adieux. Veux-tu te charger auprès d'elle de mon dernier message.

— Avant de partir, répliqua Roger, tu peux encore la voir.

Le jeune peintre secoua la tête.

— Ce serait un moment cruel, dit-il; les heures de repos sont pour elles courtes et rares : pourquoi les troubler? Et puis, au moment de la séparation, je serais faible peut-être. Quand tu la verras, Roger, tu lui diras que je l'aimais... et que je n'aimerai jamais une autre femme en ma vie... et qu'au prix de tout mon bonheur je la voudrais voir heureuse.

Sa voix tremblait. Il y avait dans son accent une sensibilité profonde qui faisait contraste avec ses habitudes d'insouciance et la gaieté leste de sa philosophie parisienne.

Roger lui serra la main.

— Je lui dirai que tu es le plus loyal garçon qui soit au monde! répondit-il; je lui dirai que tu as la fortune peut-être au bout de tes pinceaux... et que, si Dieu bénit ton travail, tu reviendras en Bretagne afin de la prendre pour femme.

Les yeux d'Etienne étaient humides.

— Merci! murmura-t-il.

— Nous sommes jeunes! reprit Roger avec un sourire ému; et Dieu est bon; peut-être que nous serons heureux tous ensemble quelque jour!

Pendant qu'ils causaient ainsi, Pontalès, Robert et l'homme de loi parcouraient le bal, et soutenaient leur rôle de gaieté forcée. Blaise servait des rafraîchissements, afin de faire acte de présence.

Au moment où Roger prononçait ces dernières paroles, pleines d'espoir souriant et de foi dans l'avenir, la figure de Bibandier sortit de l'ombre à quelques pas derrière lui.

Le maigre visage du uhlan était couvert de pâleur; ses yeux roulaient, hagards, et ses cheveux mêlés se hérissaient sur son crâne.

Les deux jeunes gens ne le voyaient point; par contre, les complices qui guettaient son arrivée l'aperçurent tous à la fois.

Le sourire contraint de Robert et de Pontalès se glaça sur leurs lèvres. Macrocéphale aurait voulu fuir, et Blaise faillit laisser tomber le plateau qu'il tenait à la main.

Il leur semblait à tous que le bal entier devait voir à nu leur détresse et deviner ce que signifiait l'apparition de ce visage livide du uhlan, qui se montrait à demi derrière l'une des portes du salon de verdure.

Cette apparition ne dura, d'ailleurs, qu'un instant. Lorsque les quatre complices s'enhardirent à jeter vers la porte un second regard, Bibandier avait déjà disparu.

Il prit une des allées du jardin au hasard et se dirigea vers un berceau désert.

Sur son passage, sans savoir ce qu'il faisait, il éteignait les lampions, comme si la lumière eût blessé sa vue.

L'obscurité se fit ainsi autour du berceau où Bibandier s'arrêta.

Il n'attendit pas longtemps. Une minute s'était à peine écoulée que les quatre complices arrivèrent l'un après l'autre.

Personne n'osait interroger.

— Eh bien! dit Bibandier d'une voix étouffée, vous ne me demandez pas mon histoire?

Il y avait quelque chose d'étrange et de solennel dans l'émotion suprême de ce bandit sans cœur, qui avait conservé si longtemps, en face du crime, sa froide et cynique gaieté.

En ce moment tout son corps tremblait, il semblait prêt à défaillir.

— Que vous est-il donc arrivé? demanda enfin Robert.

Bibandier s'appuya, chancelant, contre le treillage du berceau.

— Elles sont mortes, dit-il. Elles étaient bien belles toutes deux. Maintenant elles sont mortes!

— Et personne ne vous a vu? demanda Macrocéphale.

— Mortes! répéta le uhlan, qui mit sa tête entre ses mains; tandis que je chantais en les conduisant vers le trou, elles me regardaient toutes deux avec leurs yeux angéliques. Je les vois encore, se reprit-il en frissonnant, leurs pauvres jolis corps couchés sur la planche.

Il s'arrêta : sa voix s'embarrassait dans sa gorge :

Les quatre complices l'écoutaient immobiles : une sueur froide leur baignait le front.

— Quelqu'un n'a-t-il pas demandé, reprit-il sans relever la tête, si personne ne m'avait vu?

— Moi, balbutia Lehivain.

— Un homme m'a vu, répondit Bibandier, et il vous a vus aussi, tous tant que vous êtes!

— Qui est cet homme? demandèrent les quatre complices d'une seule voix.

Bibandier garda le silence.

Puis il reprit comme en se parlant à lui-même :

— J'avais promis! Il fallait en finir. Quand j'ai soulevé la première dans mes bras, l'autre s'est agitée au fond du bateau, et j'ai vu ses grands yeux se remplir de larmes. Elles ne pouvaient point parler, mais leurs regards se cherchaient. J'ai eu pitié! j'ai rapproché leurs deux visages, et leurs bouches ont pu s'unir encore une fois. Puis je leur ai mis au cou les deux pierres que M. Lehivain m'avait données..............................

....

Le surlendemain de la Saint-Louis, au matin, le bourg de Glénac vit une autre solennité. C'était une fête d'un genre bien différent. La petite église avait son portail tendu de noir, et les paysans, que nous avons vus rassemblés sur l'aire, autour du feu de joie, s'échelonnaient, tristes et silencieux dans le cimetière.

On venait de dire la messe des morts sur deux cercueils, entourés de voiles blancs et ornés de ces fraîches fleurs qu'on jette, dernière parure, sur la tombe des jeunes filles.

Nous eussions trouvé là tous les invités du manoir; mais la famille n'était représentée que par un de ses membres, le vieil oncle Jean, bien que le nom de Penhoël eût été prononcé deux fois dans l'oraison mortuaire.

Les cercueils fleuris contenaient les corps de Diane et de Cyprienne.

René, madame et l'Ange avaient manqué à la messe funèbre. Ce qui avait causé plus de surprise encore, ç'avait été de ne voir ni Roger de Launoy ni le jeune peintre Etienne aux côtés de l'oncle en sabots.

Etienne et Roger, en ce moment, étaient bien loin de Glénac. Ils ignoraient tous les deux les événements de la nuit de la Saint-Louis.

Vers le point du jour, quelques heures après la fin du bal, ils avaient descendu l'escalier du manoir, afin de prendre la route de Redon. Roger faisait la conduite à son ami.

En passant sous la fenêtre des deux jeunes filles, Etienne s'arrêta et Roger appela Cyprienne et Diane par leurs noms à plusieurs reprises.

Point de réponse.

— Elles dorment, dit Etienne, qui jeta sur son épaule son petit paquet de voyage, et partit enfin à grands pas.

La route fut silencieuse entre les deux jeunes gens. A Redon, au moment de monter en voiture, Etienne dit à Roger en lui serrant une dernière fois la main :

— Ecoute, ce Robert te déteste presque autant que moi, et Penhoël n'est plus le maître. Si tu étais forcé de quitter le manoir quelque jour, souviens-toi que je suis ton frère et que ma demeure, si petite et si pauvre qu'elle soit, sera toujours assez grande pour nous abriter tous deux.

La voiture partit pour Rennes et Roger resta seul.

Les dernières paroles de son ami soulevaient en lui de vagues craintes, mais il était bien loin de penser, cependant, qu'il dût être réduit jamais à profiter de l'hospitalité offerte.

Comme il entrait à l'auberge du père Géraud pour déjeuner, celui-ci lui remit une lettre arrivant par exprès du manoir.

La lettre était écrite par M. Robert de Blois, et René de Penhoël avait mis au bas sa signature.

Cela s'était fait le matin même. Robert semblait avoir profité de la courte absence du jeune homme pour lui porter ce coup plus à son aise.

C'étaient quelques phrases sèches et sentant la raillerie, où l'on disait à Roger, en substance, qu'il arrivait à l'âge d'homme, — que les voyages forment la jeunesse, — et que c'était pitié de le voir croupir loin du monde dans le petit bourg de Glénac.

Roger lisait cela le rouge au front. La forme de ce congé le rendait plus cruel encore.

Se voir éconduit froidement et avec moquerie, lui, le fils adoptif, dont l'enfance avait été entourée de tendresse, lui, qu'on avait aimé pendant vingt ans!

Hélas! les pressentiments d'Etienne se réalisaient bien vite.

Roger n'hésita pas : il avait le cœur fier et le nom de Penhoël était au bas de la lettre. Il fallait partir; mais Cyprienne?

Avant de quitter le pays pour toujours, sa première idée fut de retourner au manoir, afin de dire adieu à la pauvre fille dont il emportait l'amour. Ce fut la crainte de se trouver face à face avec le maître de Penhoël qui l'arrêta. Il s'enferma dans une des chambres du *Mouton couronné* et se mit à écrire.

Le papier où courait sa plume fut mouillé plus d'une fois de ses larmes, et pourtant, parmi ses phrases désolées, il y avait de l'espoir, car il était jeune et plein de courage.

Il parlait pour lui et pour Etienne, dont il ne pouvait plus faire les adieux de vive voix; il disait aux deux sœurs : nous vous aimons, nous travaillerons, nous reviendrons...

Le père Géraud fut chargé de porter la lettre que les deux

pauvres jeunes filles ne devaient pas lire, hélas! et Roger monta à cheval pour courir après la voiture de Rennes.

Au lieu de remettre son message, le bon aubergiste s'agenouilla dans l'église de Glénac et pria pour les deux pauvres filles mortes.

En l'absence du maître de Penhoël et de madame, c'étaient M. le marquis de Pontalès et Robert de Blois qui représentaient la famille en qualité d'amis, car le pauvre oncle Jean, écrasé sous sa douleur trop lourde, était incapable de s'occuper de rien.

En cette circonstance, il fallait bien le reconnaître, le marquis, Robert et même M. Lehivain avaient témoigné à la famille une affection empressée. Il n'y avait pas jusqu'au fossoyeur de la paroisse, le pauvre Bibandier, qui n'eût fait preuve d'un dévouement très méritoire.

Les deux jeunes filles s'étaient noyées dans le marais, on ne savait trop comment. Les circonstances de leur fin restaient entourées d'un vague mystère. On disait seulement qu'ayant voulu traverser l'Oust sur un frêle batelet, elles avaient été emportées par le courant jusqu'à la Femme blanche.

Le fossoyeur Bibandier avait retrouvé sur le rivage, le lendemain matin, des débris de la barque, et c'était lui qui avait donné l'éveil.

Après une journée entière de recherches infructueuses, Pontalès, maître Lehivain, Robert de Blois et son domestique Blaise étaient restés seuls sur le lieu présumé de la catastrophe, avec le fossoyeur Bibandier.

Ce dernier, disait-on, avait plongé une grande partie de la nuit aux environs du tournant et avait fini par repêcher les deux corps. Du moins avait-on trouvé, le lendemain matin, deux cercueils déjà cloués à la porte de l'église.

Les actes de décès avaient dû se faire en famille, M. de Penhoël étant maire.

Quant au curé, c'était un petit cousin du marquis de Pontalès.

D'ailleurs, personne ne songeait à douter : le malheur n'était que trop évident! Chacun pleurait et priait autour de ces pauvres petits cercueils que la terre allait sitôt recouvrir.

S'il y avait des doutes parmi la foule sombre et consternée, ce n'était pas sur la mort elle-même, mais bien sur les circonstances qui avaient accompagné la mort.

Cyprienne et Diane savaient conduire un bateau sur un marais aussi bien que pas un pêcheur de macres. Elles étaient habiles nageuses : comment ne pas concevoir des soupçons?

Plus d'un regard défiant se fixait à la dérobée sur Pontalès et sur Robert.

Il eût suffi d'un mot peut-être pour changer la douleur commune en colère, et alors, malheur aux assassins! Mais ce mot, personne ne le prononçait. Il n'y avait point de preuves, et certes le crime ne pouvait se lire sur les figures tranquilles du marquis et de M. de Blois.

Ils étaient là remplaçant la famille; les paysans pouvaient voir sur leurs physionomies, composées habilement, une tristesse recueillie et calme.

Les soupçons tombaient; d'ailleurs, parmi les paysans, ceux qui ne récitaient point la prière funèbre étaient occupés tout entiers à parler de la catastrophe et des pauvres enfants qu'on avait vues, l'avant-veille encore, si jeunes et si belles, ouvrir le bal de la Saint-Louis.

Homme et femmes chuchotaient à la porte de l'église, et, comme c'est l'habitude des bonnes gens de Bretagne, chacun cherchait dans ses souvenirs un présage à cette mort funeste.

— Le vieux Benoît l'avait bien dit! murmurait-on; personne ne voulait le croire, quand il répétait que les filles de Penhoël seraient trois Belles de nuit avant le jour de sa mort. En voici deux déjà!

— Et la petite demoiselle Blanche est bien malade!

— Elles *reviendront*, les chères filles! reprenait une ménagère en égrenant un chapelet.

Une voix effrayée s'éleva au milieu du groupe et dit :

— Elles sont déjà revenues!

Chacun tressaillit et se rapprocha.

C'était le petit Francin qui avait parlé. Il était tremblant et tout pâle.

— Oui, poursuivit-il en baissant les yeux, c'est moi qui ai dit le premier *de profundis* pour le salut de leurs âmes... car je les ai vues cette nuit... et j'ai bien reconnu qu'elles étaient mortes.

Le père Géraud avait fendu la presse et tenait l'enfant par le bras.

— Tu les a vues? balbutia-t-il.

Le petit paysan frémissait de tous ses membres.

— C'était ce matin, une heure avant le jour, dit-il; j'allais au marais chercher nos chevaux; j'ai vu quelque chose de blanc qui remuait au pied de l'aulne où l'on amarre le grand bac de Port-Corbeau. J'avais peur, mais j'ai pensé tout de suite aux demoiselles. Oh! je les ai bien reconnues! Elles portaient les mêmes robes que le soir du bal! Elles étaient là toutes deux agenouillées au pied de l'arbre, et il me semblait qu'elles creusaient

la terre. J'ai fait du bruit en me sauvant, et quand je me suis
retourné pour voir encore, elles avaient disparu.

'On entamait la dernière hymne sous la porte de l'église. Les
paysans se turent et mêlèrent leurs voix émues à celles des prêtres.

La *société*, qui avait occupé pendant le service la place d'honneur, au-devant de l'autel, sortait en ce moment; la *société* causait
ici comme dans le salon de verdure.

— Pauvres chères filles! gémissait l'aînée des trois Grâces
Baboin; qui aurait pensé jamais cela?

Elle essuya une larme entièrement invisible.

— Ce que c'est que de nous! soupira la Romance.

Madame veuve Claire Lebihinic regardait du coin de l'œil les
trois vicomtes pour constater l'effet produit par sa toilette de
deuil.

— Mesdames, dit gravement le chevalier adjoint de Kerbichel,
c'est la loi commune.

Le petit frère Numa fit observer ceci :

> Le pauvre en sa cabane où le chaume le couvre
> Est sujet à ses lois;

Le chevalier adjoint interrompit :

> Et la garde qui veille aux barrières du Louvre
> N'en défend pas nos rois!

— Ah! murmura la Cavatine, les hommes n'ont pas de cœur!
Au lieu de pleurer comme nous autres femmes, ils citent des
passages de Bossuet ou de Voltaire!

La porte de l'église s'ouvrit à deux battants et le convoi sortit,
escorté par les jeunes filles du bourg. Devant les cercueils, les
danseuses du bal de la Saint-Louis marchaient, vêtues encore de
leurs robes blanches.

L'oncle Jean, soutenu par le père Chauvette, suivait le cor-
tège, ainsi que Pontalès, Robert, maître Lehivain et Blaise.

— Prêtez-moi votre flacon, ma chère demoiselle, dit la chevalière adjointe à Eglantine Baboin-des-Rozeaux de l'Etang :
j'ai bien peur de me trouver mal!

— Ma chère dame, répliqua la Romance, il faut se faire une
raison, voyez-vous! Dieu sait que mes sœurs et moi nous aimions
les pauvres petites plus que personne, mais à présent tout est
fini et le désespoir n'y fait rien!

— D'ailleurs, reprit la Cavatine, passant des sanglots au com-
mérage par une habile tangente, faut-il beaucoup regretter la
vie pour elles?

Toute la partie féminine de la *société* poussa en chœur un
gros soupir.

— Hélas! reprit la Romance, elles n'étaient pas heureuses! C'est au point que je ne me suis pas révoltée, comme j'aurais dû le faire peut-être, quand on m'a parlé de suicide.

La Romance prononça ces derniers mots discrètement et juste assez haut pour que tout le monde pût les entendre.

— Oh! mademoiselle! se récrièrent les vicomtes.

Mme veuve Claire Lebihinic et la chevalière adjointe ouvraient les yeux et les oreilles, flairant une médisance de haut goût.

La Romance baissa la voix davantage et leva ses regards au ciel.

— Je ne connais pas ces choses-là, murmura-t-elle; mais on dit que quand les jeunes filles ont été trompées...

— Ça arrive tous les jours! interrompit madame Claire Lebihinic.

— Et voyez! reprit la Romance encouragée, voyez si Roger et ce vagabond d'Etienne ont osé paraître à l'enterrement!

On chercha des yeux les deux jeunes gens.

— C'est vrai! dit un des vicomtes : je n'avais pas songé à cela.

Et dans l'esprit de chacun la mémoire les deux filles de l'oncle Jean fut ternie.

Le convoi atteignait la porte du cimetière où se trouvaient les sépultures des Penhoël. Les trois Grâces Baboin gardèrent le silence, contentes désormais d'avoir jeté quelques fleurs sur ces pauvres tombes.

L'aspect du cimetière était triste et morne, les chants faisaient trêve. Les paysans, muets et le rosaire à la main, se rangeaient autour des deux fosses ouvertes.

Bibandier était à son poste de fossoyeur.

Au moment où il étendait la main pour mettre le premier cercueil en terre, un bras se posa au-devant de lui et le fit reculer.

En même temps, une clameur sourde, mêlée de surprise et d'épouvante, courut dans le cercle des bonnes gens.

Entre le fossoyeur et les deux bières, une sorte de fantôme, que sa maigreur faisait paraître d'une taille démesurée, venait de se dresser, sortant on ne sait d'où.

Il était là si hâve et si décharné, que tous, en ce premier moment, crurent que la terre s'était ouverte pour lui livrer passage.

Puis un nom domina les murmures de la foule.

— Benoît Haligan! disait-on; Benoît le sorcier!

Le voir en ce lieu était aussi étrange assurément que de voir un spectre percer la terre.

Comment avait-il quitté le grabat où sa longue agonie le clouait depuis des mois entiers? quelle force mystérieuse l'avait aidé à monter la colline?

Chacun, dans le cimetière, regardait avec stupéfaction.

Benoît se tenait droit et raide auprès des fosses. Son œil cave se fixa d'abord sur Bibandier, qui tourna la tête; puis sur Pontalès, Robert de Blois, maître Lehivain et Blaise, qui ne purent s'empêcher de baisser les yeux.

Après quelques secondes de silence, le vieux passeur courba lentement sa haute taille et soupesa les deux bières l'une après l'autre.

Tandis qu'il se redressait, on vit autour de sa lèvre flétrie une sorte de sourire.

— Que Dieu prenne en pitié ceux qui vivent et ceux qui sont morts! dit-il en croisant ses bras sur sa poitrine.

Il salua Jean de Penhoël en l'appelant par son nom, et sortit du cimetière. La foule lui fit un large passage.

En redescendant la colline, ses jambes amaigries chancelaient sous le poids de son corps; mais il ne s'arrêtait point. Il ne cessa de marcher qu'en atteignant le rivage de l'Oust, au pied de l'aulne où le grand bac était amarré.

Une fois là, il se mit sur ses genoux et approcha sa tête du sol qui semblait avoir été remué fraîchement.

Ses mains ridées se joignirent et il se laissa choir, épuisé, sur l'herbe en murmurant :

— Que Dieu et la Vierge les protègent!

. . . .

Au cimetière, la fête lugubre était finie, et Bibandier, achevant son office de fossoyeur, recouvrait de terre les tombes de Diane et de Cyprienne.

VII

DEUX TOMBES

On entendait jusque dans la chambre de l'Ange le son métallique et vibrant de la grande pendue du salon, qui sonnait lentement neuf heures. C'était le soir de la messe funèbre, dite à la paroisse de Glénac, pour Diane et Cyprienne de Penhoël.

La veille, à ce même moment, la grande pendule du salon aurait bien pu sonner pendant un quart d'heure sans que personne y prît garde, au milieu des joyeux bruits de la fête. Mais c'était du plaisir que les hôtes de Penhoël étaient venus chercher au manoir : ils avaient fui devant ce deuil qui s'était glissé tout à coup parmi la joie promise.

Que faire en une maison mortuaire? Les hôtes de Penhoël étaient tous partis jusqu'au dernier. A présent, au lieu des gaies rumeurs du bal, on avait le silence morne; au lieu de cette foule remuante et rieuse qui animait les verts bosquets du jardin, la solitude; au lieu des illuminations prodiguées, les ténèbres épaisses et muettes.

On eût dit une maison abandonnée. Sur toute la façade du manoir on ne voyait que deux lueurs faibles et perçant à peine la soie des tentures; une de ces lumières brûlait chez René de Penhoël, l'autre éclairait la chambre de l'Ange.

Madame était assise au chevet de sa fille. Blanche dormait d'un sommeil inquiet et plein de tressaillements. La douleur qui l'avait navrée tout le jour revenait sans doute en ses rêves, car la pauvre enfant se plaignait et gémissait dans son sommeil.

Blanche avait bien pleuré : Cyprienne et Diane n'étaient plus là, ses deux cousines qu'elle aimait tant! La veille encore, elle enviait leur sourire, et maintenant on les avait mises en terre. La pauvre Blanche avait subi, pendant toute la journée, cette douleur pleine d'étonnement et d'effroi qui prend les enfants au premier aspect de la mort.

A son âge et quand on n'a pas vu encore s'en aller pour jamais une personne chère, on ne croit pas tout de suite à l'éternelle séparation. L'esprit repousse longtemps l'idée de la mort, et de vagues espoirs s'obstinent au fond du cœur.

Blanche avait pensé plus d'une fois dans la journée que tout cela était un songe funeste. Dès que ses paupières se fermaient, fatiguées de larmes, elle croyait voir les douces figures de ses cousines sourire à son chevet.

Est-ce qu'on meurt ainsi toute jeune et toute belle? Est-ce que la tombe peut s'ouvrir au seuil de la salle de bal?

Les yeux de l'Ange étaient rouges et humides encore. Le sommeil l'avait surprise, sans doute, au milieu d'une prière, car ses mains restaient jointes sous sa couverture. Elle était beaucoup plus changée que le soir de la Saint-Louis. La maladie ne pouvait point lui enlever son exquise beauté, mais son visage portait les traces de la souffrance physique et de l'affaiblissement.

Il n'en fallait pas tant d'ordinaire pour que l'œil de madame, attentif et inquiet, ne quittât pas un seul instant les traits de sa fille chérie. Mais aujourd'hui, Marthe de Penhoël tenait ses regards cloués au sol et semblait oublier la présence de l'Ange.

La figure de Marthe semblait être de pierre. Depuis la tombée du jour, elle était assise à la même place : elle n'avait pas fait un mouvement.

Ses yeux, fixés à terre, n'avaient point de pensée. Le sang avait abandonné complètement sa joue livide et comme morte.

Plusieurs fois avant de s'endormir, accablée, Blanche lui avait adressé la parole : point de réponse.

Et c'était étrange! Madame accueillait si avidement d'ordinaire chaque mot tombant des lèvres de sa fille!

Quand une torture trop poignante déchire l'âme, on devient insensible et sourd.

Mais quelle était cette torture? Du vivant des filles de l'oncle Jean, Marthe de Penhoël était bien froide envers elles. La mort des deux pauvres enfants l'avait-elle donc changée au point de mettre à la place de sa froideur des regrets navrants et passionnés?

Ou sa douleur avait-elle une autre cause?

Marthe était seule et nulle oreille amie ne s'ouvrait pour recevoir sa confidence. Sa pensée restait un secret entre elle et Dieu.

Quand le son de la pendule du salon arriva jusqu'à son

oreille, à travers les murailles épaisses, sa tête, qui se renversait au dossier de son fauteuil, se pencha en avant, comme pour écouter.

Elle compta jusqu'à neuf; puis ses mains se croisèrent, froides et blanches, sur sa robe de deuil.

— Neuf heures! murmura-t-elle d'une voix brève et altérée; la dernière fois qu'elles chantèrent, l'heure sonna pendant le second couplet. Je m'en souviens, c'était neuf heures!

Elle s'arrêta comme si son esprit eût écouté en songe une lointaine mélodie.

Puis deux larmes brillèrent dans ses yeux, jusqu'alors secs et brûlants.

Elle se prit à dire lentement, et comme si elle n'avait point eu la conscience de ses propres paroles, les derniers vers du chant des *Belles de nuit* :

> Cette brise, c'est ton haleine,
> Pauvre âme en peine;
> Et l'eau qui perle sur les fleurs,
> Ce sont tes pleurs...

Un long soupir souleva sa poitrine.

— Toutes deux! murmura-t-elle. S'il revient, que lui dirais-je?

En ce moment, Blanche rendit un soupir plus distinct. Madame releva les yeux sur elle. Mais son regard, au lieu de cet amour exclusif et jaloux qui l'animait naguère lorsqu'elle contemplait l'Ange, exprima une sorte de colère concentrée.

— Mademoiselle de Penhoël! prononça-t-elle avec un sourire amer : l'héritière! Toutes les joies vous étaient dues! Tous les respects... et tout l'amour! Pour elles, rien! Etaient-elles moins belles ou moins bonnes? Mon Dieu! mon Dieu! toutes mes caresses étaient pour l'une et les autres souffraient dédaignées : les autres qui se dévouaient et qui mouraient pour moi!

Ses sourcils étaient froncés; son regard se fixait toujours, dur et froid, sur Blanche endormie.

— Mademoiselle de Penhoël! répéta-t-elle avec une amertume croissante : la fille de la maison! Les autres s'asseyaient au bas bout de la table... et n'était-ce pas par charité qu'elles mangeaient le pain du manoir?

Elle se leva d'un mouvement brusque et continua en s'adressant à l'Ange, comme si la pauvre enfant eût pu l'entendre :

— Vous leur aviez tout pris, vous! leur place dans le monde... leur héritage... jusqu'au sourire de leur mère!

Une larme vint mouiller les cils baissés de Blanche qui rêvait. La tête de madame se pencha sur sa poitrine.

— Jusqu'au dernier jour! reprit-elle; oh! il m'a fallu rester auprès de votre lit, tandis que des étrangers jetaient la terre bénite sur leur tombe! Abandonnées! abandonnées depuis le berceau jusqu'à la mort!

Elle se couvrit le visage de ses mains et garda le silence pendant quelques minutes; puis, se redressant tout à coup, elle dit avec un élan de passion:

— Après la mort, du moins, on peut les aimer, je pense! Dormez heureuse, Blanche de Penhoël. Pour la première fois, je vais vous abandonner, ma fille, afin de prier pour elles!

Marthe oublia de mettre un baiser sur le front de sa fille. Elle traversa la chambre à pas lents et s'engagea dans les corridors du manoir, après avoir fermé la porte à double tour.

Elle ne rencontra ni valets ni maître sur son chemin. La maison semblait déserte.

Une fois dehors, elle pressa le pas pour se diriger vers la paroisse de Glénac, qui était distante d'un grand quart de lieue.

Le temps était lourd et accablant comme la veille; seulement une brise tiède soufflait par rafales et déchirait çà et là le voile de nuages qui couvrait le ciel. La lune se montrait par intervalles, faisant sortir des ténèbres les marais et les montagnes. Cela durait une minute, et tout disparaissait, envahi de nouveau par la nuit victorieuse.

Le long de la route solitaire, Marthe de Penhoël chancela plus d'une fois, car elle était bien faible. Plus d'une fois elle s'arrêta saisie d'épouvante, parce qu'un rayon de lune, glissant tout à coup à travers les arbres lui montrait, couchées sur l'herbe, deux enfants immobiles et endormies dans leurs robes blanches...

D'autres fois, quand son regard se tournait vers le marais qui s'étendait sur sa gauche à perte de vue, il lui semblait qu'une voix triste murmurait à son oreille les mélancoliques paroles du chant breton.

C'était l'heure où les vierges mortes viennent pleurer la vie sous les saules. Marthe apercevait comme des ombres vagues qui se mouvaient au bord de l'eau. Pauvres Belles de nuit! Marthe était une fille de la Bretagne. Ses yeux se mouillaient de larmes et ses bras s'étendaient vers les saules.

Le cimetière de Glénac fait le tour de la petite église, dont les murailles indigentes et décrépites s'élèvent à mi-coteau, dominant tout le paysage que nous avons décrit plus d'une fois. L'unique rue du bourg descend tortueusement vers le marais et baigne ses dernières maisons dans les grandes eaux, lorsque vient le *déris*. Le tournant de Trémeulé est situé sur la paroisse de Glénac, et la *Femme blanche* a mis bien des fois en branle les cloches de la flèche pointue et bleue, pour sonner le glas des noyés. Derrière l'église il y a deux grands ifs, si touffus qu'on ne voit point le ciel à travers leurs branches. Ils dépassent en hauteur la croix de pierre qui marque, sur la toiture, la place de l'autel. Les vieillards disent que les pères de leurs grands-pères ont vu ces arbres hauts et touffus déjà : ils ont des siècles d'âge.

Entre les deux ifs, une balustrade en bois séparait du commun des tombes un espace carré : c'était la sépulture de Penhoël depuis qu'on n'enterrait plus sous les dalles de l'église.

Marthe entra dans l'enceinte où la lumière de la lune lui montra les deux tombes toutes fraîches et que nulle pierre ne recouvrait encore.

Marthe se mit à genoux entre les deux tombes, et demeura longtemps immobile. L'air sentait l'orage; le vent commençait à se lever, fouettant l'atmosphère pesante; le gras feuillage des ifs s'agitait par intervalles et la girouette de l'église, tournant à ce souffle incertain qui précède la tempête, jetait dans la nuit sa plainte rauque.

Marthe n'entendait rien, seulement, quand le vent portait et que le bruit sourd du tournant de Trémeulé montait jusqu'à elle, son corps semblait éprouver un choc soudain.

Elle savait que les cadavres des deux jeunes filles avaient été retrouvés sous la Femme blanche.

Les minutes s'écoulaient; Mart   restait toujours muette et sans mouvement. Au bout d'un quart d'heure environ, elle rejeta en arrière ses longs cheveux qui lui couvraient le visage, car elle était sortie tête nue. Sans l'ombre épaisse projetée par les deux ifs, on eût pu voir en ce moment sur ses traits un sourire tranquille et doux.

Sa douleur s'endormait en un rêve.

— Diane! dit-elle tout bas.

Et comme le silence seul répondait à cet appel, Marthe se tourna vers l'autre tombe.

— Cyprienne! dit-elle encore.

Toujours le silence.

Marthe mit ses deux mains sur son cœur; un éclair se faisait dans la nuit de son intelligence.

— C'est donc bien vrai! murmura-t-elle. Je ne verrai plus leur sourire. Elles sont là toutes deux dans la terre! M'entendent-elles? savent-elles comme je les trompais? et tout ce qu'il y avait pour elles d'amour au fond de mon cœur?

Elle joignit ses mains sur ses genoux; ses yeux ne pouvaient point pleurer, mais dans sa voix brisée il y avait des larmes.

— Pauvres enfants! reprit-elle; pauvres enfants chéries! belles âmes qui viviez de dévouement et de tendresse! Elles se croyaient dédaignées; autour d'elles il n'y avait que froideur, et jamais une plainte! Il y a deux jours encore, quand je les trouvai agenouillées à mes côtés comme deux anges consolateurs, elles me parlèrent de mourir pour moi, et moi je n'eus que des paroles de raillerie! Oh! pitié! pardon! je vous aimais! je vous aimais!

Des pleurs brûlants inondaient maintenant sa joue, et des sanglots soulevaient sa poitrine haletante.

— Je vous aimais! poursuivit-elle en faisant signe de presser contre son cœur une personne chère : Dieu le savait; Dieu voyait mes larmes et connaissait mon martyre! Oh! vous ne souffriez pas seules, pauvres enfants, et maintenant que vous êtes des saintes dans le ciel, priez pour moi, qui reste après vous à souffrir!

Elle n'avait plus de voix. Le silence régna dans le cimetière.

Quand Marthe reprit la parole, son accent était doux et tout plein de caresses.

— Dieu est bon, dit-elle; je sens bien que je ne serai pas long-temps sans vous revoir. Que de baisers quand nous serons toutes ensemble! Je ne me cacherai plus; je vous montrerai mon âme. Nous aimer! nous aimer! ce sera notre joie dans le paradis.

Elle tressaillit et releva tout à coup sa taille affaissée.

— Blanche! dit-elle, comme si une voix eût murmuré ce nom à son oreille; c'est vrai... je l'avais oubliée.

Puis elle ajouta avec amertume :

— Toujours elle entre vous et moi... Toujours! Et vous l'aimiez, pauvres martyres, cette enfant heureuse qui vous prenait ma tendresse. Blanche! oui, je suis sa mère; il faut que je veille sur elle; et je n'ai pas le temps de rester avec vous!

Avant de se relever, elle toucha de ses lèvres la terre humide qui recouvrait les deux tombes.

— Au revoir! murmura-t-elle · je reviendrai demain.

Elle sortit du cimetière. Tandis qu'elle reprenait la route parcourue, le vent qui gagnait à chaque instant en violence la frappait au visage. Au bout de quelques minutes, l'espèce de voile qui était sur son esprit se déchira. Pendant l'heure qui venait de s'écouler, elle avait agi et parlé comme en un rêve. Maintenant elle se retrouvait tout à coup en face de la réalité : la pensée de sa fille envahissait de nouveau son cœur.

Elle n'avait pas tout perdu, puisque Blanche lui restait, Blanche, son cher trésor.

Si on lui eût rappelé l'amertume récente de ses paroles, alors qu'elle s'agenouillait entre les deux tombes, Marthe n'y aurait point voulu croire.

Reprocher à l'enfant adorée l'amour qu'on lui prodiguait, n'était-ce pas un blasphème?

Marthe pressait le pas.

Elle se disait que l'Ange se serait peut-être réveillée pendant son absence et qu'elle aurait appelé en vain.

Elle se voyait d'avance rentrant dans la chambre un moment désertée, et s'élançant vers le petit lit pour couvrir de baisers le front de l'Ange.

De l'Ange qui souriait contente et guérie...

Oh! il y avait encore du bonheur dans sa misère!

Ces pauvres cœurs frappés prennent tout à l'extrême; ils n'ont plus de règle, parce que leur force est brisée. On les voit passer du désespoir à l'allégresse, et tout sentiment chez eux semble exalté par une sorte de fièvre.

L'âme de Marthe s'inondait de joie. Blanche était tout pour elle en ce moment. Toutes ses facultés d'aimer se rattachaient à Blanche.

Le même paysage triste était toujours autour d'elle : la colline, tantôt ensevelie dans la nuit, tantôt effleurée par la lueur pâle qui tombait de la lune; le marais immense et plat, au milieu duquel se dressait la fantastique figure de la *Femme blanche*, qui aurait dû lui parler encore des deux jeunes filles mortes...

Mais elle ne voyait plus avec les mêmes yeux. Il lui semblait que la nuit souriait au-devant de ses pas. Elle était forte; sa marche ne chancelait plus; elle se hâtait, consolée, parce qu'elle voyait briller au loin, sur la façade sombre du manoir, la lumière qu'elle avait laissée dans la chambre de sa fille.

Vers cette même heure, un cavalier suivait la route de la Gacilly à une demi-lieue de Redon. Ce cavalier avait la même pensée que madame, et son cœur joyeux battait bien fort au souvenir de Blanche qu'il allait revoir.

C'était Vincent de Penhoël arrivant de Brest à l'aide de pièces d'or que Berry Montalt, le nabab de Mascate, lui avait données.

Vincent avait payé le capitaine anglais et s'était dirigé vers l'Ille-et-Vilaine, sans passeport, au risque de tomber entre les mains de la justice : il était si pressé de revoir Penhoël!

Il poussait son cheval, et ne s'inquiétait guère plus que

madame de l'orage menaçant, qui courbait déjà les branches flexibles du taillis.

Comme il arrivait à la hauteur du bourg de Bains, dans ce même chemin creux où nous avons vu l'armée du uhlan Bibandier arrêter jadis Robert et Blaise, il entendit au-devant de lui le pas d'un cheval, et l'instant d'après un cavalier passa au grand galop, à son côté.

Vincent crut apercevoir confusément que le cheval portait un double fardeau, un homme et une femme.

Cela ne le regardait point assurément, et pourtant son cœur se serra.

Sans se rendre compte de ce qu'il faisait, il appela le cavalier et le somma de s'arrêter.

Mais celui-ci avait déjà disparu à un coude de la route : Vincent n'eut point de réponse.

Un irrésistible instinct lui fit tourner la tête de son cheval; il fit même quelques pas en arrière, et la pensée que l'inconnu était beaucoup mieux monté que lui put seule l'arrêter.

Il continua sa route vers Penhoël, la tête basse et frappé par un pressentiment triste qu'il ne pouvait secouer.

. . . .

Madame venait de rentrer au manoir de Penhoël. Les corridors étaient toujours déserts. Elle trouva la porte de l'Ange fermée à double tour comme elle l'avait laissée.

Elle fit tourner vivement la clef dans la serrure et s'élança vers le lit, les bras tendus, le sourire aux lèvres.

Le lit était vide.

Madame ne perdit point son sourire.

— Petite méchante, murmura-t-elle, qui a voulu me punir de l'avoir laissée seule un instant.

Elle chercha en se jouant derrière les rideaux et sous les portières.

— Blanche! appela-t-elle sans élever la voix : où es-tu? Blanche ne répondait pas.

Madame ouvrit les portes du cabinet et en fouilla les moindres recoins.

— Blanche! répéta-t-elle d'une voix altérée déjà, ne cherche pas à m'effrayer plus longtemps, ma fille. Si tu savais, je n'ai que trop de raisons de craindre! Blanche! Blanche! je t'en prie!...

Elle tremblait, mais souriait encore.

Tout à coup, elle poussa un grand cri et se laissa choir sur ses deux genoux.

Elle venait de voir la fenêtre ouverte et la tête d'une échelle dont les derniers barreaux dépassaient le balcon.

VIII

LE PORTEFEUILLE

Pendant deux ou trois minutes, Marthe de Penhoël resta comme anéantie.

Le coup la frappait d'autant plus rudement qu'il était plus imprévu; jusqu'au dernier moment, elle avait refusé de croire à un malheur sérieux.

Que craindre? un enlèvement? Mais qui aurait pu avoir l'idée d'enlever cette pauvre enfant, malade et faible? n'eût-ce point été un assassinat?

Maintenant que Marthe recouvrait la faculté de penser, sa conscience répondait à cette question : les autres ont bien été assassinées!

Mais la lumière se faisait lentement dans son esprit, et, à mesure qu'elle réfléchissait, les doutes revenaient en foule avec l'espoir.

C'était impossible! qui donc aurait enlevé Blanche? Marthe ne pouvait nommer qu'un seul coupable, et celui-là n'avait pas besoin d'employer les mesures extrêmes. Robert de Blois était le maître au manoir de Penhoël, où depuis bien longtemps chacun devait accomplir ses moindres volontés. On n'arrache pas une pauvre fille à son lit de souffrance, quand on peut la garder à vue comme une captive, et qu'on la tient en son pouvoir.

Pourtant, de la place où elle était tombée sur ses genoux, Marthe pouvait voir encore les derniers barreaux de l'échelle dressée contre la fenêtre. Il n'y avait pas à lutter contre cette preuve si évidente, Marthe courbait la tête, et c'était machinalement que sa bouche répétait encore :

— Blanche! Blanche! je t'en prie, ma fille, ne te cache plus!

Il y avait déjà longtemps que Marthe était ainsi prosternée, la tête sur sa poitrine, et ne trouvant point la force de se relever. Elle voulait implorer Dieu, mais sa mémoire lui refusait en ce moment ses prières si souvent répétées. Elle ne pouvait prononcer qu'un mot : Blanche! Blanche!

Comme elle essayait, pour la vingtième fois peut-être, de se dresser sur ses pieds, afin de jeter au moins un regard en dehors, la porte s'ouvrit doucement.

Un immense espoir envahit le cœur de la pauvre mère; son âme passa dans ses yeux, qui se fixèrent, avides, sur la porte entr'ouverte.

Personne ne s'y montrait encore.

— Blanche! murmura madame. Oh! tu me fais mourir! C'est toi, n'est-ce pas, c'est toi?

La porte s'ouvrit tout à fait, et, au lieu de la charmante figure de l'Ange que Marthe s'attendait à voir, ce fut le visage sombre du maître de Penhoël qui apparut sur le seuil.

René avait ses cheveux gris épars et les rides de son front semblaient se creuser plus profondes. Sa joue était blême, à l'exception de cette tache d'un rouge ardent que l'ivresse mettait, chaque soir, à ses pommettes osseuses et amaigries. Il avait les yeux hagards, mais non pas éteints comme à l'ordinaire, et dans sa prunelle sanglante on lisait comme une colère vague et aveuglée.

Il était ivre.

Il se retenait des deux mains aux montants de la porte.

— On vous trouve enfin, madame, dit-il d'une voix embarrassée. Voilà longtemps que je vous cherche... Debout et suivez-moi.

La pauvre Marthe tâcha en vain d'obéir.

Et tout en s'efforçant, elle murmurait :

— Ma fille! par pitié, René, dis-moi où est ma fille!

Les sourcils de Penhoël se froncèrent. Sa figure était effrayante à voir.

— Ne m'avez-vous pas entendu? s'écria-t-il; ou ne suis-je déjà plus le maître?

Marthe ne pouvait bouger, René traversa la chambre d'un pas lourd et chancelant. Quand il fut arrivé auprès de sa femme, il se baissa pour lui saisir le bras, et ce mouvement faillit lui faire perdre l'équilibre, tant l'eau-de-vie chargeait pesamment sa tête.

Il ne tomba pas cependant, et Marthe poussa un cri faible, parce que la main brutale de René lui écrasait le bras.

Il la souleva de force et la traîna, brisée, jusque dans le corridor.

Il y avait des années que le maître de Penhoël laissait sa femme dans l'abandon, mais il ne l'avait jamais maltraitée. Aux heures même de son ivresse quotidienne, il avait toujours gardé vis-à-vis d'elle les dehors du respect.

Cette violence soudaine, dont le motif ne se pouvait point deviner, faisait diversion à l'angoisse de Marthe, qui s'effrayait et qui disait :

— Que voulez-vous de moi, monsieur? Laissez-moi!

René ne répondait point et la forçait toujours de suivre son pas incertain le long du corridor.

Personne ne se montrait sur leur route. Durant cette soirée, on eût dit que ce qui restait d'hôtes au manoir affectait de se cacher.

On n'avait vu ni Pontalès, ni l'homme de loi, ni Robert, ni Blaise.

René fit traverser à sa femme le corridor entier et descendit avec elle le grand escalier du manoir. Il s'arrêta devant la porte du salon qu'il ouvrit.

— Entrez, dit-il.

Le salon était éclairé par une seule lampe, qui brûlait sur une table, à côté d'un verre et d'un flacon vides. C'était là que Penhoël avait passé sa soirée.

Marthe fit quelques pas dans le salon et tomba épuisée sur un siège.

René agita une sonnette.

— De l'eau-de-vie! cria-t-il de loin au domestique dont les pas se faisaient entendre au dehors.

Le domestique s'éloigna et revint l'instant d'après avec un nouveau flacon d'eau-de-vie.

— Allez-vous-en, lui dit René, et qu'on serve le souper ici dans une heure.

La porte se referma. Penhoël était seul avec sa femme. Il se versa un plein verre et prit place auprès d'elle.

— Vous êtes pâle, madame, commença-t-il; je crois que vous avez peur : vous savez donc ce que j'ai à vous dire?

— Au nom du ciel, monsieur, murmura Marthe, qu'est devenue ma fille?

Penhoël la regardait en face, et ses yeux avaient une expression effrayante.

Une idée fixe lui restait dans son ivresse, une pensée de colère et de châtiment cruel.

— Votre fille! répéta-t-il, que m'importe cette enfant?

— N'est-elle pas à vous, René? voulut dire Marthe.

— Silence! Je suis le maître pour une heure encore. J'ai le temps de vous juger et de vous punir.

Marthe releva sur lui son regard étonné. Penhoël poursuivit en essayant de railler :

— Votre fille? nous vous dirons ce qu'est devenue votre fille, madame!

Et il ajouta d'un accent plus amer :

— L'enfant qu'on appelle l'Ange de Penhoël... la honte... le déshonneur de toute une race!

— Monsieur!... voulut dire encore Marthe.

— Silence! il n'est pas temps de parler de votre Ange, madame; vous avez d'autres amours. Et puisque nous sommes seuls tous deux, nous pouvons bien causer affaires de famille!

Il mit sa main sous sa veste de chasse et en retira un petit portefeuille vert. Marthe ne pouvait plus pâlir, mais elle tressaillit et sa taille se redressa. Le premier mouvement d'épouvante fut en elle si vif, qu'un instant elle oublia sa fille.

Penhoël eu un sourire.

— Comme vous regardez mon portefeuille, madame! dit-il : c'est une vieille connaissance pour vous. Je parie que vous auriez donné bien de l'argent pour le revoir!

Il parlait vrai cette fois. Le portefeuille était celui que nous avons vu entre les mains de Robert de Blois, lors de son rendez-vous avec madame, le soir de la Saint-Louis. Et c'était contre madame une arme cruelle, sans doute, puisque Robert n'avait eu qu'à montrer ce portefeuille pour vaincre à l'instant même la résistance de la pauvre femme.

L'homme le plus froid aurait eu compassion à voir Marthe en ce moment. Elle n'avait plus la conscience exacte de tous les malheurs qui pesaient sur elle, mais elle sentait son cœur se briser. Ses cheveux détachés tombaient, alourdis et mouillés par une sueur glacée. Son visage exprimait une si terrible angoisse qu'il n'aurait pu changer davantage à l'heure de l'agonie.

Penhoël n'avait point pitié.

— Je comprends bien maintenant, continua-t-il, pourquoi vous m'engagiez, l'autre jour, à vendre le manoir. On vous avait menacée de ceci, madame! N'est-ce pas que vous auriez donné tout ce que vous possédiez au monde pour ravoir votre secret?

— Pour ma fille! balbutia Marthe; mais devant Dieu, qui nous entend, je suis innocente, René, je vous le jure!

Penhoël haussa les épaules.

— Vous savez mentir à Dieu comme à moi, dit-il, en posant le portefeuille sur la table pour avaler un verre d'eau-de-vie;

voilà vingt ans que vous mentez... tous les jours... toutes les heures! Mais il ne s'agit pas de cela. Moi aussi j'ai payé bien cher ce portefeuille! Autrefois, pour l'avoir, j'aurais donné une métairie, un moulin, une futaie... mais où sont les fermes de l'héritage de Penhoël? où sont les beaux champs de mon père? et ses étangs? et ses forêts? Je n'avais plus rien à donner, et pourtant il me fallait ces preuves de ma honte!

Marthe joignit ses mains.

— Plus tard, reprit Penhoël en lui imposant silence d'un geste brutal, je vous dirai quel prix j'ai payé ce portefeuille; maintenant, puisque je l'ai acheté, je veux en jouir. Il nous reste une bonne heure pour lire ensemble ces lettres chères. Ah! nous allons bien nous divertir, madame!

La voix de Penhoël éclata sourdement, tandis qu'il prononçait ces dernières paroles. Il était impossible de prévoir le dénouement de cette scène. Comme tous les gens habitués à l'ivresse, Penhoël gardait longtemps un masque de raison et de gravité; mais sous ce masque menteur se cachait une véritable démence.

Il pouvait parler et penser dans une certaine mesure, mais nul frein ne lui restait, et cette froide fantaisie de railler qui le tenait en ce moment ne faisait que retarder l'explosion de sa colère aveugle.

D'ailleurs, il buvait toujours, et la lueur de sens qui éclairait encore sa cervelle troublée allait bientôt s'éteindre.

Marthe était sans défense dans cette maison qui semblait abandonnée. Elle ne pouvait point fuir. Quand son regard cherchait d'instinct autour d'elle un aide ou un refuge, elle ne voyait que portes closes et hauts lambris où pendaient dans leurs cadres antiques les portraits des seigneurs de Penhoël.

La lumière de la lampe, trop faible, ne permettait point de distinguer leurs traits austères, mais Marthe voyait briller çà et là, dans les cadres, les gardes d'or des vieilles épées : car tous les Penhoël avaient servi le roi et chacun d'eux gardait, sur la toile, ses armes de bataille.

Ce n'était pas la mort que redoutait Marthe. Parmi tous ces portraits, perdus à demi dans l'ombre, il y en avait un sur lequel tombaient d'aplomb les rayons de la lampe.

C'était un tout jeune homme, à la figure heureuse et fière, et dont le regard semblait fixé sur Marthe, en ce moment, avec amour.

Ce portrait, placé à côté du sévère visage du commandant de Penhoël, était le dernier de tous.

Il représentait les traits de l'aîné de la famille, ce **Louis** dont le nom s'est trouvé si souvent dans ces pages.

Quand les yeux de Marthe tombaient sur ce noble et beau visage, ils ne pouvaient plus s'en détacher. On eût dit qu'elle attendait alors quelque protection mystérieuse.

René de Penhoël ouvrit le portefeuille. Sa main maladroite et tremblante y chercha un papier pendant quelques secondes. Tandis qu'il cherchait, Marthe baissait la tête.

Penhoël allait lire. Marthe attendait la première phrase de cette lecture comme un coupable redoute le premier mot de son arrêt : car le portefeuille contenait une lettre écrite par elle, et qui pouvait justifier sa condamnation à des yeux prévenus.

Cette lettre lui avait été dérobée par Robert de Blois.

René avait enfin trouvé ce qu'il cherchait. Marthe entendit le bruit d'un papier qu'on dépliait avec lenteur. Elle n'osait point relever la tête.

— Voilà qui vous a procuré de bien doux moments, madame, dit le maître de Penhoël; je veux avoir ma part de votre joie, et nous allons relire cette bonne lettre ensemble.

Il approcha le papier de la lampe et se prit à déchiffrer péniblement :

« Saint-Denis (île Bourbon), 5 décembre 1803.

« Mon cher frère... »

Marthe ne fit pas un mouvement, mais une nuance rosée vint à sa joue, tout à l'heure encore si pâle. Ses yeux, qui se relevèrent avec vivacité, peignaient une surprise profonde.

Evidemment, ce n'était point cette lettre qu'elle attendait.

Penhoël ne prenait pas garde et poursuivait :

« Mon cher frère,

« Quand cette lettre vous parviendra, notre Marthe sera déjà sans doute depuis longtemps votre femme. Vous serez heureux, mais vous penserez toujours, je le crois, à celui qui souffre loin de vous.

« Vous êtes l'homme que j'aime le plus au monde, René; je ne sais pas si j'aurais fait à notre vénéré père le sacrifice que j'ai accompli pour vous. Notre père nous quittait souvent, tandis que vous, René, je vous voyais tous les jours. Quand nous étions enfants, nos deux lits se touchaient; quand nous avons été jeunes gens, peines et plaisirs, nous avons tout partagé.

« Répondez-moi bien vite, mon frère, car le découragement

me gagne, loin de ceux que j'aime; il me semble qu'on m'oublie et que je suis seul au monde.

« Donnez-moi des nouvelles de notre père et de notre mère; dites-moi que Marthe est bien heureuse... »

C'était un dur travail pour la vue troublée de Penhoël que de déchiffrer cette écriture fine et incertaine.

En traçant ces lignes la main de Louis avait tremblé bien souvent.

Marthe écoutait, immobile et retenant son souffle. L'expression de sa physionomie avait changé complètement. Il semblait qu'un rêve fût venu la bercer. L'angoisse qui contractait ses traits tout à l'heure faisait place à une tristesse douce.

Penhoël était trop occupé pour remarquer cela. Il continuait :

« Je ne sais pas si mon départ vous a surpris, mais je suis bien sûr que vous en aurez éprouvé de la peine : ne m'aimiez-vous pas autant que je vous aimais, mon frère? Si vous n'avez point deviné mon secret, il faut que je vous le dise, comme je vous ai dit toujours ce que j'avais dans le cœur. Cela vous attristera, René, mais je suis seul et je souffre. Laissez-moi vous confier tout mon malheur.

« Et puis notre vénéré père se fatiguera de ne plus me voir. Il accusera d'ingratitude le fils sur qui comptait sa vieillesse. René, vous plaiderez ma cause. Vous lui direz que jamais mon amour et mon respect ne furent plus profonds; vous lui direz tout ce que votre cœur vous dictera, mon frère, car mon secret est pour vous, — pour vous seul.

« Et notre mère! Oh! je n'ai plus de courage en songeant à ce que j'ai perdu...

« Parfois, ma pensée franchit la grande mer, si longue à traverser; je reviens à Penhoël; je vous revois tous : les cheveux blancs de mon père, ma mère accourant à ma voix, et vous qui tremblez de joie, René; et Marthe, dont les grands yeux bleus hésitent entre les pleurs et le sourire... »

Deux larmes coulaient sur les joues de madame. La respiration du maître de Penhoël était pénible. On n'eût point su dire si c'était toujours la colère ou bien une émotion nouvelle qui pesait ainsi sur sa poitrine.

Il reprit, poursuivant sa lecture :

« Je n'ai pas vingt-deux ans! Ma vie sera bien longue encore peut-être. Que ferais-je en ce monde? Je n'ai plus de famille; mon avenir est sans but et mon passé n'est qu'un regret amer.

« Mon Dieu! avais-je mesuré mes forces, quand j'ai accompli ce sacrifice!

« Je ne m'en repens pas, mon frère : je vous voyais dépérir et changer, vous dont l'adolescence était naguère si belle; je cherchais à deviner votre mal et un jour, couché dans votre lit où vous clouait la fièvre, vous me dites : Je vais mourir, parce que je l'aime...

« Dieu me dicta mon devoir.

« Vous me devinez, n'est-ce pas? Je vous vois d'ici, René; vous avez des larmes dans les yeux et vous dites : Pauvre frère, il l'aimait donc, lui aussi!... »

René interrompit sa lecture en effet, mais ce fut pour boire un grand verre d'eau-de-vie. Il s'endurcissait à plaisir, et l'épais sourire qui raillait naguère autour de sa lèvre était revenu. Il y avait de l'horreur dans le regard que Marthe jetait sur lui.

« ... Pauvre frère, il l'aime lui aussi », répéta-t-il comme un enfant qui épelle.

« Car, poursuivait la lettre, quand je vous ai dit en partant que je ne l'aimais pas, je vous ai trompé, mon frère.

« Je l'aimais... je l'aimais... je l'aime encore, je l'aimerai toujours!

« Et à cause de cela, mon exil doit durer autant que ma vie. Je ne reverrai plus la France. Notre père et notre mère mourront sans me donner leur bénédiction. Priez pour moi, René, car je vous ai donné tout mon bonheur. »

Un sanglot souleva la poitrine de Marthe.

— Silence! dit le maître de Penhoël sans tourner la tête. Toutes ces belles paroles ne l'ont pas empêché de trahir son frère, madame! Il ment dans cette lettre comme il a menti toute sa vie.

— Il n'a jamais menti! murmura Marthe.

— Silence! répéta René; contentez-vous donc de voir comme on vous aime! Nous n'avons encore employé qu'une dizaine de minutes et j'ai besoin d'être patient toute une heure! Pleurez, madame, mais pleurez tout bas, au souvenir de cette âme généreuse qui a fait de son frère le plus misérable des hommes!

« ... Je ne reviendrai pas, continuait encore la lettre, parce que je me crains moi-même. Peut-être n'aurais-je pas ce qu'il faut de force pour supporter la vue de votre bonheur, — car vous êtes heureux et vous la rendez heureuse, — n'est-ce pas René?

« Oh! si quelque jour j'apprenais que mon dévouement lui a été fatal!... si j'allais savoir!...

« Mais non, c'est impossible! Je ne veux même pas y arrêter ma pensée; vous êtes noble et bon, René; quant à elle, c'était une enfant; vous aurez trouvé son âme docile; vous lui avez appris facilement à vous aimer.

« Ne comptant point revoir la France, et n'ayant nul besoin de la part de fortune qui doit me revenir par héritage, je remets mon patrimoine entre vos mains, à la charge pour vous de le rendre intact, sans en rien distraire ni aliéner, aux enfants que Dieu pourra donner à Marthe.

« En cas de mort, je veux et j'entends que cette partie de ma lettre soit regardée comme un testament.

« Et maintenant, adieu, mon frère. Dites à Marthe que je la chéris comme une sœur, afin qu'elle entende au moins prononcer mon nom. Parlez de moi à notre père et à notre mère... et surtout écrivez-moi bien vite, car ma seule consolation est de vous aimer et de penser que vous m'aimez.

« Votre frère,

                                    LOUIS DE PENHOEL. ».

Marthe avait la tête penchée et des larmes coulaient sur ses mains jointes.

René la regardait avec un sourire cruel.

— Voici une longue lettre, dit-il, et nous en avons ici de plus longues. — Il frappait sur le portefeuille. — Je vous l'ai lue tout entière, parce qu'on procède ainsi quand on juge, madame, mais je sais parfaitement que vous la connaissiez mieux que moi.

Dans la douleur de Marthe, il y avait comme une joie recueillie; chacune des paroles d'amour contenues dans la lettre était descendue jusqu'au fond de son cœur. Aux derniers mots de son mari, elle releva la tête et l'interrogea du regard.

— Je ne vous comprends pas... murmura-t-elle.

René toucha du doigt le papier encore déplié.

— Il y a bien des larmes sur cette lettre! dit-il. Je ne sais plus celles qui sont à mon généreux frère et celles qui sont à vous.

— Monsieur, répliqua Marthe, vous ne m'aviez jamais dit que Louis de Penhoël vous eût écrit depuis son départ.

— Vous l'aviez apparemment deviné?

— C'est la première fois que j'entends parler de cette lettre, monsieur.

L'accent de Marthe était si simple et si vrai, que le maître de Penhoël eut un instant de doute. Le sang lui monta violemment au visage à l'idée d'avoir mis lui-même sous les yeux de Marthe ce message qui devait réveiller tant de souvenirs; mais ce fut l'affaire d'une seconde. Il était prévenu.

— Fou que je suis! s'écria-t-il avec son sourire moqueur, je me vois toujours sur le point de vous croire. J'oublie toujours que vous êtes simple et pure à peu près comme il est généreux et dévoué!

— Je vous affirme sur l'honneur! commença Marthe.

— Sur l'honneur! répéta Penhoël d'un ton rude et insultant; je vous dis que je sais tout, madame! ne prenez plus la peine de feindre. Cette lettre était dans mon secrétaire; elle disparut il y a environ dix-huit mois. C'est vous qui me l'aviez volée.

— Au nom du ciel, croyez-moi, René!

— A quoi bon mentir! L'homme qui m'a remis ce soir le portefeuille, l'avait pris dans votre chambre... Mais patience! nous n'en avons pas fini avec notre correspondance.

Il tira du portefeuille une seconde lettre, ou plutôt un petit paquet composé de plusieurs feuilles assemblées.

— Je ne serais pas étonné, dit-il en l'ouvrant, de vous voir nier aussi votre propre écriture, et dire que vous ne connaissez pas non plus ceci.

A la vue du cahier, Marthe avait couvert son visage de ses mains.

— Oh! murmura-t-elle, je le reconnais... ceci est mon seul crime. Que Dieu me punisse si je suis coupable!

IX

L'ÉPÉE DE PENHOEL

Depuis bien longtemps Penhoël était jaloux. Nous l'avons vu autrefois, au milieu de son bonheur tranquille, tourmenté par de vagues soupçons. Dès ce temps-là, il y avait comme un fantôme entre lui et Blanche. Il adorait son enfant, mais derrière cet amour, on devinait de sombres inquiétudes.

Et pourtant, à cette époque, le maître de Penhoël respectait sa femme à l'égal d'une sainte.

Ou ne peut pas dire, du reste, que sa jalousie fût absolument sans motifs. Le lecteur a pu deviner, d'après la lettre qui a passé sous ses yeux dans le chapitre précédent, une partie de l'histoire intime de la famille de Penhoël. Les circonstances qui accompagnèrent le mariage de Marthe avec René étaient elles-mêmes de nature à laisser toujours un doute au fond du cœur de ce dernier.

Alors que les fils du commandant de Penhoël étaient enfants tous les deux, les rôles qu'ils devaient jouer plus tard se dessinaient déjà. Louis était le plus fort et le plus intelligent; à cause de cela, il se dévouait toujours et restait victime de sa supériorité. On l'aimait mieux, on l'estimait davantage; mais sa générosité renvoyait à René la plus grande part des cadeaux et des caresses.

René profitait et abusait de cette position. Son caractère était ainsi fait. Entre les deux frères, il y avait eu pendant vingt ans échange d'amitié vraie; mais les sacrifices avaient constamment été du même côté.

Et comme il arrive toujours, l'affection du plus fort pour le plus faible s'était accrue par ces sacrifices mêmes. Tandis que René apprenait à profiter toujours du sacrifice, Louis s'habituait de plus en plus à s'oublier lui-même, sans cesse : de sorte que l'égoïsme de l'un grandissait en proportion de l'abnégation de l'autre.

Un jour vint où les deux frères se trouvèrent en face de la même femme. C'était une belle jeune fille au cœur aimant et doux, une âme haute, un esprit gracieux, — celle qu'on désire pour épouse et qui réalise le beau rêve des premières amours.

Louis eut l'avantage, comme en toute autre circonstance. Entre lui et son frère le cœur de Marthe ne pouvait point hésiter : il fut aimé.

Impossible de penser que René n'avait point deviné cet amour, et pourtant il joua l'ignorance.

Sa passion était vive et profonde : ce fut son frère qu'il choisit pour confident. Louis ne savait pas lequel il aimait le mieux de René ou de Marthe. Un instant il hésita, car il y avait entre lui et la jeune fille un lien mystérieux que nous n'avons point dit encore.

Son cœur saigna. Pendant toute une nuit sans sommeil il pleura sur sa couche brûlante. Le lendemain, avant le jour, il entra doucement dans la chambre de son père et de sa mère et les baisa endormis tous les deux.

Il ne devait pas les revoir en cette vie.

Il quitta le manoir, sans dire adieu à Marthe, après avoir pressé son frère contre son cœur.

Louis de Penhoël avait vingt et un ans quand il fit cela. Ce fut après une nuit de fièvre et en un moment où son amitié pour René s'exaltait jusqu'à l'enthousiasme.

En froide morale, Louis de Penhoël, malgré l'héroïsme de son dévouement, commettait une faute grave, car il n'avait plus le droit d'abandonner Marthe.

Mais il avait vu René tout pâle et les larmes aux yeux; René lui avait dit : j'en mourrai! Il avait suivi l'élan de son cœur généreux et il avait trouvé dans le premier moment une sorte de jouissance douloureuse au fond de ce suprême sacrifice.

Quant à Marthe, c'était une enfant de seize ans. Le lien qui la rattachait à lui eût été sérieux et même indissoluble à tout autre point de vue. Mais ce lien résultait d'une aventure bizarre et devait être un mystère, dans la pensée de Louis, pour la jeune fille elle-même...

En ceci Louis se trompait.

Il se disait que Marthe l'oublierait. A l'âge qu'elle avait, les impressions ne peuvent être durables. C'était un beau jeune homme que René de Penhoël, et c'était un bon cœur. A la longue, Marthe ne pourrait se défendre de l'aimer.

En cela Louis se trompait encore.

Le lendemain de son départ, avant le lendemain peut-être, lorsque sa fièvre fût passée, il changea sans doute de sentiment. Son action lui apparut ce qu'elle était en réalité, généreuse d'une part, condamnable de l'autre. Mais pouvait-il revenir sur ses pas?

Les jours se passèrent et l'amertume de ses regrets s'envenima, loin de s'adoucir. Il y avait en lui un remords, parce qu'il ne s'était pas sacrifié tout seul. Il y avait surtout une douleur irrécusable et profonde, parce qu'il sentait son amour grandir, et qu'il comprenait bien que son malheur était de ceux qui ne finissent point.

Il n'avait pas mesuré ses forces; il ne savait pas lui-même jusqu'à quel point il aimait.

Nous apprendrons tout à l'heure comment fut vaincue la résistance de Marthe, par quel moyen René devint son mari.

Cette répugnance avait été vive et obstinée. Une fois marié, le maître de Penhoël s'en souvint. Les longs refus de la jeune fille, combinés avec l'amour probable qu'elle avait eu pour l'absent, laissèrent dans le cœur de René un fond d'inquiétude indestructible.

Trois ans s'étaient écoulés, cependant. L'union de Marthe et de René, après avoir été stérile, promettait un héritier au nom de Penhoël. Le commandant et sa femme étaient morts.

Un soir, René rentrait au manoir après la chasse; on était au commencement de l'hiver et la nuit tombait déjà, bien qu'il fût à peine quatre heures.

En montant le sentier qui menait du passage de Port-Corbeau au manoir, à travers le taillis, René entendit un pas au-devant de lui dans l'ombre.

Il hâta sa marche, pensant que c'était un hôte qui arrivait à Penhoël.

C'était un hôte, en effet; mais la porte du manoir, qui d'ordinaire s'ouvrait à tout venant, devait rester fermée pour lui.

L'étranger s'arrêta sous la vieille muraille et René put le rejoindre. Il reconnut en lui l'aîné de Penhoël.

René seul aurait pu dire ce qui se passa en cette circonstance entre lui et son frère. Au bout d'une demi-heure, Louis redescendit le sentier qui menait au bac de Port-Corbeau.

Il avait la tête penchée sur sa poitrine.

Avant de passer l'eau, il jeta un dernier regard vers la maison de son père et cacha son visage entre ses mains.

Le nom de Marthe tomba de ses lèvres.

Il appela Benoît Haligan, qui ne le reconnut point, parce que le haut collet de son manteau de voyage remontait jusqu'au bord de son chapeau.

Louis avait fait bien des centaines de lieues pour venir visiter son frère· il repassa la mer, et depuis on ne le revit plus.

Marthe donna le jour à l'Ange de Penhoël.

En regardant sa fille, René avait parfois des soupçons.

Mais il avait honte de lui-même lorsqu'il pensait cela; et pendant longtemps, pour calmer ses craintes folles, il lui suffit de contempler un instant la sereine et pure beauté de Marthe.

Les choses furent ainsi jusqu'à ce soir d'orage qui amena au manoir M. de Blois et son domestique Blaise.

Ce fut la ruine et la malédiction de Penhoël. Robert s'insinua dans la confiance du maître et domina bientôt à sa guise cet esprit trop faible pour lui résister. Robert était un homme habile et savait surtout prendre d'assaut le secret le mieux gardé. Dès qu'il devina la jalousie de Penhoël, et ce fut tout de suite, Penhoël fut à lui.

Il s'assit tranquillement dans ce manoir conquis entre le maître, qu'il tenait d'abord par son secret, et qu'il devait tenir bientôt par la main crochue de Macrocéphale, — et madame, dont il s'était fait le confident de vive force.

Personne n'était capable de lui résister.

Penhoël ne l'essaya même pas. Il suivit, dès l'origine, l'instinct de sa faiblesse, prenant pour oreiller les vices qui endorment et qui enivrent.

A de longs intervalles il s'éveillait encore; mais Robert savait faire tourner au profit de son intrigue habile ces rares éclairs d'intelligence et de volonté.

Il laissait échapper des demi-mots et ménageait d'adroites réticences. Le maître était convaincu que Robert avait entre ses mains des preuves de son propre malheur.

Un reste de respect qu'il ne pouvait point secouer, et la conscience qu'il avait de sa conduite coupable, lui faisaient garder certains dehors envers Marthe; mais tout au fond de son cœur il y avait une ancienne rancune, et ses torts personnels, au lieu de contre-balancer les griefs qu'il croyait avoir. ne faisaient que les envenimer.

Cependant, malgré toutes ces raisons d'être cruel au moment de la vengeance, pour expliquer la barbarie froide de Penhoël vis-à-vis de sa malheureuse femme, il faut revenir toujours à la faiblesse originelle de son caractère. Ces êtres qui ont un *bon fond*, comme dit le langage usuel, arrivent, dans de certaines circonstances, à des excès de férocité incroyable. Que rien ne dérange le cours de leur existence, ils atteindront leur dernier jour sans avoir tué une mouche; mais que viennent le désordre, la lutte où le courage leur manque, la défaite, en face de laquelle ils se trouvent sans force, vous les verrez tourner le dos lâchement à l'ennemi vainqueur, et chercher autour d'eux quelque victime sur qui décharger leur impuissante rage.

Et alors, point de pitié! ce qu'ils ont souffert, ils veulent le rendre au centuple; ils s'acharnent à leur métier de tourmenteur; ils savourent la torture infligée et se consolent en disant au martyr : C'est toi qui es cause de tout ce qui m'arrive!

Telle était exactement la position de René vis-à-vis de Marthe.

Celle-ci restait dans cet état d'accablement nerveux qui suit l'angoisse trop forte. Dieu clément a posé des bornes au delà desquelles la douleur humaine n'augmente plus et semble s'engourdir. Quand il s'agit de souffrances physiques, le patient tombe dans l'atonie; quand il s'agit de souffrances morales, l'âme s'endort en quelque sorte et perd également la sensibilité.

Marthe, abattue et brisée, ne pensait plus. Ces chocs répétés l'avaient anéantie.

Tout sommeil a ses rêves. Ce qui restait à Marthe de pensées se portait vaguement vers le passé. Un songe confus la ramenait vers les jours de sa jeunesse.

Après tant d'années écoulées le hasard lui apportait, bien tardivement, hélas! un baume pour la première blessure qui eût fait saigner son cœur.

Jusqu'alors, elle avait cru que Louis l'avait abandonnée pour courir le monde. Elle n'avait jamais eu de ses nouvelles. Tous ceux qui l'entouraient, excepté un pourtant, avaient pris à tâche, dès le principe, de lui enlever toute espérance.

Sauf le bon oncle Jean, la famille entière s'était réunie jadis pour la forcer à devenir la femme de René.

Les premiers mois, Marthe avait espéré fermement, malgré tout ce qui se disait autour d'elle. Louis était la loyauté même, et Marthe le savait engagé d'honneur à revenir. Pour lui enlever son espoir, il fallut le mensonge patient et l'obsession infatigable.

Marthe s'était lassée de combattre; elle avait cédé enfin, mais elle ne s'était jamais résignée.

Il y a des prisons dont les fenêtres, grillées de fer, donnent sur la campagne libre ou sur de beaux jardins en fleurs. Marthe, enchaînée à sa misère accablante, voyait tout à coup l'horizon s'éclairer et s'ouvrir.

Ce bonheur si grand, si complet, d'aimer et d'être aimée, Marthe l'avait eu : on le lui avait dérobé.

Louis ne l'avait point délaissée. La lettre était datée de 1803, ce qui faisait déjà une longue année d'absence, et la tendresse de Louis semblait s'être accrue encore dans la solitude.

Que de félicités perdues et remplacées par le malheur froid, long, implacable!

Marthe ne se faisait point ce raisonnement tout entier; elle s'arrêtait à moitié route, au mot bonheur, et son intelligence ébranlée se perdait en quelque douce chimère.

Son visage, derrière le voile que lui faisaient ses deux mains, avait comme un sourire.

René croyait deviner des larmes derrière les deux mains de Marthe, et cela lui plaisait.

— Vous ne niez pas, cette fois, madame! disait-il en feuilletant les pages de la seconde lettre; êtes-vous donc déjà lasse de mentir? J'attendais mieux de vous, sur ma parole! Faites-moi la grâce de m'écouter, je vous prie. Nous ne sommes pas au bout des plaisirs de cette soirée... et ce qui nous reste à lire est de beaucoup le plus intéressant.

Marthe ne répondit point. Penhoël avait beau affecter une

tranquillité railleuse, son ivresse augmentait, sans qu'il s'en aperçut lui-même; sa voix balbutiait, épaisse et lourde. Il y avait des moments où ses yeux mornes s'allumaient tout à coup pour jeter un brûlant éclair.

— Nous changeons de manière, reprit-il; nous n'avons ici ni date ni suscription; on a écrit cela au jour le jour. On a bien pleuré en l'écrivant. C'est un titre curieux... Attention! je commence :

« Voilà vingt fois que je prends la plume, et vingt fois que je déchire ma lettre. Comment vous exprimer tout ce que j'ai dans le cœur? Comment vous apprendre ce qui s'est passé? Comment vous dire pourquoi j'espère encore en vous, moi qui suis la femme d'un autre!... »

René s'interrompit pour demander :

— Avez-vous la bonté de m'écouter, madame?

Marthe fit un signe de tête muet.

Ces formes courtoises, employées de temps en temps par Penhoël, dans le but d'aiguiser son sarcasme, manquaient leur effet par un double motif. D'abord, ces coups tombaient sur un corps inerte et presque insensible; ensuite, la raillerie émoussait son dard en passant au travers de son ivresse.

« ...Car je suis mariée, poursuivit-il, j'ai résisté tant que j'ai pu... tant que j'ai gardé une lueur de l'espoir qui me soutenait!

« Mais ils étaient tous contre moi, votre père et votre mère. Ils me disaient, à moi, pauvre fille, recueillie au manoir dès mon enfance, et vivant de leurs bienfaits, ils me disaient : N'êtes-vous entrée dans notre maison que pour la perte et le malheur de nos deux fils? Louis est parti à cause de vous, et voici notre René qui se meurt pour vous!

« C'est vrai, mon Dieu! si vous aviez vu René, comme il était changé! Il restait des semaines entières seul dans sa chambre; il ne voulait plus s'asseoir à la table commune. Il parlait de se tuer. Le commandant et madame, qui m'a servi de mère, me disaient les larmes aux yeux : Oh! Marthe! Marthe! sa vie est entre vos mains. Ayez pitié, au nom de Dieu, et gardez-nous notre dernier enfant!

« S'il n'avait fallu que mon sang pour le sauver!... Mais je ne pouvais pas. Vous savez bien que je ne le pouvais pas! »

Les lèvres de René grimacèrent un sourire.

— Oh! oui, murmura-t-il, mon généreux frère savait cela, madame! et quand il est revenu, trois ans après, il vous a donné sans doute l'absolution de votre crime!

— Revenu? répéta Marthe étonnée.

René haussa les épaules.

« Ils me disaient encore, poursuivit-il en reprenant sa lecture, que vous aviez quitté le manoir pour fuir la vue de mes larmes; et comme je ne les croyais pas, ils me dirent une fois que vous étiez mort.

« Pendant sept mois, tout fut inutile. Louis, ma plume se refuse à écrire le motif de ma résistance. Lors même que je n'eusse pas cru à la nouvelle de votre mort, je n'aurais pas pu me marier en ce temps-là...

« Je me trompe, d'ailleurs, en disant que tout le monde était contre moi. Votre oncle Jean et sa femme, qui n'est plus hélas! me soutenaient et m'encourageaient à vous attendre. Sans eux, il m'aurait fallu mourir de douleur et de honte. »

René s'interrompit encore.

— Il y avait longtemps que je me doutais de cela! dit-il; notre excellent oncle me trahissait tout en mangeant mon pain; son tour viendra, et je lui garde sa digne récompense.

Avant de continuer, il tourna le bouton de la lampe dont la mèche, déjà trop longue, jetait une flamme haute et fumeuse.

— On n'y voit plus! grommela-t-il.

C'était le sang qui aveuglait ses yeux.

« ...Si cette lettre parvient jamais entre vos mains, Louis, reprit-il, en faisant pour lire des efforts de plus en plus pénibles, priez pour la femme de Jean de Penhoël, qui a fait pour moi plus que ma propre mère! et si jamais vous revoyez la France, rendez en bienfaits à Jean de Penhoël le dévouement dont il m'a comblée...

« C'est lui qui me console et qui sait le fond de mon cœur; c'est avec lui seul que je puis parler de vous. »

— Oh! dit René qui essuya son front en sueur; c'est long, madame, et je ne trouve pas dans tout cela ce que je cherche! Je suis bien sûr de l'avoir lu pourtant, au milieu de vos jérémiades amoureuses. Il est vrai qu'un autre œil plus perçant que le mien me montrait la ligne et la page. Que le diable emporte cette lampe : j'ai beau la monter, on n'y voit plus du tout!

Il but un grand verre pour s'éclaircir la vue.

— Allons! poursuivit-il, je saute trois ou quatre pages de pleurs et de sanglots. Nous n'en sommes plus à savoir que vous aimiez mon généreux frère comme une folle. Voyons si j'ai la main heureuse :

« ... Vous avez des devoirs à remplir dont vous ne vous doutez pas, Louis. A Dieu ne plaise qu'un reproche tombe de ma plume pour aller troubler vos joies si vous êtes heureux, ou accroître vos peines si vous souffrez; mais il faut bien vous le dire : descendez au fond de votre conscience et souvenez-vous. L'exil volontaire n'est permis qu'à celui qui se voit seul au monde, et vous n'êtes pas seul... »

— En ai-je trop sauté? s'écria René, qui retourna la page; le diable s'en mêle, je crois! je ne comprends plus. La lampe s'éteint et mon flacon se vide. Ah! si Robert de Blois était là pour m'aider!

Comme il tournait les feuillets au hasard, le papier s'échappa de sa main tremblante. Il se baissa pour le ressaisir; les veines de son front se gonflèrent.

— Je suis de sang-froid, murmura-t-il; j'ai fait exprès de ne pas boire. Il faut du calme pour juger. Écoutez, écoutez! Voici bien ce que je cherchais!

« ...Revenez, Louis, je vous en supplie, revenez... » Mais qu'y a-t-il donc ensuite? Oh! oh! l'encre a blanchi! le papier et l'écriture sont de la même couleur! Et cette lampe du démon!

Il tourna encore le bouton : le verre lui éclata au visage.

Il se leva furieux.

— On ne veut pas que je lise! s'écria-t-il; mais qu'importe tout cela! J'ai vu, de mes yeux! Blanche de Penhoël est sa fille! sa fille, entendez-vous!

Il y avait longtemps que Marthe restait immobile et protégée par son engourdissement inerte. Comme toujours, le nom de Blanche secoua son apathie.

— Blanche! répéta-t-elle : vous ne m'avez pas dit encore ce que vous avez fait de ma fille!

Puis elle ajouta en frissonnant :

— Est-ce que vous vous seriez vengé sur elle?

Son intelligence s'éveillait. Elle comprenait vaguement que Robert, abusant de l'ivresse de René, lui avait fait voir dans la lettre des choses qui n'y étaient point.

Penhoël était debout et faisait effort pour garder l'équilibre. Ses jambes avinées pouvaient à peine le soutenir. Marthe se laissa glisser, agenouillée, à ses pieds.

— Elle est votre fille, murmura-t-elle; oh! René, je vous le jure... au nom de Dieu, ayez pitié de votre enfant!

Son cœur, qui recommençait à battre, avait envoyé un peu de sang à sa joue; ses yeux retrouvaient des larmes; ses grands cheveux blonds, dénoués, inondaient son visage et tombaient jusque sur ses épaules.

René se prit à la contempler tout à coup en silence. Sa physionomie changea. Quand il prit enfin la parole, il y avait dans sa voix une émotion triste et presque tendre.

— Oh! je sais bien que vous êtes belle! dit-il. Si vous aviez voulu, nous aurions été bien heureux. Je ne demandais qu'à vous aimer en esclave, Marthe... Vous souvenez-vous! Il y a long-temps!... Mais moi, je n'ai point oublié comme mon cœur battait à votre vue. Oh! non... En ma vie je n'ai aimé que vous, Marthe, et je n'aimerai que vous.

Il se rassit à côté de madame et prit à deux mains ses beaux cheveux pour les ramener en arrière.

— Vous souvenez-vous, continua-t-il, de mes prières et de mes larmes? Je ne savais pas tout mon malheur, mais je sentais qu'on ne m'aimait pas! Mon Dieu! si la voix de quelque génie m'avait dit : Veux-tu donner ta vie tout entière pour une semaine de bonheur? une semaine pendant laquelle on te rendra tendresse pour tendresse? oh! Marthe, j'aurais donné ma vie!

Marthe baissait les yeux.

— Ma fille! dit-elle tout bas; vous ne me parlez pas de ma fille!

René se leva une seconde fois, et repoussa son fauteuil, qui roula jusqu'au milieu du salon.

— Fou que je suis! s'écria-t-il, tandis que la colère empourprait de nouveau la tache ardente qui brûlait au milieu de sa joue pâle : il faut que cette femme me rappelle à moi-même! Sa fille, n'est-ce pas? poursuivit-il en menaçant du poing le portrait de son frère; sa fille à lui, le menteur et le lâche!... Pas un mot, madame par le nom de Dieu je ne veux plus vous entendre! Oh! je suis tombé bien bas : le fils de Penhoël est pauvre maintenant comme les mendiants qui viennent chercher l'aumône à la porte du manoir. Le fils de Penhoël n'a plus d'asile. Et ce n'est pas le malheur seulement qui pèse sur sa tête... il y a aussi la honte! Si les gens qui l'ont ruiné n'ont pas pitié de lui, le nom de son père sera traîné dans l'infamie. Et savez-vous qui a poussé René de Penhoël jusqu'au fond de cet abîme? ajouta-t-il en mettant sa main lourde sur l'épaule de Marthe. C'est l'homme qu'il aimait et c'est la femme qu'il adorait; c'est vous, l'épouse coupable, et lui, le frère indigne; je vous dis de ne pas parler : je suis le maître! Vous savez bien que je dis la vérité. Le jour où mon sourcil s'est froncé pour la première fois en regardant le berceau de l'Ange, Dieu avait déjà prononcé mon arrêt. C'était mon dernier espoir qui mourait. Il n'y avait plus rien en mon cœur et il fallait endormir l'angoisse de ma pensée. J'ai cherché l'oubli dans l'ivresse, dans le jeu... Et chaque fois que je commettais une faute, c'est vous, vous, madame, qui étiez la coupable!

Il lâcha l'épaule de Marthe, toujours agenouillée, et fit un pas vers le portrait de l'aîné de Penhoël.

— Vous et lui! reprit-il avec un sauvage élan de colère, lui surtout, le poison de ma vie! lui, le plus lâche des hommes!

Il s'était avancé jusque sous le portrait. Il leva la main et son poing fermé tomba sur la toile, qui se creva, percée à la place du cœur.

René ne se connaissait plus. Il arracha le cadre et le précipita brisé sur le sol; puis il foula aux pieds l'image de son frère, en laissant éclater une joie forcenée.

Le bruit qu'il faisait l'empêcha d'entendre la porte du salon qui s'ouvrait doucement. La lampe, privée de son verre, ne jetait qu'une lueur vacillante et fumeuse. Marthe et René ne virent point qu'une personne se glissait entre les battants de la porte et restait immobile dans l'ombre, à côté de l'entrée.

René trépignait sur la toile souillée et déchirée, où l'on n'aurait plus reconnu les traits de son frère.

Marthe le regardait, saisie d'horreur, comme si elle eût assisté à un meurtre.

René s'arrêta enfin, énervé par ce rire épuisant et irrésistible des gens ivres.

— Oh! oh! fit-il : le vieux Benoît avait bien dit que je l'assassinerais! A votre tour, maintenant, madame!

Il gagna, en se faisant un appui de la muraille, le portrait du vieux commandant de Penhoël. Au-dessous de ce portrait, pendait un trophée d'armes. René y prit une épée.

Il ne riait plus.

Il se découvrit et fit le signe de la croix.

— Tout est fini pour nous deux, madame, prononça-t-il d'une voix sourde et résolue. Faites comme moi... dites votre prière.

Il s'appuya sur la garde de l'épée, et ses lèvres remuèrent comme s'il eût récité une oraison.

Marthe se traîna vers lui sur ses genoux.

— René, murmurait-elle en étendant ses bras suppliants, je veux bien mourir... et je vous pardonnerai du fond du cœur. Mais, je vous en prie, avant de me tuer, dites-moi ce que vous avez fait de ma fille?

René cessa de prier, et montra du doigt le portefeuille qui était à terre auprès de la table.

— Ne vous ai-je pas dit qu'il m'avait fallu payer cela? répliqua-t-il. Je n'avais plus rien. Robert de Blois m'a demandé votre fille en échange de ces papiers... et je la lui ai donnée!

Marthe appuya ses deux mains contre son cœur et poussa un

gémissement faible. Puis elle tomba, privée de sentiment.

Penhoël éprouva du doigt la pointe de son épée.

En ce moment, il se fit un bruit léger du côté de la porte. La personne qui venait d'entrer et qui restait dans l'ombre décrochait, elle aussi, une des armes suspendues en trophée sous les vieux portraits de famille.

Quelques pas seulement séparaient Marthe évanouie et René de Penhoël.

Celui-ci pencha sa tête sur sa poitrine et marcha vers sa femme en pensant tout haut :

— Elle d'abord, moi ensuite!

Dans son accent comme sur son visage, il y avait une détermination sombre.

Mais, comme il relevait à la fois la tête pour voir et la main pour frapper, il aperçut un homme entre lui et sa victime.

C'était l'oncle Jean qui avait redressé sa grande taille, courbée par la vieillesse, et qui se tenait debout, l'épée à la main, au-devant de Marthe.

X

L'HEURE DE L'EXIL

Dans cet homme, à la pose robuste et fière, qui se dressait, l'épée haute, au-devant de sa femme, René de Penhoël ne reconnut pas d'abord le pauvre oncle Jean. Il était si bien habitué à voir la figure du bon vieillard se pencher, humble et douce, sur sa poitrine! En ce premier moment, il crut presque rêver.

Il recula d'un pas, et agita son épée en avant, comme s'il eût voulu écarter un fantôme.

Son épée rencontra celle de Jean de Penhoël, et rendit ce bruit de fer qui éveille comme le son d'un clairon.

La lumière de la lampe tombait d'aplomb sur le front du

vieillard, couronné par ses cheveux aussi blancs que la neige. Son regard était triste, mais ferme. Au bruit des deux épées qui se choquaient, un fugitif éclair s'était allumé dans sa prunelle.

On voyait à cette heure que Jean de Penhoël, le paisible et bon vieillard, avait dû porter fièrement autrefois le nom de ses pères.

Un instant René demeura muet à le contempler.

— Allez-vous-en! dit-il enfin, et ne me tentez pas! car, si je n'étais pas à l'heure de ma mort, j'aurais avec vous aussi un compte à régler, mon oncle!

Le vieillard garda le silence.

— Allez-vous-en! répéta René, dont les doigts se crispaient autour de la poignée de son arme.

L'oncle Jean ne répondit point encore.

Ses grands yeux bleus se fixaient, calmes et résignés, sur la figure décomposée de son neveu.

L'écume venait aux lèvres du maître de Penhoël.

— Allez-vous-en! répéta-t-il pour la troisième fois; vous savez bien que cette femme est coupable... et qu'un fils de Penhoël n'a qu'une manière de se faire justice!

— Je sais que votre femme est une sainte, répondit enfin l'oncle Jean de sa voix douce et pénétrante, et je sais que mon devoir est d'arrêter la main du fils de Penhoël qui va commettre un lâche assassinat.

René brandit son arme en poussant un rugissement.

— Je suis le maître! s'écria-t-il; arrière ou vous êtes mort!

Il s'élança. L'oncle Jean resta droit et ferme. Sa main fit un imperceptible mouvement et l'épée de René tomba sur le plancher.

René la ramassa en blasphémant, et revint à la charge; mais il porta en vain des coups furieux : on eût dit qu'il s'attaquait à un mur de pierre.

L'oncle Jean ne bougeait point. On voyait toujours sa main haute tenir l'épée au-devant de sa poitrine. Il se contentait de parer et ne portait pas un seul coup.

René haletait. Son front ruisselait de sueur. Il s'appuya bientôt, épuisé, à la muraille.

— Ah! dit-il en grinçant des dents, ce que vous faites là est pour payer les bienfaits de mon père et mes bienfaits à moi, n'est-ce pas, Jean de Penhoël?

— Que Dieu me donne l'occasion de mourir pour vous, mon neveu, répliqua le vieillard dont le souffle était toujours égal et tranquille : vous verrez si je suis un ingrat!

René, tout en affectant une extrême lassitude, le guettait de l'œil sournoisement. Quand il crut l'instant favorable, il s'élança d'un bond et lui poussa une furieuse botte en pleine poitrine. L'oncle Jean reçut le choc sans broncher, comme toujours, et l'épée du maître de Penhoël sauta une seconde fois hors de ses mains.

Il voulut se baisser pour la reprendre, mais il avait mis tout ce qu'il lui restait de vigueur dans son dernier élan. Sa tête appesantie entraîna son corps; il se coucha lourdement sur le plancher, et ne se releva plus.

La fatigue épuisante du combat, l'émotion, l'ivresse arrivée à son comble, se réunissaient pour le clouer au sol, inerte et incapable désormais de faire un mouvement.

L'oncle Jean déposa son épée et passa le revers de sa main sur son front, où perlaient quelques gouttes de sueur. Son regard se tourna vers le ciel pour remercier Dieu, puis il s'agenouilla auprès de Marthe, dont il soutint la tête décolorée entre ses mains, qui tremblaient à présent.

Madame recouvrait ses sens. Elle prononça le nom de Blanche, car la mémoire lui revenait en même temps que la vie.

— Nous la retrouverons, ma fille, dit l'oncle Jean.

Le regard de Marthe fit le tour de la chambre et resta fixé sur la place vide où pendait naguère le portrait de Louis de Penhoël.

— Je me souviens! murmura-t-elle. Oh! pourquoi ne m'a-t-il pas tuée!

L'oncle Jean l'attira sur son cœur.

— Nous la retrouverons, dit-il encore. Je vous promets que nous la retrouverons!

Il avait de bonnes paroles pour consoler et rendre un espoir qu'il ne gardait point lui-même, car des fenêtres de sa chambre il avait vu Robert emporter son fardeau à travers le jardin et descendre ensuite au grand galop le chemin qui conduisait au bac.

Son premier mouvement avait été de poursuivre le ravisseur, car l'échelle dressée contre la fenêtre de l'Ange lui donnait tout à deviner, mais lorsqu'il atteignit Port-Corbeau, Robert avait déjà passé l'Oust et courait ventre à terre sur la route de Redon.

C'était Robert que Vincent de Penhoël, revenant au manoir, avait rencontré dans le taillis, à la hauteur du bourg de Bains.

Tandis que l'oncle Jean remontait tristement la colline, Vincent poussait son cheval de toute sa force. Il avait grande hâte d'arriver. Depuis six mois qu'il était parti, aucune nouvelle du manoir ne lui était parvenue. Tout à l'heure, pendant qu'il traversait Redon, ceux qu'il avait interrogés sur Penhoël avaient secoué la tête sans répondre.

Il y avait un endroit dans la ville où l'on savait toujours ce qui se passait à Penhoël. Vincent était entré à l'auberge du *Mouton couronné*, mais depuis le matin l'auberge avait changé de maître : le vieux Géraud et sa femme, ruinés tous deux, s'étaient retirés au port Saint-Nicolas, de l'autre côté de la Vilaine.

Vincent avait dans l'âme un pressentiment douloureux; mais en même temps, son cœur battait de joie. Quelques minutes encore et il allait revoir l'Ange. Comme elle devait être embellie! Ce brusque retour, que rien n'annonçait allait-il amener un sourire autour de sa jolie lèvre ou une larme dans ses grands yeux bleus?

Depuis que Benoît Haligan était trop vieux pour remplir son office de passeur, on avait installé de l'autre côté de l'eau une cloche qui s'entendait jusqu'au manoir.

En descendant de cheval, Vincent courut au poteau : il trouva le bac qui avait servi au passage de Robert.

Au lieu d'agiter la cloche, Vincent sauta dans le bac et fut bientôt sur l'autre bord. Au moment où il touchait la rive, la lueur faible qui éclairait toujours, à cette heure, la loge du pauvre Benoît frappa son regard. Il monta en courant le petit sentier et pénétra dans la cabane.

— Que Dieu vous bénisse, Penhoël, lui dit Haligan comme il passait le seuil; voilà l'orage qui vient... je le sens aux douleurs de mon pauvre corps.

— Y a-t-il du nouveau au manoir? demanda Vincent timidement.

— Le manoir est debout, mon fils, répliqua Benoît, qui resta immobile, couché sur le dos et les yeux fixés à la charpente fumeuse de sa loge.

Vincent respira.

— J'avais peur! murmura-t-il.

Puis il ajouta gaiement :

— Comment se porte mon bon père?

— Ton père se porte comme un homme chassé de son dernier asile, répondit Haligan.

Vincent recula stupéfait.

— Quoi! s'écria-t-il, Penhoël a chassé mon vieux père!

— Mon fils, répliqua le passeur, Penhoël ne peut plus donner d'asile à personne. On l'a chassé lui-même du manoir.

— Oh! fit Vincent qui n'en pouvait croire ses oreilles, et madame?

— Chassée.

— Et mes sœurs?

Le vieux Benoît se signa.

— Mortes, murmura-t-il.

— Mortes! répéta Vincent, qui tomba sur ses genoux; mes sœurs! mes pauvres sœurs! Et Blanche?

Benoît ne répondit point tout de suite.

— Penhoël, dit-il enfin, avez-vous rencontré un homme à cheval sur votre route?

— Oui, balbutia Vincent.

— Cet homme ne portait-il pas quelque chose entre ses bras?

— Oui, dit encore le jeune homme.

— Eh bien! reprit Haligan, ce quelque chose, c'était Blanche, votre cousine!

Vincent poussa un cri déchirant.

Le passeur s'était retourné vers la ruelle de son lit.

Au bout de quelques secondes, Vincent se releva d'un bond, passa de nouveau le bac et remonta sur son cheval.

Il allait à la poursuite du ravisseur de Blanche et ne savait pas même son nom. Le ravisseur revenait en ce moment vers le manoir, au trot paisible de sa monture.

Robert de Blois avait enlevé Blanche pour son propre compte, et à l'insu de Pontalès. C'était le résultat d'une idée fixe qu'il avait. A son sens, Louis de Penhoël était revenu, ou du moins, il ne pouvait manquer de revenir. Les bruits qui couraient à ce sujet dans le pays prenaient chaque jour plus de consistance. On en était à présent aux détails. On disait que l'aîné rapportait des colonies une fortune très considérable. Il y avait des gens pour préciser le chiffre de cette fortune.

Par l'enlèvement de Blanche, Robert pensait se ménager une excellente ressource. Connaissant à fond l'histoire intime des Penhoël, et sachant les rapports qui avaient existé entre Louis et Marthe, il se disait : Si ce brave homme est véritablement riche, l'Ange pourrait bien être la meilleure part du gâteau. Ma foi, vivent les oncles d'Amérique!

Il aurait bien trouvé un prétexte quelconque d'éloigner madame, mais le hasard lui épargna ce soin. Marthe, qu'il guettait depuis la tombée de la nuit, sortit, comme nous l'avons vu, pour se rendre au cimetière de Glénac. Robert profita de l'occasion, et comme la porte était fermée à double tour, il planta une échelle contre la fenêtre et monta à l'assaut.

L'Ange dormait. A son réveil, elle se trouva entre les bras d'un homme dont elle ne voyait point le visage et qui l'emportait, enveloppée dans ses couvertures. L'effroi qu'elle ressentit fut trop violent pour sa faiblesse; elle eut à peine le temps de pousser un cri qui s'étouffa sous la couverture, et perdit connaissance.

Tout semblait favoriser le rapt; mais au moment où Robert, chargé de sa proie, mettait le pied dans le jardin, il se trouva face à face avec le maître de Penhoël.

Robert, qui s'était armé à tout hasard, ne songea même pas à faire usage de ses armes. Il y eut entre lui et René une scène courte et caractéristique. René, si bas qu'il fut tombé, gardait bien ce qu'il fallait d'énergie pour défendre sa fille, même contre Robert; mais ce dernier le dominait, pour ainsi dire, par chaque fibre de son être.

Il ne se déconcerta point et répondit à la première question de René en découvrant le visage de Blanche.

Puis il dit :

— Je l'enlève... croyez-moi, Penhoël, cela ne vous regarde pas.

C'était toucher du premier coup l'endroit malade. Il y avait trois ans que Robert travaillait à envenimer les soupçons qui étaient au fond du cœur de René, la tâche était presque achevée, à peine fallait-il encore une calomnie.

Blanche fut déposée sur un banc de gazon. Robert tira de sa poche le portefeuille contenant les deux lettres que nous avons lues et qu'il avait volées, l'une à Marthe et l'autre à René lui-même.

Il fit semblant de chercher quelques pages et de déchiffrer quelques lignes. Naturellement il trouvait dans les lettres tout ce qu'il voulait.

Il y trouva, entre autres choses, des phrases improvisées par lui-même et qui se rapportaient à l'apparition de Louis de Penhoël dans le pays, quelques mois avant la naissance de Blanche.

Penhoël ressentait une sorte de joie sauvage à se convaincre du prétendu crime de sa femme.

Il ne doutait plus.

Robert avait raison. Que lui importait à lui, Penhoël, l'enlèvement de cette fille!

Il était à moitié ivre déjà. Il mit de la forfanterie à vendre l'enfant pour les deux lettres.

Un cheval attendait à la grille du jardin. Robert partit ventre à terre, emportant Blanche toujours évanouie dans l'ancien trou de Bibandier, car il ne connaissait pas, dans tout le pays, une maison qui eût ouvert sa porte pour favoriser le rapt d'une fille de Penhoël.

René monta au salon pour lire tout à son aise les lettres conquises. Il s'applaudissait de son œuvre et triomphait vis-à-vis de lui-même. Au salon, il rencontra maître Protais Lehivain, surnommé Macrocéphale, qui l'accueillit avec des saluts plus respectueux encore qu'à l'ordinaire.

Quand il eut achevé de saluer, Macrocéphale entra en matière en disant que la plus chère passion de sa vie était de se faire hacher en mille pièces pour le service du maître de Penhoël.

En conséquence, il s'était chargé d'un message bien fâcheux, afin d'en adoucir les termes dans la mesure du possible.

Le message de maître Lehivain portait en substance que René de Penhoël avait vendu par acte en due forme, et sous condition de réméré, la terre de son nom à M. le marquis de Pontalès, pour entrer incontinent en jouissance.

— Conséquemment, poursuivit Macrocéphale, mon dit sieur de Penhoël ne doit point s'étonner si mon dit sieur de Pontalès lui fait signifier par les présentes... ou plutôt, se reprit l'homme de loi, lui donne poliment à entendre, car je ne suis pas un huissier, Dieu merci! qu'il faut déguerpir et vider les lieux, cela dans le plus bref délai, dont acte.

Penhoël écoutait, la tête haute, l'œil fixe. Il semblait ne point comprendre.

Dans la nuit de la Saint-Louis, Robert et Pontalès, après avoir mis tour à tour en usage auprès de lui les menaces et les promesses, avaient enfin frappé le grand coup. On avait exhibé les papiers enlevés par Cyprienne et Diane à maître Lehivain et reconquis par Bibandier. C'étaient des faux : René avait contrefait l'écriture de son frère et fabriqué de prétendus pouvoirs, à l'effet de vendre le patrimoine indivis. Le véritable instigateur de ces actes criminels était bien maître Protais Lehivain, poussé lui-même par Robert de Pontalès . mais la justice ne connaît que le coupable de fait.

C'était la main de René qui avait tracé les fausses signatures : il dut céder.

Il n'avait plus, désormais, un pouce de terre en sa possession.

— Comme monsieur le vicomte peut le penser, reprit Macrocéphale en grimaçant un doucereux sourire, je me suis mis en quatre pour le tirer de là; mais où il n'y a plus rien, on ne peut rien faire; mes efforts dévoués n'ont abouti qu'à obtenir un délai convenable.

— Quel délai? demanda Penhoël, qui n'avait pas encore prononcé une parole!

— Grâce à moi, répliqua Macrocéphale, monsieur le vicomte aura une heure pour faire ses petits préparatifs de départ.

René fit un geste d'indignation.

— Permettez! reprit l'homme de loi, je ferai observer respectueusement à monsieur le vicomte que le manoir a été vendu avec tout ce qu'il contenait. En conséquence, comme monsieur le vicomte ne peut rien emporter du tout, une heure lui suffira pour arranger ses petites affaires.

Macrocéphale avait beau prendre un air humble et contrit, la joie méchante qu'il éprouvait à remplir ce message perçait malgré lui sous son masque.

— Sortez! dit René.

— Que monsieur le vicomte veuille bien me pardonner si je n'obéis à l'instant même, comme c'est mon devoir, mais je n'ai pas achevé ma commission. La personne qui m'envoie vers monsieur le vicomte désire le voir s'établir à bonne distance de la commune de Glénac pour éviter la chance de conflits regrettables. Je suis conséquemment chargé de notifier à monsieur le vicomte que tout fermier de Penhoël ou de Pontalès qui lui ouvrirait la porte de sa maison serait immédiatement congédié. Monsieur le vicomte est trop généreux pour exposer de pauvres diables.

— Sortez! répéta Penhoël, dont la patience était évidemment à bout.

Comme ses sourcils se fronçaient, maître Lehivain eut peur. Il témoigna une dernière fois son désir de se faire hacher en mille pièces pour le service de monsieur le vicomte et gagna la porte à reculons, en saluant, à chaque pas qu'il faisait, jusqu'à terre.

Il se rendit chez l'oncle Jean pour lui répéter sa notification.

Penhoël, resté seul, demeura un instant anéanti sous le coup qui le frappait. Il avait jusque-là fermé les yeux volontairement pour ne point voir les conséquences de sa ruine. Au bout de quelques minutes, une colère sourde fit place à l'abattement qui l'accablait. Un amer sourire éclaira son visage morne. Il venait de songer à Marthe.

Il se leva.

— C'est elle, murmura-t-il, c'est elle qui est cause de tout! Je suis le maître pendant une heure encore, j'ai le temps de me venger.

Ce fut alors qu'il se rendit dans la chambre de Blanche.

Dans le salon, Jean de Penhoël soutenait toujours Marthe qui avait repris ses sens, mais qui restait sous le poids d'un accablement insurmontable.

— Il faut retrouver des forces, Marthe, disait le vieillard, car vos épreuves ne sont pas finies. Le malheur est descendu sur notre maison. Et quoi qu'ait pu faire René, votre mari, vous devez l'aider, Marthe, et le consoler dans sa détresse.

Avant que Jean de Penhoël pût s'expliquer davantage, la pendule sonna onze heures de nuit. Le timbre aigu et sonore sembla produire sur René le même effet que si une main rude avait secoué brusquement son sommeil. Il fit effort pour se redresser et appuya ses deux mains sur le parquet où naguère il s'étendait tout de son long.

— Onze heures! murmura-t-il sans manifester le moindre souvenir de ce qui s'était passé. Que devais-je donc faire à onze heures?

L'oncle Jean ne le savait que trop. Il ouvrit la bouche pour répondre, mais le cœur lui manqua.

René regardait tout autour de lui.

— Cette salle est bien grande maintenant, murmura-t-il; autrefois, elle paraissait plus petite; alors que nous étions tous ensemble...

Il se prit à compter sur ses doigts avec lenteur.

— Vincent, dit-il, Diane et Cyprienne, vos trois enfants, notre oncle; Blanche de Penhoël, Roger, notre fils d'adoption... puis, Robert de Blois, ajouta-t-il en parlant plus bas... pourquoi nous ont-ils quittés tous ensemble?

Il s'interrompit, et son corps eut un frémissement.

— Oh! fit-il en un long soupir, voilà que je me rappelle!

Il se leva. Son ivresse récente avait laissé peu de traces. Il y avait en ce moment sur son visage pâli un reste de noblesse.

— Je me souviens, reprit-il : c'est l'heure où Penhoël doit quitter pour jamais la maison de son père!

Marthe demeurait immobile et froide. Ces émotions tristes, mais calmes, étaient trop au-dessous des angoisses qui l'avaient brisée. L'oncle Jean, au contraire, était affecté profondément.

— Je suis bien vieux, pensa-t-il tout haut, et je croyais mourir avant de voir cela. Allons, mon neveu, l'heure est sonnée! Que Dieu vous donne le courage de ce dernier sacrifice!

René fit un pas vers la porte, mais sa tête, qui se dressait avec fierté, se courba de nouveau. Il venait de heurter du pied les débris de ce cadre brisé qui contenait naguère le portrait du fils aîné de Penhoël.

Son regard timide et inquiet glissa jusqu'à Marthe.

— Si du moins on m'aimait! prononça-t-il avec désespoir.

Marthe se leva enfin et se rapprocha de lui.

— René, dit-elle, tant que vous ne me chasserez pas, je resterai près de vous... et je vous aimerai.

Ce dernier mot tomba de sa bouche avec effort. Elle songeait à sa fille. Elle se tenait, les yeux baissés, auprès de Penhoël, qui la contemplait en silence.

— Oh! Marthe! Marthe! murmura-t-il enfin, si vous aviez voulu!...

Il se tourna vers l'oncle Jean et lui montra du doigt les deux épées.

— Merci, dit-il seulement.

Puis il se dirigea vers la porte du salon.

Le vieillard et Marthe le suivaient.

Ils traversèrent ensemble le corridor désert. Ils descendirent ensemble le grand escalier, où personne ne vint croiser leur route.

De plus en plus, le manoir semblait abandonné.

On aurait pu les voir marcher tous les trois en silence le long des allées du jardin.

L'oncle Jean ouvrit la porte qui donnait sur le dehors. Il sortit; Marthe en fit autant. — Penhoël hésita au moment de franchir le seuil.

— Du courage, mon neveu, dit la douce voix de l'oncle Jean : Dieu aura pitié de nous.

Penhoël mit ses deux mains sur son visage et sortit sans jeter un regard en arrière.

A peine avait-il passé le seuil, que la porte, poussée par une invisible main, se ferma rudement sur lui.

M. Blaise et Bibandier étaient sortis d'un buisson voisin et riaient, les bons garçons, du meilleur de leur cœur.

XI

LE SOUPER DE PENHOEL

Derrière la porte, Blaise et Bibandier se frottaient les mains de compagnie : comme si nul drame ne pouvait se jouer en ce monde, sans qu'il y ait à côté la farce honteuse et bouffonne.

— Ça n'est pas drôle, tout de même, dit le fossoyeur, de recevoir congé à une heure pareille!

— Et par un diable de temps! ajouta M. Blaise : ils vont être fameusement saucés, les pauvres canards. Quel vent!

— Et quelle ondée! il tombe des gouttes larges comme des pièces de six livres! Maintenant que nous leur avons fait la conduite, mon opinion est qu'il faut aller voir si M. le maire nous a laissé un peu de sa bonne eau-de-vie.

— M. le maire! répéta Blaise en ricanant; je retiens son écharpe pour me faire un gilet.

Ils étaient rentrés sous le vestibule du manoir.

Au dehors, René, Marthe et l'oncle Jean descendaient la montée.

L'orage, qui menaçait depuis la brune, venait d'éclater enfin avec une soudaine violence, la pluie tombait à torrents.

— Ce sera une terrible nuit pour ceux qui n'ont point d'asile! murmura l'oncle Jean.

Marthe avait la tête nue, ses cheveux se collaient déjà ruisselant à ses tempes.

— Et nous n'avons pas d'asile! dit René.

— Parmi les anciens fermiers de Penhoël... commença Marthe.

— Il n'y faut pas songer, ma fille, interrompit l'oncle Jean : ceux qui nous chassent n'ont rien oublié. Notre malheur se gagne, et l'hospitalité que nous irions demander à un pauvre homme serait une malédiction pour lui et sa famille.

La pluie et le vent redoublaient; les arbres du taillis étaient trop bas pour offrir la moindre protection. René s'arrêta.

— C'est par une nuit semblable, dit-il, que j'ai ouvert les portes du manoir à l'homme qui nous chasse aujourd'hui. Ne trouverai-je donc pas où abriter ma tête, moi qui n'ai jamais refusé l'hospitalité à personne... Hormis à un, pourtant! se reprit-il tout bas.

Et il ajouta en pressant à deux mains son front mouillé :

— Oh! mon frère! mon frère! Dieu te venge!

— Allons, mon neveu, dit l'oncle Jean, qui secoua son abattement et feignit une sorte de gaieté, nous n'en sommes pas là, Dieu merci! C'est un orage à essuyer, voilà tout. La belle affaire pour un chasseur! Au pis aller, nous sommes bien sûrs de trouver un accueil cordial chez notre vieil ami l'aubergiste de Redon.

— C'est vrai! dit vivement Penhoël : celui-là nous aime, et il est assez riche pour nourrir Marthe, tandis que j'irai, moi, Dieu sait où.

— Où vous irez, je vous suivrai, Penhoël, répliqua madame.

René fit comme s'il n'avait pas entendu.

— Il faut que j'aille bien loin, reprit-il; bien loin! car ces gens conservent une arme contre moi, et tant qu'ils me verront à portée de leurs coups, ils frapperont sans pitié ni trêve. Jusqu'à ma mort, voyez-vous, ils auront peur de me voir rentrer dans la maison de mon père!

— Et bien ils feront, mon neveu! s'écria le vieil oncle en affectant un espoir qu'il n'avait pas; car Dieu est juste, et vous y rentrerez quelque jour. En attendant, je vois de la lumière dans la loge de Benoît le passeur.. Entrons là pour laisser finir l'orage, car la pauvre Marthe est bien faible. J'ai bonne espérance. Quand Marthe sera reposée, nous prendrons le bac et nous irons chez notre ami Géraud, qui est riche et dévoué.

L'oncle Jean marchait maintenant le premier. Il s'engagea dans le petit sentier qui menait à la loge. René le suivait avec répugnance. Depuis plus d'une année il n'avait pas visité le vieux serviteur de son père, qui se mourait dans l'abandon.

Comme Jean de Penhoël approchait de la cabane, il vit en travers de la porte une masse noire dont il ne distinguait point la forme.

Au bruit de ses pas, la masse noire remua. C'était un homme, assis sur la pierre du seuil, la tête entre ses deux mains.

— Est-ce toi, vieux Benoît? demanda l'oncle Jean.

L'homme releva la tête, et l'oncle Jean put reconnaître la bonne figure de l'aubergiste de Redon.

Il eut un véritable mouvement de joie et frappa ses mains l'une contre l'autre.

— Avancez, mon neveu! s'écria-t-il; avancez, Marthe! voici justement notre ami Géraud qui va nous tirer d'embarras tout de suite.

L'aubergiste se leva en silence, ôta sa casquette avec respect et se rangea pour laisser l'entrée libre.

Dans le mouvement qu'il fit, la lumière de la résine vint frapper son visage. L'oncle Jean s'arrêta au-devant du seuil, tant il vit de tristesse et de découragement sur les traits du vieil aubergiste.

Benoît Haligan s'était mis sur son séant.

— Allumez une autre résine, François Géraud, dit-il. Faites un grand feu dans la cheminée. Ce n'est pas tous les jours que Penhoël vient visiter son serviteur!

Géraud ne bougeait pas. Il regardait d'un œil morne et consterné les trois hôtes de la pauvre cabane.

Quand madame entra la dernière, il lui prit la main et la baisa. Il avait des larmes dans les yeux.

— C'est donc bien vrai ce que Benoît vient de me dire? murmura-t-il d'une voix altérée.

Penhoël tourna vers le grabat un regard plaintif.

— Qu'a-t-il dit? demanda l'oncle Jean.

— Allumez une autre résine, François Géraud, répéta le passeur. Faites du feu dans la cheminée et trouvez des sièges, afin que nos maîtres soient reçus comme il convient.

Puis il reprit :

— J'ai dit que le manoir avait changé de maître, et je donnerais tout ce qui me reste, sauf l'espoir du salut éternel, pour m'être trompé. J'ai dit que René de Penhoël allait avoir besoin de ceux qui ont mangé le pain de son père.

— Est-ce vrai? balbutia l'aubergiste; ont-ils eu le cœur de vous chasser, vous, Penhoël? et monsieur Jean? et madame?

— C'est vrai, dit René.

— Et nous avons compté sur vous, ami Géraud... ajouta l'oncle Jean.

L'aubergiste secoua la tête.

— J'ai fait ce que j'ai pu, dit-il, comme se parlant à lui-même; maintenant je n'ai plus rien.

— Pas même un asile à donner au fils de ton maître! demanda l'oncle Jean dont la voix prit un accent d'amertume.

— Pas même un asile à donner au fils de mon maître, répliqua l'aubergiste : ce matin, les gens de loi sont venus dans mon auberge; ils m'ont mis dehors avec la vieille femme, qui pleurait. Monsieur Jean, elle avait cru mourir dans l'aisance. C'est bien dur, à son âge, d'aller demander l'aumône par les chemins!

René s'était assis sur une escabelle, le plus loin possible du grabat de Benoît.

— C'est moi, prononça-t-il à voix basse, c'est encore moi qui suis cause de cela. Depuis deux ans, Géraud m'apportait de l'argent toutes les semaines. Le soir de la Saint-Louis, il me donna encore un sac en me disant : Ceci ne vient pas de moi tout seul, car je suis ruiné, notre maître. J'ai dit aux gens de Glénac et de Bains : Penhoël a besoin d'argent. Et le sac s'est rempli. Et moi, ajouta René, je perdis cela en une seule partie!

— Tout ce que j'avais était à vous, Penhoël, murmura Géraud; ce que je regrette, c'est de n'avoir plus rien.

L'oncle Jean s'approcha de l'aubergiste et lui serra la main en silence.

— Mais, reprit ce dernier, ce n'est pas tout, mon Dieu! Benoît disait encore autre chose. Est-il vrai qu'on peut vous perdre après vous avoir dépouillé? Est-il vrai que l'honneur de Penhoël est entre les mains de ces démons?

Personne ne répondit.

La voix creuse du vieux passeur s'éleva dans le silence.

— Il y a une chaîne d'or autour du cou de madame, dit-il : avec cela on peut aller bien loin.

— Il n'y a pas de temps à perdre! s'écria l'aubergiste; demain, avant le jour, il faut que vous soyez sur la route de Rennes, Penhoël : les scélérats qui vous ont dépouillé pourraient bien se raviser.

Madame tendit sa chaîne d'or à l'oncle Jean.

— Qu'il reste ou qu'il parte, grommela Benoît Haligan, ils lui prendront son corps et son âme.

On ne l'entendit point.

— J'irai avec vous, reprit Géraud, fût-ce à Paris, car vous n'êtes pas habitué à vous servir vous-même.

— Mais votre femme? dit Marthe.

— Quand j'étais marin, repartit l'aubergiste, ma femme restait seule des années.

— Pauvre comme elle est maintenant!... voulut objecter l'oncle Jean.

L'aubergiste hésita un instant.

— Ecoutez, dit-il ensuite avec simplicité, mais de ce ton péremptoire que l'on prend pour lancer un argument sans réplique : je suis né sur Penhoël.

L'orage était passé. Nos trois fugitifs, accompagnés du vieux Géraud, descendirent vers le passage du Port-Corbeau.

La parole lugubre de Benoît Haligan pesait sur leurs poitrines oppressées.

Tandis que Géraud détachait le bac, Marthe était restée un peu en arrière.

Le vent avait chassé les nuages; la lune brillait à travers les branches mouillées. Marthe se retourna pour jeter un dernier regard sur le manoir.

Dans le sentier, éclairé à demi, elle vit deux formes connues qui se glissaient en se tenant par la main : deux jeunes filles dont la longue chevelure flottait au dernier souffle de l'orage...

Marthe joignit les mains en poussant un cri faible : elle était tombée sur ses genoux.

L'oncle Jean s'élança vers elle.

— Je les ai vues! répondit Marthe à ses questions : toutes deux! La mort ne les a point changées. Elles m'ont jeté un baiser avec un sourire. Oh! je les reverrai bien souvent, car elles savent à présent comme je les aimais!

Malgré son apparence de solitude et d'abandon, le manoir avait bien gardé quelques hôtes. A peine René, Marthe et l'oncle Jean eurent-ils quitté le grand salon, qu'une porte latérale s'ouvrit, donnant passage à M. Robert de Blois.

Robert avait entendu et vu la majeure partie de ce qui venait de se passer; un sourire de profond dédain se jouait encore autour de sa lèvre.

Il se dirigea vers la table où était la lampe et poussa du pied, chemin faisant, les débris du portrait de l'aîné

— Quelle brute enragée et stupide! murmura-t-il. En vérité, la partie était trop aisée à gagner. C'est qu'il allait la tuer, ma parole d'honneur! sans ce vieux pique-assiette d'oncle en sabots, qui est, ma foi, un gaillard!

Il jeta un regard sur l'épée, qui était toujours à la même place.

— Tudieu! reprit-il, quelle garde il avait! il a désarmé l'autre trois fois de suite au demi-cercle! On n'y voyait que du feu!

Il s'étendit sur le fauteuil où s'asseyait naguère Penhoël et joignit ses mains sur son estomac avec un air de béatitude.

— Et tout cela est déjà de l'histoire ancienne! poursuivit-il; la toile est tombée, la farce est finie et nous entamons l'ère sérieuse de notre existence. Il s'agit maintenant d'être un homme grave, et de porter comme il faut notre fortune. On se débarrasserait bien de ce vieux Basile de Pontalès, mais on a besoin de lui pour la députation. Il m'a garanti cent voix de ses créatures au collège de Redon. Les élections approchent. Quand je serai député, du diable si je ne lui joue pas quelque bon tour.

Il agita la sonnette, placée à côté de lui.

— Ma course sur la lande m'a donné un grand appétit, reprit-il, mais je n'ai pas perdu ma peine. Blanche est en lieu de sûreté maintenant... et mon arc a toutes les cordes qu'il faut.

Un domestique se montra à la porte.

— Commandez qu'on me prépare à souper, dit Robert.

— C'est déjà fait, répliqua le valet : notre monsieur avait donné l'ordre qu'on le servît au salon.

— C'est bien, dit Robert. Je me contenterai du souper de notre monsieur. Allez!

Le domestique sortit.

Robert se frottait les mains et riait dans sa barbe.

— Le pauvre diable! pensait-il, le pauvre diable! Allez donc sauver les gens qui se noient! Parbleu! ce vieux fou de Benoît

Haligan parlait comme un livre, après tout! et la morale de la chose est qu'il faut laisser les gens couler au fond de l'eau.

Second éclat de rire, pendant lequel une main se posa, par derrière, sur son épaule.

C'était M. Blaise, vêtu d'un très bel habit bourgeois, et qui riait, lui aussi, de tout son cœur.

— Nous sommes gais! dit-il en prenant place à côté de son ancien maître.

— Et je crois que nous en avons sujet, mon fils! repartit Robert. Je pensais justement à toi. Je me disais : Voilà un garçon qui doit me garder de la reconnaisance!

— Ah! fit Blaise, tu te disais cela!

— Oui. Le fait est que le bien t'est venu en dormant, mon bonhomme! J'aurais pu admirablement me passer de toi.

— J'ai fait de mon mieux, dit Blaise avec une humilité feinte; j'ai été un domestique fidèle, soumis et dévoué...

— La perle des valets, interrompit Robert.

— Et j'ai été encore, poursuivit Blaise, un observateur attentif, un confident discret, un espion adroit.

— Le roi des marauds, enfin! s'écria Robert, c'est juste. Va, je ne veux pas diminuer ton mérite. Sois sûr que ta part du gâteau sera suffisante et honnête.

L'Endormeur approcha son siège et prit un air important.

— C'est précisément sur ce sujet-là que je voulais te toucher un mot ou deux, dit-il. De quelle manière entends-tu les partages, toi, Américain?

— Ma foi, mon fils, j'avoue que tu me prends sans vert. Je n'ai pas encore songé à cela. Entre nous, comme bien tu penses, il ne peut pas y avoir de difficultés.

— Assurément non! Cependant j'ai toujours entendu dire que les bons comptes font les bons amis. On peut discuter un petit peu sans se fâcher. D'abord, je te ferai observer que nous ne sommes pas restés dans les termes de notre premier programme. C'était vingt mille francs de rente chacun que nous devions avoir, si tu t'en souviens.

— Dame! fit Robert, je suis presque content de te voir établir toi-même des différences...

— De très grandes différences! interrompit Blaise.

— D'accord. J'ai fait toute la besogne et tu t'es reposé.

Blaise fourra ses deux mains dans ses poches, et croisa ses jambes pour s'étendre commodément sur son fauteuil.

— Mon bonhomme, dit-il, je vois que tu es porté à introduire de l'aigreur dans notre causerie amicale. Si tu as mal aux nerfs, tant pis pour toi! Moi je suis de bonne humeur et je continue avec une entière bienveillance. Il ne s'agit pas ici de nos mérites respectifs, mais bien des parts qui doivent nous revenir dans la succession de Penhoël. Quand j'ai dit que les circonstances avaient changé, c'est que je vois ici deux héritiers nouveaux.

— Qui donc?

— D'abord Pontalès; ensuite, ce laid coquin de Macrocéphale.

— Qu'y faire?

— Voilà! Diviser le patrimoine en deux portions égales. La première sera pour M. le marquis, lequel se chargera de récompenser maître Protais Lehivain à sa fantaisie; l'autre sera pour nous. Il y aura dix mille francs pour toi et dix mille pour moi.

— Mais... voulut objecter Robert.

— Attends donc! Ceci en principe... mais, — car, moi aussi j'ai mon *mais*, — mais pendant l'espace de trois années consécutives, j'aurai libre disposition de notre fortune indivise, parce que, suivant nos conventions, je serai le maître et toi le domestique.

Robert le regarda bouche béante.

— Tu veux railler? balbutia-t-il.

— Non pas du tout! de ma vie je n'ai parlé plus sérieusement! Mon brave, il n'y a dans les marchés que ce qu'on y met. Le soir où nous fîmes ce bon repas à l'auberge du vieux Géraud, sur le port de Redon... quelle omelette! mon bonhomme! et quel gigot! non, c'était une épaule... tu me promis en propres termes d'être mon domestique pendant le même espace de temps que je t'aurais servi.

— Et tu es assez fou pour espérer...? commença Robert en fronçant le sourcil.

— Une simple observation, interrompit l'Endormeur avec gravité : les rapports nouveaux que nous allons avoir ensemble exigent, à mon avis, de nouvelles formes. S'il m'en souvient bien, tu exigeas de moi autrefois le sacrifice de certaines façons familières; aujourd'hui je te rends la pareille, et franchement, tu ne peux pas m'en vouloir.

Robert avait grand'peine à contenir son impatience.

— Quand tu auras fini... dit-il.

— Encore *tu!* s'écria l'Endormeur. Américain, mon fils, vous avez la tête dure. Et je commence à craindre de voir notre petite discussion dégénérer en une mauvaise querelle.

Blaise ne souriait plus.

— Voyons, dit Robert, qui commençait à s'inquiéter, je t'accorde tes dix mille francs de rente, bien que ce soit absurde. Nous ne sommes pas en position de faire un éclat.

— Vous peut-être, mon ancien seigneur; mais moi, cela m'est parfaitement égal! Ecoutez donc! chacun a ses petites faiblesses. Depuis trois ans, je songe tous les jours au plaisir que je me donne en ce moment. Vrai, ajouta-t-il en se prenant à rire, trois ans ce n'est pas trop, car je m'amuse comme un bienheureux!

Robert avait la tête basse et semblait réfléchir.

— Et quand je songe que j'ai trois ans à m'amuser ainsi, reprit Blaise, ma parole, je ne me sens pas de joie!

Robert jeta un regard de côté vers l'épée de l'oncle Jean, qui restait à portée de sa main.

Blaise ne perdit point ce mouvement.

— Oh! oh! fit-il, je croyais que nous n'étions pas en position de faire un éclat.

— Blaise! Blaise! dit Robert d'une voix altérée, ma patience a des bornes.

— Moi, voilà trois ans que je patiente, répliqua l'Endormeur, dont le calme semblait imperturbable.

— Tu sais bien que tu me demandes l'impossible! et ce jeu doit cacher autre chose. En deux mots, que veux-tu?

— Voilà qui est parlé! s'écria l'Endormeur; mon bonhomme, tu as été bien longtemps à me comprendre. On m'a promis vingt mille livres de rente : je veux vingt mille livres de rente.

— Et moi? dit Robert, qui baissait les yeux pour tâcher de dissimuler sa colère.

— Je n'entre pas dans tes affaires personnelles, mon fils. Sur les vingt mille livres de rente qui restent, tu t'arrangeras avec M. le marquis de Pontalès, avec maître Protais Lehivain, et même avec le Bibandier, s'il y a lieu.

— C'est ton dernier mot? demanda Robert à voix basse et les dents serrées.

— C'est mon dernier mot, répondit l'Endormeur, et je te promets que je n'en démordrai pas! Tu me donneras tout, ou bien, morbleu! je mangerai seul le bon souper que tu as commandé et tu me serviras à table!

— Allons, dit Robert, qui affecta un mouvement de gaieté, je vois bien qu'on ne peut pas raisonner avec toi ce soir. Il faut tâcher de s'arranger autrement.

Tout en prononçant ces paroles avec un accent de bonne humeur, Robert de Blois jouait avec le pied de la lampe. Au beau milieu de son sourire, sa main glissa, rapide comme l'éclair, et saisit sur la table l'épée de l'oncle Jean.

Mais l'Endormeur était sur ses gardes. Si rapide qu'eût été le mouvement, quand Robert se retourna pour frapper, il vit son camarade debout, au milieu de la chambre, et tenant à la main l'épée du maître de Penhoël.

— Oh! oh! mon bonhomme! dit Blaise, qui tomba en garde assez gaillardement : on te connaît depuis le bout de l'oreille jusqu'à la plante des pieds. Tu triches toujours, c'est ton caractère; mais, au jeu que nous allons jouer, à ce qu'il paraît, on ne peut pas filer la carte.

Robert s'était levé. Il n'était peut-être pas brave dans l'acception héroïque du mot, mais il avait ce qu'il fallait de sang-froid et de fermeté pour défendre à l'occasion son intérêt ou sa vie.

— Je te préviens que c'est un duel à mort, dit-il en marchant sur Blaise avec précaution.

— C'est tout ce que tu voudras, mon fils, répliqua l'Endormeur. Dieu merci! j'ai cinq ans de salle.

Ils n'étaient pas encore à portée l'un de l'autre. Robert s'arrêta et se mit en garde à son tour.

— Une dernière fois, dit-il, je te propose la paix.

— Moi, répondit Blaise, je te propose une place de valet de chambre auprès de ma personne... sinon je réclame le paiement de mes gages pour trois années de service, lesquels gages j'évalue à la somme de deux cent mille francs.

Il n'y avait pas à parlementer. Les pointes des deux épées se joignirent tout doucement. Ce fut comme une caresse.

Ce combat ne ressemblait guère à celui qui avait eu lieu peu d'instants auparavant, à la même place. Les deux adversaires se montraient également prudents.

Ils firent tour à tour une demi-douzaine de passes, à distance; quand l'un se fendait, par aventure, il restait bien six pouces entre la pointe de son épée et le corps de l'adversaire.

Et pourtant l'assaut s'animait; ils frappaient du pied vaillamment, comme à la salle d'armes, et l'on entendait un grand cliquetis de fer.

De loin un myope aurait pu penser que c'était une bataille acharnée et terrible.

Au moment où le bruit de ferraille allait le mieux, un gros rire éclata tout à coup de l'autre côté de la chambre.

Les deux épées se baissèrent à la fois.

La porte par où Robert et Blaise étaient entrés dans le salon venait de s'ouvrir. Sur le seuil on apercevait la taille longue et

maigre de Bibandier. L'ancien uhlan se tenait les côtes et riait
à gorge déployée.

— Ah! ah! ah! s'écria-t-il dès qu'il put parler : la maîtresse
farce! Voilà, deux bons garçons qui se battent comme des diables
pour un héritage qui leur passera sous le nez! Ah! ah! ah! et pour
un souper qu'un autre mangera!

Robert et Blaise restaient tout déconcertés.

L'ancien uhlan, fossoyeur de la paroisse de Glénac, fit quelques pas à l'intérieur de la chambre. Il tenait à la main des
papiers.

— Restez dehors si vous avez peur! cria-t-il à la cantonade;
je promets bien qu'ils ne me tueront pas... Ma parole! dit-il en
s'adressant aux deux combattants, vous êtes drôles à croquer
comme cela! Ah! monsieur Robert, j'irai te voir à la Chambre,
bien sûr, quand tu seras député. Ah çà! l'Endormeur, nous
voulons donc avoir vingt bonnes petites mille livres de rente
qui ne doivent rien à personne? Et, sur le reste, l'Américain
pourra s'arranger avec le vieux marquis, avec M. de la Chicane,
etc., etc..., et enfin avec le Bibandier, s'il y a lieu. Laissez là
vos joujoux, mes enfants, nous allons parler d'affaires sérieuses.

Blaise et Robert se regardaient. Le préambule n'annonçait rien
de bon.

Bibandier s'installa dans le fauteuil auprès de la table.

— Mes amours, dit-il, je m'applaudirai toute ma vie de
vous avoir évité de vous embrocher comme des dindons que
vous êtes. Quand vous me ferez des yeux de tigre pendant une
heure, ça ne changera rien à l'histoire! Voyez-vous, il n'y a pas
moyen de faire les méchants ici, ce soir.

— Mais que signifie donc tout cela? s'écria Robert : je ne vous
ai jamais vu si insolent, monsieur Bibandier.

— Américain, dit l'ancien uhlan, la nature chatouilleuse de
mon caractère ne me permet pas de continuer l'entretien sur ce
ton... Ah! ah! ah! se reprit-il en éclatant de rire, j'ai envie de
prendre, moi ausi, une de ces vieilles flamberges, et nous mènerons la danse à trois... Mais c'est assez folâtrer. Viens te mettre
à ma droite, l'Endormeur. Américain, prends place à ma gauche.
Il s'agit d'une communication officielle.

Robert et Blaise s'approchèrent machinalement.

— M. le marquis de Pontalès, poursuivit Bibandier, a bien
voulu me donner auprès de vous une mission de confiance. Il
m'a dit : « Mon ami Bibandier, je répugne à voir ce Robert et ce
Blaise... »

— Comment! s'écrièrent ceux-ci en même temps.

— Si vous m'interrompez, nous n'en finirons pas. M. le mar-
qui m'a donc dit : « Mon ami Bibandier, épargne-moi la peine
de voir ces deux coquins de Robert et de Blaise. »

— Ah! fit M. de Blois, Pontalès a dit cela.

— Comme j'ai l'honneur, mon fils. Et je crois bien que c'est
pure modestie. Le marquis, tout en vous comblant de bienfaits,
veut se soustraire aux marques de votre reconnaissance. Jugez-en.
Il m'a dit encore : « En définitive, ces drôles m'ont été d'une
certaine utilité. Je prétends qu'ils ne s'en aillent pas les mains
vides. »

— Nous en aller! se récria Blaise.

Et Robert ajouta en raillant à son tour.

— Ah çà! M. le marquis croit donc que nous sommes gens à
tirer les marrons du feu pour nous laisser mettre à la porte
comme des enfants!

— Le marquis est un fameux lapin, monsieur Robert! dit
l'ancien uhlan avec emphase; et s'il mange les marrons à lui
tout seul, vous devez encore vous estimer heureux qu'il veuille
bien vous en jeter les pelures!

— C'est ce qu'il faudra voir!

— C'est tout vu! Pour en revenir, Pontalès m'a chargé de
vous dire qu'il a besoin de son manoir de Penhoël, et qu'il serait
flatté de vous voir disparaître ce soir même.

— Il faut que le brave homme soit tombé en enfance! murmura Robert, qui véritablement ne comprenait rien à cet acte
d'hostilité brutale. Le manoir est à nous bien plus qu'à lui. Nous
possédons des contre-lettres dont les doubles se trouvent entre les
mains de maître Lehivain.

— Les doubles et les originaux aussi, riposta Bibandier.

— Du tout!

— Si fait! c'est moi-même qui ai crocheté votre secrétaire
ce soir... Pas de jeux de mains, monsieur Robert, ou j'introduis
dans la discussion un argument nouveau!

Sa main droite, qui était passée sous le revers de sa veste de
paysan, sortit armée d'un pistolet de taille recommandable.

— Causons comme des amis, reprit-il, et ne nous emportons
pas avant de savoir. Je gagne ma vie, que diable! Si vous aviez
été les plus forts, soyez certains que j'aurais travaillé pour vous,
car je n'ai pas de rancune, moi, et je ne me souviens déjà plus
des grands airs malhonnêtes que vous avez pris avec moi pendant trois ans. Voici donc une chose entendue. Il ne faut plus
compter sur vos contre-lettres.

— Nous avons d'autres moyens, dit Robert. Et si Pontalès nous pousse à bout!...

— Mes amours, vous serez doux comme des agneaux : c'est moi qui vous en réponds! Je vous dis que ce vieux Pontalès est un lapin de première force! et un brave homme... car il vous propose une indemnité, lui qui pourrait vous renvoyer tout bonnement comme des vagabonds.

— Quelle indemnité? demanda Blaise.

— Une dizaine de jolis billets de mille francs à partager entre vous.

— Juste la moitié d'une année de notre revenu, se récrièrent à la fois les deux amis : c'est de la démence.

— Acceptez-vous?

— Jamais! dit Robert.

— J'aimerais mieux m'aller pendre! ajouta Blaise.

— Ancien style! fit observer Bibandier; la guillotine a remplacé cette forme féodale et vieillie. Plaisanterie à part, mes garçons, vous ne comprenez pas du tout votre situation. Permettez-moi de mettre sous vos yeux de légers documents que ce finaud de Pontalès a fait venir de la capitale.

Il déplia l'un des papiers qu'il tenait à la main.

— Premier document : « Extrait des rôles de la Préfecture « de police. Bureau des renseignements.

« Robert Camel... »

La surprise arracha un cri à Robert.

Blaise et lui changèrent à ce moment de visage. Jusqu'alors ils avaient cru pouvoir combattre à armes égales.

« Robert Camel, reprit Bibandier, dit Wolf, dit Belowski, dit « l'*Américain*, à cause du genre de vol auquel il se livre habituel- « lement. Origine inconnue; vingt-huit ans, repris de justice, « trois condamnations en police correctionnelle et deux en cour « d'assises; condamné en 1815, pour vol qualifié, à cinq ans de « reclusion; s'est évadé de la Force au bout d'un mois, et n'a pu « être ressaisi par la justice... »

— Deuxième document : « Extrait des rôles de la Préfecture « de police. Bureau de renseignements. »

« Blaise Jolin, dit l'*Endormeur*, à cause du genre de vol auquel « il se livre habituellement... »

Bibandier se mit à rire :

— Vous avez comme ça, tous deux, des habitudes, mes chéris! dit-il.

« ... Auquel il se livre habituellement; repris de justice, con-

« damné par contumace, le 5 janvier 1816, à dix ans de travaux
« forcés, à la marque et à l'exposition... etc., etc... »

L'ancien uhlan replia soigneusement ses papiers pour les
mettre dans sa poche.

Robert et Blaise avaient la tête basse : ils semblaient atterrés.

— Mauvais ragoût, dit Bibandier : dix ans et le pilori... tu
as tout de même bien fait de t'évanouir, l'Endormeur! mais ne
nous perdons pas dans des digressions inutiles, comme disait le
gros avocat qui m'a envoyé à Brest. Il nous reste à savoir, s'il
vous plaît, monsieur Robert, de faire vos quatre ans et neuf
mois de reclusion, et si vous éprouvez le besoin, monsieur Blaise,
de purger votre contumace?

Les deux amis gardaient le silence. C'était là un coup aussi
rude qu'inattendu. Blaise, surtout, qui s'était cru au sommet des
prospérités, retombait à plat et se sentait incapable de résistance.

Robert essaya du moins de faire tête à l'orage.

— Tout cela est très bon, dit-il en relevant sa tête blême,
et je devine la part que vous y avez prise, mon vieux camarade.
Mais si nous sommes perdus, Pontalès pense-t-il être à l'abri?

— Oh! oh! répondit Bibandier, quand vous le pincerez,
celui-là!...

— On peut essayer! Ce qui s'est passé la nuit de la Saint-
Louis...

— Pas de témoins! interrompit Bibandier.

— Il y en avait un, du moins.

— Oui, c'est vrai... Mais je suis tout seul à le connaître... et
M. le marquis me paie.

Robert fit un geste de rage impuissante.

— Quoi qu'il arrive, s'écria-t-il, nous résisterons. Nous ne
sommes pas encore sous la main de la justice, et nous avons le
temps de nous retourner.

— Pas beaucoup, dit l'ancien uhlan avec douceur.

— Donnons-nous la main, Blaise, reprit Robert en se tournant
vers son camarade. Nous sommes unis, n'est-ce pas, maintenant?
A nous deux, nous le mènerons loin, je vous jure, votre marquis
de Pontalès!

— Oui, oui, balbutia l'Endormeur : je ferai tout ce que tu
voudras!

— Ah! s'écria Robert, on croit nous tenir! A l'appui de ces
belles menaces, M. le marquis aurait dû nous montrer quatre
gendarmes.

— Il y en a huit à l'office, répondit Bibandier en souriant :
c'est l'Endormeur qui a été les chercher à Redon.

Robert se tourna vivement vers Blaise, qui murmura, en se frappant le front :

— C'était au cas où les paysans se seraient révoltés pour les maîtres de Penhoël.

Robert ne dit plus rien : il était vaincu. Dans le silence qui se fit, on entendait la petite toux sèche de Macrocéphale, qui attendait derrière la porte.

— Patience! lui cria Bibandier, voilà qui est fini.

Il tira de sa poche un portefeuille et compta sur le coin de la table dix billets de banque de mille francs.

— Mes amours, reprit-il, on ne vous demande même pas de reçus, tant est grande la confiance que vous nous inspirez. Seulement votre signalement est donné à toutes les gendarmeries du département. Si vous êtes encore dans les environs au lever du soleil, vous pourrez bien éprouver quelques désagréments. En vue de ce danger qui vous menace, je vous ai fait préparer deux excellents chevaux, lesquels vous attendent de l'autre côté de l'eau.

— Partons! dit Robert, qui prit cinq des billets étalés sur la table.

Blaise serra les cinq autres d'un air désespéré.

— Nous nous entendons bien, poursuivit Bibandier : si fantaisie vous prenait de revenir, coffrés en deux temps, sans rémission!

Les deux amis se dirigèrent vers la porte, Bibandier se leva pour les reconduire poliment.

— J'espère que nous n'avons pas de rancune, leur dit-il chemin faisant : en somme, je vous ai réconciliés, mes petits : chacun gagne son pain comme il peut, vous savez bien. Et tenez! j'espère que je vous rejoindrai bientôt là-bas, à Paris. Nous ferons encore plus d'une bonne affaire ensemble. A vous revoir, mes braves!... Ah! j'oubliais : maître Lehivain, qui n'ose pas entrer de peur des épées, et qui vous a joué le présent tour, me prie de vous dire qu'il ne mourra pas content à moins de se faire hacher en mille pièces pour votre service!

Robert et Blaise avaient disparu.

Quelques instants après, un domestique entra, portant le souper commandé par le maître de Penhoël. Bibandier et maître Protais Lehivain s'attablèrent gaiement.

C'était plaisir de les voir se frotter les mains et rire, avant d'attaquer la succulente poularde qui fumait au milieu de la table.

— Il fallait bien que ce souper-là fût mangé enfin par quelqu'un! dit Macrocéphale.

— A votre santé, monsieur de la Chicane! riposta Bibandier en versant deux pleines rasades. Nous sommes les maîtres ici pour ce soir!

Chacun d'eux porta son verre à ses lèvres ; mais, au lieu de boire, ils se levèrent vivement et avec respect.

M. le marquis de Pontalès, qui était entré sans bruit, venait de se mettre à table.

L'ancien uhlan et l'homme de loi restaient debout, le verre à la main tout décontenancés.

Pontalès avait sur le visage son bon petit sourire, doucement moqueur.

Il attira la poularde et se servit une aile.

Lehivain et Bibandier attendaient qu'il leur dît de s'asseoir.

Pontalès mangea son aile de volaille et but un verre de vin avec un plaisir manifeste.

Puis il partagea entre ses deux compagnons un signe de tête protecteur.

— Je suis content de vous, mes enfants, dit-il avec sa tranquille bonhomie. Allez manger un morceau à l'office.

XII

LA COUR DES MESSAGERIES

Il était environ huit heures du matin. Dans la cour de l'hôtel des Messageries, à Rennes, on faisait beaucoup de bruit et l'on se donnait beaucoup de mal. C'était le départ pour Paris. Au milieu de la coûr, stationnait une voiture jaune, étroite par la base, large par le haut et dont la construction semblait calculée pour obtenir le plus d'accidents possible. Autour de cette voiture, à laquelle s'attelaient déjà trois chevaux réformés pour diverses maladies, un monde de facteurs, de voyageurs et de mendiants se pressait.

Nous parlons de choses d'hier, et qui semblent déjà plus
vieilles que le déluge.

Il y avait là cette famille qui occupe l'intérieur des diligences
depuis le commencement des temps : le père, avec son bonnet de
soie noire et le grand sac de nuit; la mère, qui porte le panier
aux provisions, bourré de veau froid, et dont le couvercle trop
petit laisse passer le goulot des bouteilles; les deux demoiselles,
qui se sont coiffées de chapeaux antiques pour mettre ceux du
dimanche dans la malle, et la bonne revêche, avec les trois petits
enfants, payant demi-place, dont le roulement de la voiture va
bientôt déranger les jeunes estomacs.

Cette famille encombrait à elle seule une cour des messageries,
tant elle avait d'amis qui venaient pleurer sur son départ et lui
souhaiter bon voyage. Elle se chargeait des commissions de toute
une ville : quand elle partait, la malle-poste n'avait plus rien dans
ses coffres.

Il y avait, pour la rotonde, le petit jeune homme qui va faire
son droit à Paris, emportant avec lui le cher manuscrit de cette
tragédie que le Théâtre-Français, hélas! ne voudra point jouer;
la petite fille, sournoise et pauvre, que vous rencontrerez peut-
être, au bout d'un mois, pimpante et bien changée dans une loge
de l'Opéra; enfin, la nourrice discrète, vaste, rouge, qui va voir
si Paris lui garde un rejeton royal à allaiter.

Pour l'impériale, deux hommes à moustaches et à pipe.

Restait ce compartiment aristocratique, le coupé, que l'on
nommait à Rennes, en ce temps, le *cabriolet*.

Dans la foule bavarde et attendrie qui entourait la voiture, on
se disait qu'un monsieur venant de Brest avait pris le cabriolet
pour lui tout seul; on ajoutait, entre deux poignées de main
arrosées de larmes, que ce monsieur était un Anglais, et que les
Anglais sont des originaux qui ne font rien comme tout le
monde.

Les mendiants et les désœuvrés qui l'avaient vu arriver, la
veille au soir, affirmaient qu'il était bel homme et militaire, pour
sûr.

Il était descendu à l'hôtel de France, dont les portes donnent
sur la cour même des messageries. Là, il avait trouvé deux grands
nègres et un certain nombre d'autres serviteurs. Tout ce monde,
qui semblait faire partie de sa maison, était arrivé à Rennes en
même temps que lui, mais dans deux chaises de poste surchar-
gées de bagages.

Pourquoi voyageait-il seul dans une diligence? Pourquoi les

deux grands nègres s'étalaient-ils dans une commode berline, tandis que leur maître présumé allait en patache?

Les Anglais! cela fait de si drôles de corps!

Et les anecdotes de rouler! L'un avait connu un *Goddam* qui mangeait son potage au dessert; l'autre avait fréquenté un gentleman qui ne voyageait jamais qu'avec son cheval, seulement ce gentleman tenait toujours son cheval par la bride, — et autres raretés de la même force.

Plus on parlait des drôleries britanniques, plus les regards se fixaient, curieux, sur la porte de l'hôtel de France, par où l'Anglais devait passer pour entrer dans la cour des messageries.

L'heure du départ avait sonné; l'Anglais se faisait attendre.

La famille de l'intérieur, le petit étudiant et la vaste nourrice commençaient à murmurer contre les privilèges des gens riches.

— Viendra-t-il aujourd'hui ou demain, l'Englishman? disait la bonne.

— S'il s'agissait d'un pauvre malheureux, grondait la nourrice, on le laisserait prendre ses jambes à son cou et courir après la diligence!

Les mendiants gémissaient :

— Bonnes âmes charitables... bons chrétiens, pour l'amour de Dieu!

Les facteurs criaient :

— Une caisse pour Alençon, — quarante livres... deux paniers de poisson pour Vitré!

Et auprès de la portière de l'intérieur:

— Vous ne nous oublierez pas auprès de M. et Mme Grimbet, n'est-ce pas?

— Bien des choses à l'avoué, surtout à son épouse.

— Si vous m'en croyez, vous entortillerez vos pieds dans la paille... les matinées sont fraîches.

— Ah! vous allez trouver sur la route de quoi vous distraire! Tous les regrets sont pour ceux qui restent!

— Amitiés à Victor, — à Joseph, — à Sophie. Vous auriez mieux fait de mettre le chien sur l'impériale.

Au beau milieu de ces caquetages croisés, le silence se fit tout à coup : la porte de l'hôtel de France venait de s'ouvrir, et les deux nègres de l'Anglais se montraient sur le seuil.

— Deux beaux brins d'homme, ma foi! murmura la nourrice.

C'étaient en effet des noirs magnifiques, vêtus d'une riche livrée et coiffés de turbans blancs, qui faisaient ressortir l'ébène luisant de leur peau.

Ils traversèrent la cour, sans s'occuper de tous ces regards fixés sur eux avidement, et déposèrent dans le coupé un manteau, un châle de cachemire et un coussin de fourrure de toute beauté.

— Avec ça, dit l'un des hommes à moustache et à pipe de l'impériale, le milord ne gagnera pas la coqueluche!

Le petit étudiant, philosophe par nécessité, lançait au riche manteau et à la belle fourrure des regards de mépris stoïque.

Les deux noirs s'en allèrent en silence, comme ils étaient venus, et l'Anglais parut, à son tour, sur la porte de l'hôtel.

C'était un homme d'aspect noble et véritablement remarquable. Cette épithète d'original, que la province accorde au premier paltoquet qui laisse croître ses cheveux ou sa barbe et porte un chapeau ridicule, ne lui allait pas à la cheville.

Il y eut dans la foule un murmure d'étonnement, nous allions dire de respect.

L'Anglais ne portait cependant qu'un costume de voyage assez simple : une redingote à brandebourgs, comme c'était la mode alors, serrait sa taille haute et d'une rare élégance; pour coiffure, il avait une petite casquette anglaise, de laquelle s'échappaient, en boucles naturelles, ses cheveux noirs, soyeux et lustrés.

Tandis qu'il traversait la cour lentement, chacun put admirer son visage noble et fier et le dessin régulier de ses traits, brunis par le soleil.

Une nuée de ces mendiants sales et hideux qui pullulent dans les rues de Rennes, se pressait sur son passage, en faisant assaut de criailleries et de lamentations.

La foule pensait que l'Anglais allait les combler de gros sous; mais celui-ci n'eut pas même l'air de les apercevoir : il monta dans le coupé, dont il ferma la porte sur lui.

— En route! cria le conducteur en se penchant à la courroie de l'impériale.

Le postillon fit claquer son fouet.

— Bonne âme charitable! chantait le chœur plaintif des mendiants; bon chrétien, pour l'amour de Dieu!

Et le même chœur grondait en aparté :

— Coquin d'Angliche! si nous pouvions t'étrangler tout vif!

Les badauds s'étonnaient et disaient :

— Le fait est qu'il pourrait bien leur donner quelques pièces de deux sous, ce richard-là! Mais les Anglais, ça a le cœur dur comme un caillou!

Au moment où la voiture s'ébranlait, une main blanche et fine sortit de la portière du coupé, et une pleine poignée de louis d'or tomba sur le pavé de la cour.

Ce fut alors une épouvantable bataille entre les mendiants ameutés.

De mémoire de gueux, on n'avait jamais vu à Rennes une magnificence pareille. Les badauds ouvraient de grands yeux, et plus d'un, parmi eux, avait bonne envie de prendre part à la mêlée.

Tandis que les mendiants, hommes, femmes et enfants, se ruaient les uns contre les autres avec une ardeur digne de l'aubaine, la diligence, à peine lancée, subissait un temps d'arrêt à la porte même de la cour. Tout le monde s'élança de ce côté, dans l'espoir d'un accident; mais ce n'était qu'un voyageur, portant pour bagage une petite valise assez plate, et demandant une place pour Paris.

En pleine rue, on ne se fût certes pas arrêté pour ouïr les instances de ce voyageur inconnu; mais, sous l'étroite voûte qui sépare la voie publique de la cour des messageries rennaises, un seul homme fait obstacle, et peut disputer le passage au postillon le plus absolu.

Le conducteur se pencha sur son siège et dit :

— Monsieur, la voiture a sa charge. Après-demain, vous aurez un autre départ.

Le voyageur n'était rien moins que notre ami Etienne Moreau, le peintre, arrivant de Redon avec son léger bagage.

— Il faut pourtant que je parte aujourd'hui, répliqua-t-il.

— S'il n'y a pas de place?

— Je ne suis pas difficile : je me mettrai n'importe où.

— Voilà un être entêté! grommela le conducteur; puisque je vous dis que la diligence est comble! Adressez-vous en face, à la Concurrence. Il n'y a pas de danger qu'on refuse un voyageur dans cette boutique-là!

— J'en viens pourtant, dit Etienne; et l'on m'a refusé.

— Alors, au large, s'il vous plaît! En avant, postillon!

Le postillon fit claquer son fouet; les chevaux piaffèrent sur place. Etienne resta ferme au beau milieu du défilé, comme un Spartiate des Thermopyles.

Gueux et badauds se pressaient dans la cour, à l'entrée de la voûte, et cherchaient en vain à reconnaître la nature de l'obstacle qui arrêtait ainsi la diligence dès le début de sa carrière.

Etienne ne se décourageait point.

— Ah çal conducteur, disait-il sans quitter sa position au milieu du passage, c'est mauvaise volonté pure! Je vois d'ici qu'il y a, pour le moins, deux places vides dans votre coupé.

— Elles sont retenues par milord, répliqua le conducteur.

— Est-ce que vous vous moquez? Votre milord a-t-il besoin de trois places pour lui tout seul?

A cette dernière apostrophe, on vit se pencher à la portière du coupé la belle et froide figure de l'Anglais. Pendant une ou deux secondes, l'Anglais examina d'un air profondément indifférent notre jeune peintre, qui gesticulait au-devant de la voiture.

Puis l'Anglais bâilla et remit sa tête au coin rembourré du coupé.

— Faudra-t-il que je descende? s'écria le conducteur en colère. Puisqu'il vous faut une place, mon joli garçon, si vous ne vous rangez pas à l'instant même, je vais vous en procurer une au bureau de police, moi!

— Qu'est-ce qu'il y a donc? qu'est-ce qu'il y a donc? demandèrent à la fois gueux et badauds.

Le conducteur répondit en mettant pied à terre :

— C'est cet olibrius qui veut prendre les places de milord!

— Les places de milord! cria la foule indignée. On va lui en faire voir de drôles, à ce petit-là!

— Qui m'a donné un vagabond pareil?

— Postillon, un coup de fouet! sanglez-lui proprement la figure!

Les mendiants retroussaient les manches de leurs chemises noirâtres; les bourgeois eux-mêmes prenaient des poses belliqueuses. Il n'y avait là personne qui n'eût la velléité de faire un peu le coup de poing pour un homme dont les poches sont si bien garnies.

Etienne avait l'air bien résolu à subir toutes les conséquences de son équipée. Il avait posé à terre son petit paquet, et regardait en face la foule menaçante.

L'Anglais remit sa tête à la portière, et cette fois, sa physionomie exprimait de l'impatience et de la mauvaise humeur.

— Eh bien! dit-il avec un fort accent britannique, cela va-t-il bientôt finir?

Ce fut comme un signal : le conducteur et le postillon d'un côté, la foule de l'autre, se ruèrent en même temps sur Etienne. Celui-ci se défendit vaillamment, et, malgré l'inégalité de la lutte, il réussit, pendant deux ou trois secondes, à tenir ses nombreux adversaires à distance.

La figure de milord s'éclaira.

— Aôh! fit-il en modulant sur trois note étranges cette fameuse exclamation que Beaumarchais ne connaissait pas quand il a fait du mot *goddam* le fond de la langue anglaise.

En ce moment, Etienne, poussé à bout, s'adossait contre la

muraille, et lançait un coup de poing qui envoya le plus gros des bourgeois rouler au milieu du ruisseau.

— Aôh! répéta l'Anglais sur un mode presque joyeux; *it's a regular gentleman!*

Sa tête rentra dans le coupé, et l'on entendit un coup de sifflet aigu : les deux grands noirs parurent comme par enchantement aux portières. Milord prononça quelques mots : les deux nègres s'élancèrent.

Le conducteur fut repoussé d'un côté, non sans quelque rudesse, et les bourgeois de l'autre; mais Etienne n'eut pas le temps de se réjouir de cette délivrance inattendue, car l'un des deux noirs le saisit à bras-le-corps et l'apporta littéralement à son maître.

La foule, battue, applaudit à tout hasard.

— Laissez ce gentleman, dit l'Anglais à son nègre.

Etienne se sentit aussitôt sur ses pieds et libre.

— Monsieur, lui dit l'Anglais, dont la voix s'adoucit jusqu'à devenir courtoise, un peu plus de prudence dans la garde, et vous boxeriez comme Colburn, parbleu! Voulez-vous me permettre une question?

— Faites, répondit Etienne.

— Etes-vous Breton?

— Non, milord.

— En ce cas, je me ferai une vraie joie de vous offrir une place dans cette voiture.

— Et moi, j'accepte de grand cœur, milord! s'écria Etienne, qui ramassa son paquet.

L'un des noirs ouvrit la portière, et notre jeune peintre s'installa triomphalement dans le coupé.

Il allait se mettre en devoir de renouveler ses remerciements, mais il s'aperçut que milord ne faisait plus attention à lui. Milord regardait de tous ses yeux de l'autre côté de la rue, où la Concurrence faisait, elle aussi, ses préparatifs de départ.

C'était une pauvre petite voiture, étroite et maigre, traînée par deux chevaux à qui l'attelage poussif de la diligence faisait honte.

Pour singer en tout son opulente rivale, la Concurrence était divisée en trois compartiments; mais il n'y avait que deux places de front dans chacune de ces boîtes étroites et basses.

Ce qui attirait en ce moment l'attention de l'Anglais, c'étaient deux petits chapeaux de paille qu'on apercevait à demi dans la rotonde de la concurrence.

Du moins, Etienne ne voyait-il que les deux petits chapeaux de paille. Mais ceux-ci coiffaient deux jeunes filles, que l'Anglais avait aperçues au moment où elles montaient en voiture.

Et il fallait que ces jeunes filles fussent bien charmantes pour attirer son attention à ce point, car nous pouvons dire que milord ne perdait pas pour peu de chose son flegme britannique et sa nonchalante indifférence.

La planchette qui servait de store à la Concurrence se releva, les deux petits chapeaux de paille disparurent. Les noirs s'en étaient allés comme ils étaient venus.

Dans ce petit incident, la bonne ville de Rennes allait avoir matière à conversation pour toute la journée, et même pour le lendemain. Aussi, lorsque la diligence s'ébranla définitivement, une dernière acclamation s'éleva dans la foule.

L'Anglais s'enfonça dans un coin du coupé et ferma les yeux, comme s'il eût oublié complètement la présence de son compagnon.

XIII

MILORD

Tandis que la diligence partait au milieu du bruit, sa modeste rivale, la Concurrence, s'ébranlait à son tour. La Concurrence était venue se loger à deux pas des messageries, pour attirer les voyageurs par l'appât du bon marché. Son bureau portait pour enseigne ces deux mots pleins d'attrait ; MOITIÉ PRIX! Mais elle était si étroite et si délabrée, la pauvre Concurrence! ses roues criaient si aigrement. ses chevaux souffraient d'une toux si maligne!

Le postillon, maigre et mal habillé, qui conduisait aujourd'hui les deux pauvres bêtes, fit pourtant de son mieux pour fournir un départ convenable. La rue était pleine : il fallait soutenir l'honneur du rabais. Le postillon fit claquer gaillardement son fouet, et tâcha de brûler, comme on dit, l'anguleux pavé de la capitale bretonne.

Mais, hélas! c'était pitié de voir le triste véhicule s'en aller cahin-caha, gémissant et chancelant à chaque tour de roue. Les acclamations qui avaient salué le départ de la diligence, se changèrent ici en sifflets.

La Concurrence s'en allait piteuse et mélancolique; on ne voyait personne à ses portières éraillées, comme si les gens qu'elle emmenait avaient eu honte de se montrer en si misérable équipage. Les deux petits chapeaux de paille lorgnés naguère par l'Anglais avaient poussé la précaution jusqu'à relever les planches figurant des persiennes rouges et servant de stores à la rotonde.

C'étaient deux jeunes filles qui semblaient à peine sorties de l'enfance. Elles étaient seules; elles se pressaient l'une contre l'autre dans une pose inquiète et craintive.

Il faisait presque nuit dans la rotonde, à cause des stores baissés. Néanmoins, on eût pu distinguer, sous les chapeaux de paille, deux gracieuses et charmantes figures qui méritaient assurément l'attention de milord.

Les deux jeunes filles étaient arrivées à Rennes la veille au soir, par la route de Nantes, sur une charrette de paysan. Elles avaient l'air d'être pauvres. Elles ne voulaient point dire leur nom et refusaient de montrer leurs passeports. Heureusement pour elles que la Concurrence était indulgente par état.

La vieille femme chargée d'inscrire les places jugea bien, du premier coup d'œil, que nos deux jeunes voyageuses étaient des filles mineures désertant le toit paternel; mais, en somme, elle n'avait pas à leur demander leur extrait d'âge. On en voit tant partir, comme cela, pour aller chercher fortune à Paris!

A ce premier instant du voyage, les deux jeunes filles gardaient le silence; elles se tenaient par la main. Il y avait une tristesse grave sur leurs traits pâlis et fatigués; il y avait aussi comme une vague épouvante : on eût dit qu'elles en étaient à hésiter sur les résultats d'une entreprise étourdiment commencée.

Il était un peu tard pour réfléchir. La petite voiture avait déjà dépassé les dernières maisons du faubourg, et l'on n'apercevait déjà plus les tours Saint-Pierre, ces deux sœurs de granit, trapues, carrées, robustes comme les épaules des vieux guerriers bretons.

Toute dédaignée qu'elle était, la Concurrence suivait de près son orgueilleuse rivale; on pouvait même prévoir qu'avant peu elle prendrait les devants.

Dans le coupé de la diligence, nos deux voyageurs avaient gardé la position que nous leur avons laissée en quittant la cour des messageries. Ils n'avaient pas encore échangé une parole. L'Anglais s'était enfoncé dans son coin et fermait les yeux, comme

un homme qui prétend écarter toute communication importune.
Etienne n'était pas d'humeur à entamer la conversation de force :
il y avait en lui trop de souvenirs joyeux ou tristes qu'il accueillait
chèrement, et ce muet compagnon que le hasard lui donnait
n'avait garde de lui déplaire.

Sa pensée était à Penhoël. Son cœur lui parlait de Diane, si
belle et si aimée, de Diane qui semblait l'avoir fui au moment de
l'adieu.

Que s'était-il passé à Penhoël depuis son départ? était-il
regretté? les yeux de Diane avaient-ils eu des larmes pour accueil-
lir la nouvelle de son absence?

Pauvre Diane! Il y avait des moments où Etienne se disait :
Je n'aurais pas dû la quitter, peut-être, car elle est malheureuse...
et qui sait si elle n'a pas besoin d'aide dans cette tâche mystérieuse où elle est engagée?

Comme cette route était longue! Il eût voulu déjà être à Paris,
dans son atelier, pinceaux et palette à la main. Il sentait au dedans
de lui-même une ardeur inconnue; sa pensée fermentait; devant
ses yeux l'horizon s'élargissait tout à coup.

Il était peintre. Il sentait sa force; les obstacles qui l'avaient
arrêté jadis, lui apparaissaient petits et misérables; c'est à peine
si son regard dédaigneux pouvait les distinguer en travers de sa
route brillante. De la lutte il ne voyait plus que le résultat, qui
était la victoire.

Il y avait, entre le bourg de Glénac et le marais, une grande
allée de châtaigniers, qui s'étendait tortueuse au bord de l'eau.
Les jours d'été, quand le soleil à son déclin se cachait derrière la
colline, une brise douce et fraîche s'élevait sur la prairie. Etienne
se voyait encore assis au pied d'un arbre. C'était l'heure du tacite
rendez-vous que nul n'avait donné ni reçu, mais auquel on ne
manquait jamais.

Un pas léger se faisait entendre derrière le rideau de châtaigniers; le cœur d'Etienne se prenait à battre, ses yeux souriants
étaient humides.

Diane venait. Qu'elle était belle! Oh! la joie des jeunes amours!
Ce qu'ils se disaient, peut-on l'écrire? et le cœur a-t-il besoin des
lèvres pour parler?

La tête d'Etienne se penchait sur sa poitrine, ses mains étaient
jointes comme à l'heure où l'on prie.

L'Anglais dormait dans son coin.

Puis le cœur du jeune peintre, un instant amolli, se redressait
dans sa force vive. Il se retrouvait lui-même courageux et plein
de sève; il comptait par avance ses heures de travail; il fixait son

effort. Vaincre! vaincre! pour revenir chercher Diane, qui était
le prix du triomphe et la couronne.

A cette heure, Roger s'était acquitté sans doute de la mission
confiée. Diane savait le motif du départ d'Etienne; pour la première fois elle avait reçu l'aveu de cet amour qui durait depuis si
longtemps.

Qu'avait-elle dit? Etienne aurait voulu voir les grands cils
baissés de sa paupière, et la rougeur pudique montant à son front
de vierge.

Roger lui écrirait à Paris... mais quand? Mon Dieu! des jours
entiers avant de savoir...

Comme il songeait ainsi, son regard se tourna par aventure
vers le compagnon de voyage que le hasard lui avait donné. Il ne
l'avait point examiné encore, et ce premier coup d'œil lui fit faire
un mouvement de surprise.

L'Anglais était à demi couché sur les coussins de la diligence;
ses pieds se perdaient dans la fourrure épaisse; le grand châle de
cachemire qu'il avait mis derrière sa tête, pour s'affranchir de
tout contact avec les parois de la diligence, retombait sur son
front et lui faisait une sorte de coiffure étrange; ses magnifiques
cheveux noirs s'échappaient confusément des plis du cachemire,
et venaient boucler jusque sur ses épaules.

Etienne fit trêve à ses souvenirs pour admirer le dessin régulier de cette tête si complètement belle. Il ne se souvenait point
d'avoir rencontré jamais, dans sa vie d'artiste, un modèle aussi
parfait.

Plus il contemplait l'Anglais, plus il découvrait de noblesse
intelligente et mâle dans ses traits au repos.

Il dessinait par la pensée ce front pur comme le front d'un
adolescent, et pourtant chargé de rêveries; cette bouche calme où
le travail de la vie avait laissé à peine une nuance légère d'amertume.

Ce visage était pour lui comme le reflet d'une âme puissante
et blessée. Il allait beaucoup trop loin, peut-être, dans la poésie
des suppositions; mais, malgré lui, son admiration d'artiste se
nuançait de respect, parce qu'il pensait deviner toute une vie de
souffrances vaillamment supportées.

L'Anglais fit un mouvement dans son sommeil; le jeune
peintre détourna les yeux, pour ne point paraître indiscret.

Son regard se porta naturellement vers le paysage. On avait
déjà fait huit ou neuf lieues. La route courait dans un vallon large
et plat, entre deux rangs de pommiers rabougris. Sur la droite,

on voyait des prairies humides, où la Vilaine perdait en de capricieux détours son mince filet d'eau.

En somme, l'aspect n'avait rien de remarquable. C'était un de
ces paysages de la haute Bretagne qui peuvent se résumer ainsi :
des pommiers et un ruisseau.

Mais tout à coup la route fit un coude brusque, et le jeune
peintre laissa échapper un cri de plaisir, qui réveilla son compagnon de voyage.

C'était une sorte de changement à vue. Au lieu du monotone
coup d'œil, l'horizon soudainement élargi, montrait l'admirable
paysage au milieu duquel s'assied la vieille ville de Vitré.

Il y avait de quoi ravir un peintre. On inventerait difficilement
un tableau plus frappant. Etienne regardait avec des yeux charmés
ces maisons de style bizarre, jetées pêle-mêle sur le penchant de
la colline et s'ameutant, pour ainsi dire, autour de la grande
masse du château. Il lui semblait voir une fantasque danse de
pignons antiques et de toits aigus, découpés comme des pièces
d'orfèvrerie. Le vent chassait les nuages au ciel. Quand un rayon
de soleil venait à percer tout à coup, c'était une étrange vie parmi
ces masures dix fois séculaires, qui grimpaient, serrées et en
désordre, aux flancs rocheux de la montagne.

L'œil se perdait à vouloir suivre les innombrables détails du
tableau. Depuis la belle prairie où serpentait la Vilaine jusqu'au
sommet lointain de la rampe, c'était comme un grand perron aux
marches inégales, formées de constructions qui chancelaient de
vieillesse. Tout en bas, au-dessus du moulin dont la roue jetait son
cri monotone, une cabane s'élevait avec sa toiture de chaume; sur
la cabane s'appuyait la maison d'un bourgeois vitriais, entourée
d'un porche branlant; sur la maison se dressait un hôtel décharné,
gris, maussade, coiffé de girouettes monstrueuses, ceint de longues balustrades de fer; au-dessus, de grands rochers, des églises
raides et tristes, des arbres vieux comme la ville elle-même, qui
est la doyenne des cités de Bretagne; au-dessus encore, le château,
ce débris dont le temps a fait une merveille.

N'y a-t-il point là le caprice d'un génie artiste? n'est-ce que
le résultat du patient travail des années? La main de l'homme
a-t-elle aidé à cette confusion puissante, qui, mêlant le riant et
le terrible, va couronner ce sombre géant de pierre d'une chevelure odorante et fleurie?

On ne sait où commence, on ne sait où finit la lourde enceinte,
flanquée de tours, rondes et ventrues. Elle se perd parmi les
maisons; elle disparaît derrière les arbres; on la voit montrer,
au détour d'une rue, sa maçonnerie cyclopéenne, dont la base

plonge au fond des vertes douves transformées en jardins. Ce furent des bras de Titans qui portèrent au haut de la montagne ces énormes blocs de granit. Et, quel contraste! sur cette ruine usée, noircie, caduque, des fleurs partout! chaque crevasse présente son brillant bouquet; chaque meurtrière laisse échapper sa joyeuse guirlande. Au bas des murailles, où commence l'épais manteau de lierre qui voile la décrépitude du géant, la campanule agite à la brise ses clochettes légères; les liserons blancs et roses dessinent leurs festons sur le vert foncé des vignes sauvages, et, du haut des créneaux à jour, pend la moisson d'or des giroflées.

On dit qu'entre toutes les villes de France, Vitré est la plus indigente : qu'elle se vende à un marchand de curiosités, et sa fortune est faite.

Etienne regardait. A mesure que la voiture avançait, l'aspect changeait pour lui comme s'il eût mis son œil à la lentille d'un kaléidoscope.

Sans savoir qu'il parlait, il murmurait :

— C'est beau! c'est beau!

— Qu'est-ce qui est beau? demanda auprès de lui une voix brusque et grondeuse.

Etienne se retourna vivement. A son tour il avait oublié l'Anglais. Celui-ci frottait ses yeux chargés de sommeil, et portait sur son visage les traces d'une humeur détestable.

— Vous m'avez réveillé, monsieur, reprit-il, avec vos soubresauts et vos cris. Ne pouviez-vous me laisser dormir en paix?

Etienne, étonné de cette sortie, voulut s'excuser; l'Anglais lui coupa la parole.

— Je vous demande, monsieur, répéta-t-il, où vous prenez ces belles choses qui vous arrachent ces cris d'admiration.

Etienne étendit la main vers la ville et le château de Vitré, que l'on apercevait en ce moment sous leur point de vue le plus pittoresque.

L'Anglais eut un rire sec et provoquant.

— Ah! diable! fit-il, c'est cela que vous trouvez beau, monsieur? un sale fouillis de maisons poudreuses, où je ne voudrais pas demeurer si j'étais un mendiant!

— Mais, milord, dit Etienne, veuillez donc remarquer...

— Je remarque, monsieur, et je prétends que ces taudis misérables sont la honte d'un pays civilisé.

— Cependant...

— Monsieur, je déteste de toute mon âme cette espèce de badaud qui tombe en admiration devant les vieilles murailles et les maisons lépreuses. De tous les travers, je suis fâché de vous l'avouer, celui-là est sans contredit le plus sot que je sache.

Etienne restait abasourdi devant cette attaque brutale et imprévue.

— Milord, dit-il en essayant de sourire, j'ai eu tort, assurément, de troubler votre sommeil...

— Oui, monsieur! interrompit l'Anglais, grand tort! Mais il ne s'agit pas de cela. Ce qui me déplaît, c'est la peine que vous vous donnez de rester en extase à la vue de ce monceau de poussière. Je suis certain, moi, que vous trouvez cela très laid.

— Je vous proteste.

— Du tout! A quoi bon soutenir cette comédie? Parmi certaines gens à moitié fous et désœuvrés, on est convenu de se pâmer à froid devant ces vilenies.

Etienne fit un mouvement d'impatience.

— C'est comme cela, monsieur!

— Ce qui serait fou, milord, dit le jeune peintre, ce serait de discuter sérieusement avec vous un sujet que vous ne paraissez pas comprendre.

— Comprendre! s'écria l'Anglais, dont l'accent britannique semblait en ce moment plus désagréable et plus discord, voilà le grand mot! Quand on est à bout de bonnes raisons, on se croise les bras, et l'on dit : « Profanes que vous êtes, vous ne savez pas me comprendre! »

Etienne était un garçon de sang-froid et d'esprit; mais toute cette boutade le prenait hors de garde.

Il examina en fronçant le sourcil cette noble et belle figure de son compagnon de voyage, que naguère encore il admirait de tout son cœur. En ce moment, il ne voyait plus avec les mêmes yeux : cette physionomie fière et calme lui semblait méchante, petite, hargneuse.

— Brisons là! dit-il avec un commencement de colère; dans notre position, une querelle serait souverainement ridicule. D'ailleurs, je n'en suis pas à savoir que, sur certains sujets, le diable ne ferait pas concorder l'instinct d'un bourgeois et le sens d'un artiste.

— Ah!... ah!... ah!... fit par trois fois l'Anglais; nous sommes donc artiste, monsieur? Franchement, j'en suis fâché pour vous. Les bras manquent à la culture de la terre; il n'y a pas assez de boulangers; les tailleurs demandent en vain des apprentis... et il se trouve des gens qui n'ont pas honte d'avouer tout bonnement leur fainéantise. C'est pitoyable!

Etienne frappa du pied et se redressa; des paroles de défi

étaient sur sa lèvre. L'Anglais le regarda encore un instant avec son sourire sec et dédaigneux.

Puis, au moment où Etienne allait parler, l'Anglais haussa les épaules, ferma les yeux et remit sa tête sur son beau châle de cachemire.

— Pour Dieu! monsieur! dit-il, ne me réveillez plus : j'ai sommeil.

Etienne demeura tout déconcerté. Il garda le silence, rongeant son frein et se demandant s'il avait décidément affaire à un maniaque.

L'Anglais avait repris tout de bon son sommeil interrompu.

On avait eu des chevaux frais à Vitré : la voiture roulait tant bien que mal sur les confins de la Bretagne et du Maine. A mesure que le temps passait, Etienne reprenait son calme et revenait à ses souvenirs.

Au bout de deux heures, employées par le jeune peintre à rêver et par l'Anglais à dormir, la diligence atteignit un relais. Tandis qu'on changeait de chevaux, les voyageurs, la tête à la portière, faisaient les questions d'usage :

— Où sommes-nous ici, mon brave?

— Au bourg de la Gravelle, où finit la Bretagne et où commence la France.

L'Anglais bondit dans son coin et se frotta les yeux.

— Ah! fit-il en poussant un soupir de soulagement, enfin, nous sommes débarrassés de ce maudit pays!

Il s'adressait à Etienne, qui lui tournait le dos et faisait mine de ne pas l'entendre.

— Monsieur! reprit-il.

Point de réponse.

— Monsieur!

Nul signe de vie. Etienne trouvait un charme incomparable à contempler les tristes coursiers qu'on attelait à la voiture.

L'Anglais s'agita dans son coin. Il tira de sa poche un étui mignon en nacre de Chine, et l'ouvrit.

— Monsieur, dit-il encore, voulez-vous me permettre de vous offrir un cigare?

— Je ne fume pas, répliqua Etienne sans se retourner.

— Et l'odeur du tabac vous incommode peut-être?

— Beaucoup. Mais je n'ai pas le droit de vous gêner, milord : vous êtes chez vous.

L'Anglais referma son étui à cigares, et le remit tristement dans sa poche.

Etienne, qui s'était retourné à demi, suivait ses mouvements du coin de l'œil.

L'Anglais s'était croisé les bras sur sa poitrine d'un air de bonne humeur.

— Monsieur, poursuivit-il en se rapprochant du jeune peintre, je vous sacrifie là une habitude de vingt ans. A tout le moins causons, pour faire quelque chose.

— Ma foi, milord, répliqua Etienne d'un ton piqué, je trouve que nous avons causé suffisamment tout à l'heure.

— Allons donc! s'écria l'Anglais : vous me gardez rancune? Faut-il vous demander pardon?

Il y avait dans les inflexions de sa voix une franchise si communicative et si bonne, qu'Etienne ne put s'empêcher de se retourner tout à fait. L'Anglais souriait; son sourire attirait comme un charme; son accent britannique lui-même, si désagréable tout à l'heure, s'adoucissait, et n'était plus qu'une sorte d'assaisonnement à son langage.

— S'il ne vous faut que des excuses, reprit-il avec une grâce avenante, je vous en offre bien volontiers. Chacun a ses travers en ce monde, un peu plus, un peu moins. Moi, j'en ai un peu plus... Mais, voyez-vous, je suis déjà un vieil homme, et j'ai bien souffert en ma vie. Allons, prenez ma main, et soyons amis.

Etienne n'eut même pas la pensée de refuser. Ce sentiment de sympathie respectueuse qu'il avait éprouvé en contemplant l'étranger pour la première fois, se réveillait plus vif en lui, et déjà toute trace de rancune était effacée. Il donna sa main; l'Anglais la toucha cordialement, et poursuivit :

— C'est cet odieux ciel de Bretagne qui me donnait la migraine et me rendait nerveux comme une vieille femme.

— Ah ça! dit Etienne en souriant, vous détestez donc bien cette pauvre Bretagne?

Il se souvenait de la question singulière que l'Anglais lui avait adressée avant de l'admettre en sa compagnie. Le front de milord se rembrunit quelque peu.

— On ne sait pas expliquer ces choses-là, répondit-il. J'arrive de Brest. J'ai fait, malgré moi, quatre-vingts lieues en Bretagne, et je promets bien qu'on ne m'y reprendra plus! C'est peut-être un travers... mais ces trois jours m'ont paru plus longs que trois années. J'avais envie de contrarier quelqu'un, de blesser, de me venger.

— Et vous m'avez pris pour victime?

— Je trouverai bien l'occasion d'expier ma faute, mon jeune camarade. Pour commencer, je vous dirai que Vitré est un admirable point de vue.

— Franchement?

— Franchement. Que de poésie dans ces ruines antiques. J'avais à peu près votre âge, je voyageais à pied, un bâton de houx à la main et mon petit paquet sur le dos; je me souviens que je m'arrêtai au détour de la route, à l'endroit même où vous avez poussé ce cri qui m'a réveillé en sursaut. Je m'assis au revers d'un talus, et je restai là une grande demi-heure en extase.

— Que trouviez-vous donc de remarquable en ce monceau de ruines poudreuses, qui est une honte pour un pays civilisé?

— Vous êtes méchant! J'y trouvais ce que vous y trouvez vous-même : des souvenirs du temps passé, une voix qui parle au cœur, que sais-je? La jeunesse a des émotions délicieuses qu'un autre âge s'efforce en vain d'évoquer et de faire renaître... Mais parlons de nous, s'il vous plaît, et faisons connaissance. A moi de m'exécuter le premier. Je suis Anglais d'origine; je m'appelle Berry Montalt, ancien général en chef des armées de l'iman de Mascate. Vous n'avez peut-être jamais entendu parler de ce petit prince?

— Si fait, mais vaguement.

— En Arabie, où est sa capitale, et sur les côtes d'Afrique, il possède quelques provinces dont chacune est grande comme la France, à peu près, — mais plus riches.

— Ah! fit le jeune peintre étonné.

— Oui... vos grands richards de Paris et de Londres seraient des mendiants à Mascate, la ville des perles et des diamants, l'entrepôt de l'Inde. Mais il y fait trop chaud. Je reviens en France pour prendre le frais. D'ailleurs, l'iman avait fait la paix avec l'Egypte, et mes soldats cipayes n'avaient plus de besogne. J'ai laissé mon palais et vingt-cinq lieues de côtes qu'on m'avait donnés. Je rapporte à peine quelques millions. A votre tour, mon jeune camarade.

XIV

DEUX PETITS CHAPEAUX DE PAILLE

Montalt avait énuméré ses titres pompeux avec une grande
simplicité; mais cette simplicité même parut au jeune peintre
un surcroît de fanfaronade. Elle le mit en défiance, et rompit
tout à coup le charme qui l'entraînait vers son compagnon de
voyage. Ce charme, d'ailleurs, agissait contre son désir. Il était
bien jeune et tenait d'autant plus à la dignité de sa moustache
naissante. Il eût voulu montrer plus de constance dans sa rancune; il se reprochait un peu la rapidité de son facile pardon.
En somme, la conduite de l'Anglais avait été insultante; ses tar-
dives excuses ne pouvaient effacer qu'à demi la grossièreté de son
procédé.

Et puis, qui ne sait que ces excuses octroyées de bon cœur
et sans qu'on les demande ont l'air parfois d'une aumône faite à
la faiblesse?

Etienne se disait tout cela depuis dix minutes, et bien d'autres
choses encore. S'il ne pouvait point parvenir à froncer le sourcil,
c'est que Montalt le dominait déjà par l'attrait de sa nature sédui-
sante et sympathique.

Mais en ce moment on se moquait de lui par trop à découvert : sa susceptibilité engourdie se réveilla. Pour répondre à la
question du nabab, il tâcha d'aiguiser son sourire le plus rail-
leur.

— Parbleu! milord, dit-il, nous n'avons pas eu de bonheur!
Attendre si longtemps pour nous rencontrer, quand nous étions
si près l'un de l'autre. Tel que vous me voyez, je suis premier
ministre démissionnaire de Sa Majesté le bon roi de Lahore.

— Vous ne me croyez donc pas? demanda Montalt sans perdre
son sourire ami.

— Pourquoi cela?

— Parce que vous me répondez comme on fait à ces hâbleurs d'auberge connus pour raconter des aventures impossibles.

Etienne se pinça la lèvre avec triomphe : le coup avait porté.

— Il me semble, dit-il, que, si vous avez été général en chef des armées de l'iman de Mascate, je puis bien...

— Enfant que vous êtes! interrompit Montalt. Sur ma parole, l'ignorance est plus incrédule encore que l'expérience. Mes dignités passées et mes millions vous semblent une plaisante rodomontade, parce que vous me trouvez dans une voiture publique, n'est-ce pas?

— Le fait est...

— Vous voyez bien ces deux bonnes chaises de poste qui courent au-devant de nous? interrompit encore Montalt.

Depuis quelques heures, en effet, deux chaises de poste avaient dépassé sans effort la lourde diligence, et semblaient ne point vouloir la perdre de vue.

— Eh bien? dit Etienne.

— Eh bien! mon jeune camarade, tout ce que contiennent ces chaises de poste est à moi, quoique j'aie laissé à Brest les cinq sixièmes de mon bagage.

— Ah! fit Etienne; et pourquoi prendre la diligence, alors?

— Je suis très capricieux. Mais ne trouvez-vous pas que ces chaises de poste nous envoient beaucoup de poussière?

— Si fait.

— Attendez!

Montalt mit sa tête en dehors, et siffla comme il l'avait fait déjà sous la voûte des messageries.

Les deux chaises de poste arrêtèrent immédiatement et du même coup.

Etienne ouvrit de grands yeux.

Quand la diligence passa auprès des chaises arrêtées, Etienne vit à la portière de chacune une tête noire.

Montalt ne prononça qu'un seul mot :

— *Rear!* (arrière!)

Les deux têtes noires s'inclinèrent silencieusement, et de tout le voyage on ne revit plus les chaises de poste.

— Je suis très capricieux, répéta Montalt en se tournant vers le jeune peintre; et puis, bien que j'aie couru le monde, il me vient parfois des idées naïves, qui ressemblent à celles des enfants.

Sa voix prit un accent mélancolique et plus doux.

— Personne ne m'aime en ce monde, poursuivit-il, et je voudrais tant être aimé! Je suis seul, toujours seul. Aux heures de tristesse, nul ne me console; et quand je suis heureux, je cherche en vain un sourire ami qui réponde à ma joie. Vous allez me railler encore, mon jeune camarade, et c'est pourtant la vérité tout entière. Je suis monté dans cette diligence, espérant que les hasards du voyage amèneraient sur mon chemin un être que je pusse aimer.

Etienne l'écoutait avec un étonnement où l'émotion se glissait malgré lui : la voix de Montalt était chaleureuse, et ses paroles semblaient partir du cœur.

— Mais, dit pourtant Etienne, êtes-vous donc complètement abandonné comme vous le dites? et pourquoi le seriez-vous?

— Je ne sais... Mais vous ne m'avez pas dit encore qui vous êtes, mon jeune camarade?

Au moment où Etienne ouvrait la bouche pour répondre, deux tête de chevaux, poilues et basses, dépassèrent la portière du coupé. On entendit en même temps le son d'un fouet et une voix enrouée qui criait :

— Hie! Dindonnet! voleur que vous êtes! Hie! Coco, vieux faignant!

Coco et Dindonnet étaient les coursiers de la Concurrence, dont le postillon, par un effort désespéré, voulait en ce moment dépasser la voiture rivale. Le postillon de la diligence lutta tant qu'il put; mais les deux rosses de son adversaire avaient de l'élan, et d'ailleurs il était superflu de ménager leur agonie.

Nos deux voyageurs du coupé virent passer lentement le long de la portière le corps jaunâtre et poudreux de la patache ennemie, qui prenait décidément l'avance.

Pendant cela, Etienne déclinait ses noms et qualités; mais Montalt ne l'écoutait plus.

Son regard s'attachait, avide et perçant, à la rotonde de la Concurrence, où se montraient, à demi cachées par les bords de leurs chapeaux de paille, deux ravissantes figures de jeunes filles.

— Morbleu! murmurait Montalt, Dieu sait pourtant que j'en ai vu beaucoup en ma vie! mais jamais de si délicieuses!

Etienne disait :

— Je n'avais pas de parents; et, ma foi, j'acceptai volontiers la proposition de ce gentilhomme breton qui m'appelait pour décorer son château. Voilà comment j'ai quitté Paris, milord.

— Laquelle est la plus charmante? pensait tout haut Montalt. Mais, Dieu me pardonne! il me semble qu'elles pleurent, les pauvres enfants!...

— J'ai passé là deux ans, reprenait le jeune peintre, qui s'écoutait lui-même et ne prenait point garde à la préoccupation du nabab, deux ans, mon Dieu! et cela m'a paru à peine plus long que deux journées heureuses.

Montalt se retourna vivement.

— Mais voyez donc! s'écria-t-il : leurs petites joues sont baignées de larmes!

— Qu'est-ce? demanda Etienne.

Montalt lui montra du doigt la rotonde de la Concurrence, où le jeune peintre ne vit rien, parce que les deux voyageuses venaient de relever le store de leur portière.

Montalt fit un geste de dépit.

— A peine sorties de la coque, grommela-t-il, elles ont déjà reçu de bonnes leçons du diable : elles savent se cacher à propos, pour aiguiser le désir... et tout ce manège d'enfer où se prend le cœur des fous depuis le commencement du monde!

— M'expliquerez-vous?... commença Etienne.

— Je suis tout à vous, mon jeune camarade. Nous disions que vous avez nom Moreau et que vous marchez sur les traces de Raphaël. Belle carrière, sur ma foi! La chose qui me ravit en tout ceci, c'est que vous n'êtes pas gentilhomme?

— Quoi! dit Etienne, détestez-vous aussi les gentilshommes?

— Bien moins que les Bretons et pas autant que les femmes. Je vous avertis d'ailleurs que c'est le dernier article de ma liste. A part ces trois catégories d'individus, je suis assez philanthrope.

— En abhorrant à peu près les trois quarts de l'espèce humaine?

— Le compte n'y fait rien. Passons à un sujet plus intéressant. Mon jeune camarade, vous me plaisez. En pouvez-vous dire autant de moi?

Les yeux noirs et brillants de Montalt laissaient voir l'importance singulière qu'il attachait à la réponse d'Etienne. C'était une déclaration d'amitié à brûle-pourpoint.

Le jeune peintre hésita franchement, et le visage de Montalt eut le temps de se rembrunir.

— Milord, dit enfin Etienne avec un peu de froideur, vous êtes un homme puissant; moi, je suis un pauvre diable d'artiste, à la bourse légère, aux pinceaux inconnus. Que peut vous importer ma chétive opinion?

— C'est-à-dire que je ne vous plais pas?

— Permettez! s'il me semblait convenable de parler avec liberté entière...

— Parlez! s'écria l'Anglais, dont le dépit ne se cachait point. Pour Dieu, monsieur, je ne vous demande pas de grâce!

— Eh bien! milord, au premier regard que j'ai jeté sur vous,

j'ai ressenti une impression étrange : quelque chose m'entraînait
à vous respecter...

— Je ne veux pas de respect!

— A vous aimer. Puis est arrivée votre bizarre boutade...

— Vous y songez donc toujours?

— Mon Dieu, non! Et, pour achever en un seul mot ce qui
me... comment dirai-je cela? ce qui me repousse en vous, ce
sont vos haines fantasques et le mépris odieux que vous avez
pour les femmes.

— Oh! oh! vous êtes amoureux, monsieur Etienne?

—- Eperdument, milord.

— Peste! à votre âge, j'aurais dû m'en douter. Ah ça! c'est
une chose bien merveilleuse que les femmes puissent ainsi me
faire du mal, même quand je les fuis comme la fièvre jaune. Si
vous saviez!...

Il y avait un souvenir aigu et douloureux derrière ces paroles,
qui sonnaient comme une plainte.

Etienne se repentit.

— Pardonnez-moi, milord, dit-il doucement; mon intention
n'était pas de réveiller des chagrins...

— Des chagrins! interrompit Montalt en se redressant : quels
chagrins? N'allez-vous pas me prendre pour une victime de
l'amour? Mon jeune camarade, gardez votre pitié pour une
occasion meilleure. Je n'ai jamais aimé, moi, et c'est sur votre
sort que je m'apitoie sincèrement.

Etienne eut un sourire triste.

— Je ne suis pas comme vous, dit-il en secouant la tête; je ne
repousse pas la pitié, car je souffre.

Montalt lui prit la main dans un mouvement d'irrésistible
affection.

— Elle ne vous aime pas? murmura-t-il.

— Je crois qu'elle m'aime.

— Vous croyez?... Oh! elles vous prennent ainsi, jeunes
beaux, généreux, pour exalter d'abord vos cœurs jusqu'au délire
et pour vous briser ensuite sans pitié! Elles se sentent invulné-
rables, parce qu'elles ne boivent point leur part du philtre
mortel!...

— Vous ne parlez pas d'elle, n'est-ce pas? dit Etienne.

— Je parle de toutes les femmes.

— Vous ne parlez pas d'elle! répéta Etienne d'un ton impérieux : car je ne permettrais pas qu'on lançât, même au hasard,
l'insulte qui pourrait retomber sur sa tête. Tant pis pour vous,
milord, si vous n'avez jamais rencontré en votre vie une jeune

fille à l'âme angélique et sainte! tant pis pour vous si Dieu vous a refusé la joie d'aimer! Votre malheur ne vous donne point le droit de calomnier ce que vous ne connaissez pas. Elle est pure. entendez-vous? elle est noble! et c'est à genoux que je l'aime!

La joue du jeune peintre s'était colorée vivement; ses yeux brillaient; l'émotion faisait trembler sa voix. En l'écoutant, Montalt s'était pris à rêver.

— Toujours la même histoire! murmura-t-il; et ce sont les plus belles âmes que Dieu choisit pour les frapper de cette folie! Ecoutez : mon amitié peut être plus forte que mes aversions. Qui sait si vous n'allez pas me convertir, mon jeune camarade? Voulez-vous me parler d'elle, et me confier le roman de vos amours?

— A vous? se récria Etienne.

— A moi qui suis déjà votre ami, répliqua l'Anglais avec prière; à moi qui l'aimerai si elle vous aime.

Il avait mis dans ces derniers mots cette éloquence persuasive et vraie qu'il semblait prendre tout au fond de son cœur.

Etienne résista faiblement, puis il parla. C'est un bonheur si grand que de confier certains secrets, ne fût-ce qu'à demi. Montalt souriait en l'écoutant : on eût dit que ces jeunes souvenirs lui réchauffaient le cœur.

Etienne, sans prononcer aucun nom, raconta son arrivée au château et cette douce pente qui l'avait entraîné à son insu vers Diane; il dit les premiers sourires de la jeune fille et ces vagues espoirs qui d'abord avaient fait battre son cœur.

Ce n'était pas un roman comme l'avait pensé le nabab, c'était une simple histoire : la vie tendre et confiante de deux enfants qui s'aimaient sans se le dire.

Il n'y avait point d'incidents, car Etienne taisait une partie de la vérité. Ce n'était pas au sceptique étranger qu'il eût voulu confier ce mystère qui entourait depuis si longtemps la conduite des deux sœurs.

Et quoiqu'il n'y eût rien dans le récit pour réveiller une curiosité blasée, rien qu'un pur et doux tableau d'amour, le nabab écoutait les yeux baissés et le front rêveur.

Etienne laissait dire son cœur. Tout ce qu'il avait ressenti pendant ces deux belles années, il se le rappelait tout haut avec délices; aucun détail, si petit qu'il fût, ne se perdait. On reconnaissait les mots charmants et timides qui tombent d'une bouche de vierge; on devinait l'aveu muet que laisse échapper le sourire...

C'était gracieux comme le premier amour lui-même.

Et le jeune peintre, qui s'était fait prier d'abord, ne tarissait

plus maintenant : il cherchait, au contraire, à prolonger la confidence; il caressait, comme en se jouant, la poésie chaste de son
histoire.

Montalt ne l'interrompit point.

Mais que de fois son visage mobile avait changé pendant le
récit!

Tantôt il écoutait pour Etienne, et alors ses beaux traits gardaient ce sourire tout plein de tendresse et de paternelle protection. D'autres fois, la ligne fière de ses sourcils se brisait tout
à coup; une pensée d'amertume venait assombrir sa figure pâle :
c'est qu'alors il écoutait pour lui-même, et qu'il faisait un retour
sur son propre cœur.

— Oh! milord, s'écria le jeune peintre en joignant les mains,
et tout cela est fini! J'ai vingt ans, et c'est du passé que je vous
parle! Diane! ma pauvre Diane! sais-je si je la reverrai jamais?

Montalt avait les lèvres serrées et appuyait sa tête contre les
parois de la voiture. Il était en un de ces moments où l'amertume d'un souvenir lointain semblait raviver et faire saigner de
nouveau quelque vieille blessure de son âme.

Etienne ne prenait point garde.

— Vous, vous-même, reprit-il dans son enthousiasme, vous
qui niez tout, milord, vous l'auriez aimée comme moi, j'en suis
sûr! Que ne puis-je vous la montrer sous les grands ombrages
de ce pays enchanté!...

Il ferma les yeux, comme pour la retrouver en un rêve.

— Dix huit ans! reprit-il d'une voix plus basse; un front
naïf comme celui d'un enfant, mais qui se redresse parfois orgueil-
leux et vaillant comme le front d'une reine; des yeux rieurs où
les larmes mettent une tristesse céleste... la taille d'une fée, la
voix d'un ange; et un cœur! Dites milord, qu'eussiez-vous fait
à ma place?

Montalt se redressa à demi : il souriait d'un sourire froid et
dur.

— A votre place, monsieur Etienne? reprit-il dédaigneuse-
ment. Comment voulez-vous que je me mette à votre place? Je
ne sais pas ce qu'est l'amour: je n'ai jamais aimé.

Puis il s'étendit dans son coin, les bras tombants, la tête
renversée, reprenant cette pose indolente où toutes ses facultés
semblaient sommeiller à la fois.

Le silence régna dans le coupé pendant une grande heure.

Quiconque eût assisté au dénouement de la dernière scène,
aurait cru sans doute que c'en était fait de cette liaison si rapi-
dement nouée. Etienne, suivant toute apparence, ne devait plus

se laisser prendre aux avances de cet être fantasque qui comblait les gens de caresses pour les blesser ensuite plus sûrement et mieux.

C'était là, du moins, le sentiment d'Etienne lui-même. Mais il comptait sans le nabab.

Celui-ci avait de merveilleux secrets pour faire oublier ses incartades : il savait s'excuser avec une grâce si bonne et demander pardon, sans perdre absolument rien de cette dignité innée qui avait mis plus d'une fois le mot respect dans la bouche d'Etienne, depuis le commencement du voyage.

On avait beau s'irriter : la colère ne tenait point contre cette gracieuse franchise de l'homme évidemmnt supérieur qui revenait de lui-même, repentant et contrit.

Car Montalt se repentait sincèrement, — quitte à pécher de nouveau, à ses heures.

Et puis, sous le scepticisme provoquant et brutal dont le nabab semblait faire montre, son noble caractère perçait si souvent malgré lui : c'était un fanfaron d'incrédulité.

Les contrastes séduisent. A son insu, Etienne subissait le charme de Montalt, et s'étonnait de voir ses grands courroux se dissiper au moindre vent.

En vérité, cet homme le traitait comme un enfant. Etienne s'indignait; Etienne se cabrait, et, au beau milieu de sa colère, il se sentait apaisé par un sourire, par un mot, par un rien.

Entre la Gravelle et Laval, le nabab et lui se fâchèrent bien trois ou quatre fois; et cependant, aux approches de cette dernière ville, vous les eussiez pris pour des amis de vingt ans.

Leur liaison, qui datait à peine de quelques heures, s'était serrée comme par enchantement, et comportait déjà de ces coquetteries qui font de la brouille la plus sérieuse en apparence un pont joyeux, conduisant tout droit à la réconciliation.

Et à mesure que le temps passait, le nabab faisait petit à petit la conquête de son franc parler. Etienne repoussait bien encore les désolantes théories de son compagnon de route, mais il ne se croyait plus obligé de tourner le dos à la moindre parole offensante pour le beau sexe. Il écoutait, il discutait, quoique sur le terrain de la moquerie il ne fût vraiment pas le plus fort.

La diligence arrivait au faubourg de Laval, ayant toujours devant elle la victorieuse patache, dont les chevaux se tuaient héroïquement pour soutenir leur triomphe.

— Eh bien! dit Montalt, vous voyez que je ne suis pas si fou d'avoir laissé mes noirs se carrer en chaise de poste, pour prendre, moi, la voiture publique. J'ai rencontré ce que je cherchais, et je vous promets bien que je ne vous lâcherai pas, monsieur Etienne!

— Tout ce que je puis dire, milord, c'est que votre caprice a été pour moi une excellente chance.

— Eh! eh! fit Montalt, nous nous disputerons bien encore pourtant plus d'une fois avant d'être arrivés à Paris, s'il plaît à Dieu! Mais il y a déjà un progrès dans votre humeur; et sous deux ou trois jours, que je sois sage ou fou, vous m'écouterez sans colère aucune, parce que vous reconnaîtrez toujours la voix d'un ami.

— Mais qui donc nous force de choisir ces sujets où nous ne pouvons pas nous entendre?

— Mon cher Etienne, justement parce que je vous aime, je prétends vous convertir. Il est déplorable de voir un charmant garçon tel que vous s'affadir dans des principes d'une naïveté ultra-bourgeoise. Tenez, vous ne m'empêcherez pas de vous dire que votre conduite à ce manoir dont j'ignore le nom...

— Milord! milord! par grâce! interrompit Etienne.

— Au temps de la chevalerie errante, ces manières-là eussent été très spirituelles; mais aujourd'hui nos jeunes filles, croyez-moi, préfèrent des façons plus gaillardes. Heureusement, les anges ne sont pas rares en notre bon pays de France. Nous trouverons à nous consoler.

Etienne protesta par un gros soupir.

— Sans aller bien loin, reprit Montalt, nous avons là deux petites almées comme je n'en ai pas rencontré souvent, moi qui ai vu pourtant bien du pays! Que dites-vous de leur minois, jeune troubadour!

— Je ne les ai pas encore aperçues.

— Vraiment! s'écria Montalt, vous êtes le roi des amants fidèles! Le fait est qu'elles se cachent comme deux petites coquettes qu'elles sont probablement. Mais cependant, moi qui n'ai nulle raison de conscience pour mettre mes yeux dans ma poche, j'ai pu les lorgner déjà une douzaine de fois depuis Rennes. Ah! mon jeune ami, j'ai peine à croire que votre ange et sa sœur soient de moitié aussi jolies que ces deux enfants-là!

Etienne haussa les épaules.

— Je vous dis que ce sont des perles! Et quelles singulières créatures! Vous ne pouvez vous figurer cela. Tantôt je vois leurs grands yeux rouges de larmes, tantôt j'aperçois un espiègle sourire autour de leurs lèvres roses. Elles pleurent comme des Madeleines, elles rient comme des folles! Qu'elles pleurent ou qu'elles rient, elles sont toujours délicieuses!

Il s'interrompit, et serra brusquement le bras d'Etienne.

— Tenez! s'écria-t-il, les voyez-vous, cette fois?

Les deux jeunes filles de la Concurrence venaient en effet de relever leur portière pour respirer un peu d'air frais, et montraient à la fois leurs figures gracieuses et souriantes; mais au moment où Etienne cherchait des yeux, pour obéir au geste du nabab, la Concurrence tourna l'angle d'une rue, et les deux jeunes filles disparurent avec elle.

Montalt frappa du pied avec impatience.

— Les amoureux platoniques, grommela-t-il, ont des yeux pour ne point voir et des oreilles pour ne point entendre. Vous avez fait exprès de regarder trop tard, Etienne, tant vous avez grand'peur de manquer à vos serments de constance! Mais c'est égal, on ne peut pas tout faire le premier jour... Nous verrons bien!

La diligence s'arrêtait dans une sombre rue de la vieille ville, à l'hôtel où les voyageurs devaient prendre leur repas et passer la nuit.

Il va sans dire que Montalt et le jeune peintre soupèrent ensemble : c'étaient deux inséparables. On ne se disputa guère que deux ou trois fois durant le repas; et Montalt but, sans trop d'ironie, à la santé de Diane, à la santé de Cyprienne, et même à la santé de Roger, le Pylade absent.

Etienne venait de se retirer dans sa chambre à coucher. Pendant toute cette journée, il était resté sous l'empire d'une sorte de fascination. Maintenant qu'il se trouvait seul, il cherchait, mais en vain, à dépouiller Montalt de son bizarre prestige et à le juger froidement. Montalt échappait à tout examen; son image, évoquée, apparaissait à l'esprit d'Etienne plus fugitive encore et plus capricieuse que la réalité même.

Etienne faisait d'inutiles efforts pour fixer ce fantôme insaisissable : il le voyait à la fois bon, méchant, généreux, cruel, sincère, menteur, et mille autres choses impossibles à concilier; il l'aimait, il le maudissait, il le craignait, et le nabab avait presque gain de cause, en définitive, car on ne pensait guère à Diane ni au manoir de Penhoël.

Etienne se promenait dans sa chambre, repassant au fond de sa mémoire toutes les phases de ce long entretien qui l'avait tour à tour effrayé, indigné, enchanté. Il s'arrêta court au milieu de sa promenade : on frappait vigoureusement à sa porte.

— Encore quelque nouvelle imagination! pensa Etienne. Milord, que voulez-vous?

Mais ce ne fut point la voix du nabab qui répondit.

— C'est moi, Etienne, cria-t-on à travers la porte. Ouvre
vite! je tombe de lassitude.

Etienne s'élança; il ne pouvait en croire ses oreilles. La porte
s'ouvrit : Roger était dans ses bras.

— Déjà! dit le jeune peintre, quand la première émotion
passée lui permit de parler.

— Mon pauvre ami, répliqua Roger, tu avais deviné juste :
on m'a renvoyé comme toi. Mais sois tranquille, ta commission
est faite tout de même. Avant de partir, j'ai écrit une longue
lettre à Cyprienne, et Dieu sait que j'ai parlé de toi encore plus
que de moi!

Etienne lui serra la main.

— Merci! dit-il; mais pouvait-on croire que mes craintes se
réaliseraient si tôt? Toi, mon pauvre Roger, qu'on aimait tant
au manoir de Penhoël!

— On m'aimait, je le crois, et je n'en veux pas aux maîtres
du manoir, car ils ont dû me défendre tant qu'ils ont pu contre
la haine des étrangers; mais ils ne sont pas les plus forts maintenant... et ce qui me désole, Etienne, c'est de n'être plus là pour
veiller au besoin sur ceux que nous aimons.

— As-tu donc appris quelque chose depuis mon départ?

— J'ai quitté Redon deux heures après toi; mais, pendant ces
deux heures, j'ai causé avec le vieux Géraud. Il paraît que les
affaires de Penhoël sont dans un bien triste état. Géraud ne
m'a pas dit tout ce qu'il sait, car sa discrétion égale son dévouement; mais le peu qu'il m'a confié donne déjà bien à réfléchir!
Figure-toi que Penhoël en est réduit, et cela depuis longtemps, à
emprunter de l'argent au vieil aubergiste.

— Ils l'ont ruiné! murmura le jeune peintre.

— Ils l'ont ruiné, répéta Roger; et je tremble en songeant que
Cyprienne et Diane n'ont pas d'autre ressource en ce monde que
l'appui de René de Penhoël.

Les deux amis étaient assis l'un près de l'autre sur le lit
d'Etienne. Il y eut un silence : tous deux baissaient la tête et se
donnaient à leurs réflexions tristes.

— Mais foin de l'inquiétude! s'écria tout à coup Roger en
sautant sur ses pieds; Penhoël a toujours bien quelques mois
devant lui. Pendant ce temps, nous travaillerons; et, si Dieu
nous aide, les deux filles de l'oncle Jean n'auront plus besoin
de la protection de personne. Fais-moi servir à souper, veux-tu?
car j'ai dépensé mon dernier sou en route, et j'ai une faim de
possédé.

Etienne sonna, et Roger fut bientôt devant les restes à demi froids du repas des voyageurs.

— Tout n'est pas malheur, reprit-il la bouche pleine, et j'ai à remercier le hasard qui m'a fait te rejoindre enfin. Si je t'avais manqué ici, j'étais un homme perdu. Impossible d'aller en avant ou de retourner en arrière : car j'ai laissé ma montre à Penhoël, et mon costume de chasse ne vaut pas un louis. Vive la cuisine d'auberge, ma foi! c'est détestable, et cela se mange avec un plaisir!

— Parlons donc un peu du manoir... dit Etienne.

— Non pas! j'ai besoin de tout mon courage pour achever ces côtelettes. Verse-moi plutôt un verre de vin... Mon pauvre Etienne, ma gaieté te blesse peut-être; mais je suis si content de t'avoir retrouvé! Le commencement de mon tour de France a été rude, vois-tu! De Redon à Rennes, je suis allé tantôt à cheval, tantôt à pied, tantôt en charrette. A Rennes, je pensais bien te rattraper; mais la diligence était partie depuis deux heures. J'ai pris la petite voiture de Vitré : une boîte antique, spécialement destinée à transporter les solennels bourgeois de ladite ville et leurs familles. A Vitré, même histoire : tu venais de partir! J'avais encore deux écus de six livres; j'ai pris un cheval vitriais qui portait la tête basse entre ses jambes poilues, et dont la queue rouge eût fait honte à la chevelure d'Absalon. Pauvre bête! j'ai violemment dérangé ses habitudes en la faisant galoper six heures durant. A quatre lieues de Laval, elle est tombée devant un bouchon, où je l'ai laissée à la garde de la cabaretière. Quatre lieues, cela se fait à pied quand on sent un ami au bout du voyage. Je suis arrivé, je t'ai embrassé, j'ai soupé. A ton tour de me conter tes aventures.

L'histoire d'Etienne ne fut pas longue apparemment : car, une demi-heure après, nos deux amis dormaient tranquillement côte à côte.

Le lendemain matin, un domestique de l'hôtel vint frapper à la porte et prévenir M. Moreau que milord l'attendait pour déjeuner.

— Qu'est-ce que c'est que milord? demanda Roger.

— C'est ce singulier personnage dont je t'ai parlé hier, répondit Etienne.

— Ah! ah! l'ennemi des gentilshommes, des Bretons et des femmes! le général en chef des armées du roi de je ne sais où! Je serais enchanté de faire son illustre connaissance.

— Ne va pas te moquer! interrompit Etienne : le coupé lui appartient jusqu'à Paris, et la voiture est pleine. Si tu n'as pas le bonheur de lui plaire, tu peux être bien sûr d'avance que tu resteras à Laval.

Les deux jeunes gens étaient habillés; ils descendirent au salon.

— Milord, dit Etienne, encouragé par les bontés que vous avez bien voulu me témoigner...

Montalt lui prit la main et la secoua rondement.

— Que le diable vous emporte! s'écria-t-il. Hier soir, vous me parliez comme il faut. Une nuit a-t-elle suffi pour nous replonger jusqu'au cou dans l'ennui des cérémonieuses formules. Mais qui avons-nous là?

Etienne se retourna en souriant vers Roger.

— J'ai l'honneur de vous présenter Pylade, dit-il.

— Oh! oh! fit gaiement Montalt, le vrai Pylade?

— Le vrai Pylade.

— Le compagnon des courses poétiques dans la grande allée des châtaigniers, l'enfant du romanesque manoir, l'amoureux de l'autre ange! Monsieur Roger, nous savons du moins votre nom de baptême. Soyez le très bien venu. Au lieu de deux amis, nous serons trois, voilà tout!

Il tendit la main à Roger, qui se prêtait de la meilleure grâce du monde à cet accueil, moitié moqueur, moitié cordial.

Roger, bien plus qu'Etienne, était fait pour les brusques liaisons d'aventures.

A la fin du déjeuner, vous eussiez dit une petite famille, composée de deux neveux parfaitement insoumis, et d'un oncle trop jeune pour parler en sage.

On se remit en route sous de joyeux auspices, non sans avoir fait sauter deux ou trois bouchons de champagne. Il y a du champagne à Laval. Nos trois compagnons étaient d'une gaieté folle, et, durant cette journée, il se dit dans le coupé de la diligence des choses extrêmement jolies.

Roger, peut-être parce qu'il avait été prévenu d'avance, ne se montra point trop scandalisé des hérésies de Montalt en fait de sentiment. Il était placé entre Etienne et le nabab : lorsque les deux adversaires discutaient, il jugeait les coups. Bien qu'il donnât le plus souvent raison à Etienne, parfois, nous devons le dire, la facile morale de Montalt trouvait un écho au fond de sa nature un peu molle et sensuelle.

Etienne, au contraire, demeurait ferme comme un roc; toute l'éloquence du nabab se brisait contre sa vertu héroïque.

Les heures passaient vives et rieuses.

La Concurrence se montrait encore quelquefois aux relais,

où elle prenait pour un instant les devants. Montalt ne manquait jamais alors de lancer un avide coup d'œil à la rotonde. Roger aussi regardait de tous ses yeux, car on lui avait fait un ravissant tableau des deux petits chapeaux de paille. Mais, précisément depuis que Roger était venu se mettre en tiers dans le coupé, les deux jeunes filles ne montraient plus la même confiance.

Pendant la première partie de la route, et tant que le nabab avait été seul à les poursuivre de ses œillades, les deux petits chapeaux de paille s'étaient montrés bien des fois à la portière de la rotonde.

Maintenant que Roger regardait aussi, elles affectaient de se cacher. Leur portière restait obstinément fermée, en dépit de la chaleur; et Roger, malgré son envie, n'eut pas une seule occasion de les entrevoir.

La journée avait passé comme un rêve. Le nabab, quand il lui plaisait de mettre de côté ses paradoxes favoris, racontait, avec une verve entraînante, de ces histoires étranges qui réveilleraient la curiosité d'un mort. Il avait tant vu de choses et tant parcouru de pays! Les fabuleuses légendes de l'Inde prenaient, en passant par sa bouche, un attrait nouveau; et quand il peignait à grands traits les mœurs inconnues de ces lointaines régions, où s'était écoulée la moitié de sa vie, les deux jeunes gens, immobiles et bouche béante, ne pouvaient point se lasser de l'écouter.

Quand on eut laissé derrière soi Alençon, Mortagne, Dreux; quand on vit prochaine la fin du voyage, Etienne et Roger furent pris d'un sentiment de tristesse à la pensée de la séparation.

Les idées de Montalt se portaient peut-être vers le même sujet, car, depuis quelques minutes, il gardait le silence, contemplant tour à tour les deux jeunes gens avec une expression de mélancolie.

— A quoi pensez-vous, milord? dit enfin Roger.

— Je pense, répliqua Montalt, que voilà deux beaux garçons, loyaux, intelligents, braves tous les deux, je voudrais en faire la gageure, ayant enfin tout ce qu'il faut pour faire leur chemin dans le monde, et que ces deux enfants-là se sont attaché de gaieté de cœur une pierre au cou.

— Comment donc? voulut dire Roger.

— Ne vois-tu pas, s'écria Etienne, que milord remonte sur son dada? Il veut parler de nos amours!

— C'est vrai, mon cher ami, et je donnerais beaucoup pour avoir tort. Vous, Etienne, vous avez du talent, j'en suis sûr.

— Vous êtes bien bon.

— Vous, Roger, vous êtes un spirituel enfant, et votre caractère aimable vous ouvrirait toutes les portes. Vous m'avez confié
que vous étiez pauvres tous les deux. Ecoutez-moi, je ne raille
plus. Vous allez commencer une lutte dont l'issue sera votre
bonheur ou votre malheur. Quand on marche au combat, dites-
moi, est-ce l'instant de se lier bras et jambes?

— C'est le moment de prendre un drapeau, interrompit
Etienne vivement, quelque chose qui vous guide dans la bonne
chance et qui vous soutienne dans la mauvaise. Nous ne sommes
pas des philosophes, nous, milord; nous sommes cousus de pré-
jugés. Faire fortune ne serait pas un but pour nous, si nous
n'avions pas à partager avec quelqu'un de cher le bonheur conquis
par nos efforts.

Roger serra la main d'Etienne, comme pour dire : Il a parlé
pour nous deux.

— C'est bien là le diable! soupira Montalt. Ce sont toujours
les cœurs généreux qui tombent dans ce travers! Ah! si j'avais
à convertir certains jeunes messieurs sachant compter et ne
sachant que compter, ma besogne serait bientôt faite. Mais répondez : avez-vous confiance en moi?

— Certainement.

— Eh bien! je vous affirme du fond de ma conscience que
l'amour, comme vous l'entendez, est un obstacle qui arrête tout
élan, un fardeau qui accable toute vigueur, un poison qui énerve
et qui tue.

— Mais je sens le contraire en moi! s'écria Etienne, qui mit
la main sur son cœur : l'amour, comme je l'entends, est un
aiguillon pour le courage, un cordial pour l'âme qui faiblit, un
appui pour la volonté qui cède.

— Enfants! enfants! murmura Montalt d'un ton sérieux, je
parlais de la pierre qu'un malheureux se met au cou pour se
noyer. De toutes les pierres, la plus lourde, la plus tenace, la
plus mortelle, croyez-moi, c'est une femme aimée.

Etienne savait désormais le moyen de clore ces discussions
sans issue.

— Vous parlez en homme qui a fait de cruelles expériences...
répliqua-t-il.

Le nabab sauta comme s'il eût trouvé la pointe d'un poignard sous le coussin de la diligence.

— Nous avons donc un petit peu de mauvaise foi malgré
notre vertu, mon jeune camarade? dit-il avec impatience. Faut-il
vous répéter encore que je n'ai jamais aimé? S'il en fallait une
preuve, j'ai fait fortune, moi!... mais j'ai vu de si terribles

exemples! j'ai vu des cœurs si robustes anéantis et broyés!...

Il passa la main sur son front. On eût dit qu'il allait parler encore; mais sa tête se pencha sur sa poitrine, et il garda le silence.

Au bout de quelques minutes, il se redressa. La sombre expression qui était naguère sur ses traits avait disparu, pour faire place à une gaieté communicative.

— Eh bien! mes fils, s'écria-t-il, gardez vos infirmités. Il m'est évident que votre commune maladie ne peut pas être traitée par des remèdes violents; il faut un régime : je serai votre médecin malgré vous. Et, en attendant, nous commencerons tout doucement notre petite fortune.

Etienne et Roger le regardaient sans oser l'interroger.

— Mon majordome m'a précédé à Paris, reprit Montalt; je pense que nous allons le trouver au bureau des messageries, où il m'attend sans doute, comme c'est son devoir. Il a dû m'acheter un hôtel, quelque chose de très beau : le prix m'est indifférent... J'aurai besoin d'un peintre pour décorer mes salons.

— Ah! milord! interrompit Etienne avec émotion, je ne suis qu'un apprenti·dans mon art, et vous ne connaissez rien de moi...

— Je vous dis que vous avez du talent! Est-ce que vous allez me refuser?

— J'en réponds, moi, qu'il a du talent! s'écria Roger en prenant la main de Montalt. Vous êtes un noble cœur, milord; et, si Etienne refuse, je me brouille avec lui pour tout de bon!

— J'accepte, dit le jeune peintre à voix basse.

— Et moi, je vous remercie, mon ami. Quant à notre joyeux camarade Roger...

— Ah! par exemple, quant à moi, interrompit celui-ci en secouant la tête, vous serez bien habile, milord, si vous pouvez trouvez ce à quoi je suis bon... je ne sais rien faire.

— Ce sont les paresseux qui disent cela, monsieur de Launoy! Si vous vouliez accepter près de moi, votre ami, une position dont je n'abuserais jamais, je vous jure... j'ai absolument besoin d'un secrétaire.

Roger avait des larmes dans les yeux; mais le nabab semblait plus ému que lui encore.

— Je sais bien, reprit-il avec un embarras qui avait sa source dans la plus exquise des délicatesses, qu'un jeune homme bien né... habitué jusqu'à présent à une vie... Mais, je vous le répète... je suis votre ami avant tout.

— Milord! milord! interrompit Etienne, vous voyez bien que

Roger accepte... et qu'il est heureux comme moi de ne pas se
séparer de vous.

— Est-ce ainsi? s'écria joyeusement le nabab. Eh bien! je ne
sais comment vous remercier, mes amis! Et je ne donnerais pas
pour mille guinées la bonne fantaisie que j'aie eue de m'embarquer dans cette diligence! Ah! vous serez mes fils et mes frères...
et, si vous voulez, jamais nous ne nous séparerons!

— Jamais! répétèrent Etienne et Roger, tandis que leurs mains
étaient dans celles de Montalt.

La diligence venait de s'arrêter à la barrière de Passy. La Concurrence, arrêtée un instant auparavant, subissait, la première,
la visite de la douane. Les voitures se touchaient, de telle sorte
que la portière de la Concurrence était à un demi-pied seulement
de la portière du coupé.

Le store qui cachait les deux petits chapeaux de paille restait
clos hermétiquement.

Mais, à l'instant où la petite voiture s'ébranlait, laissant la
diligence subir la visite à son tour, une main mignonne souleva
le store baissé, et deux papiers, jetés adroitement, tombèrent aux
pieds de nos trois voyageurs.

Ce fut Montalt qui les ramassa.

— Enfin! s'écria-t-il, elles nous donnent signe de vie! Je savais
bien que mes œillades ne pouvaient pas être perdues!

Ses yeux tombèrent sur les deux papiers : il fit un geste de
désappointement comique.

— Oh! les femmes! les femmes! reprit-il : toujours le même
esprit contrariant et à l'envers! C'est moi qui les ai regardées...
et c'est vous, mes amis, qu'elles choisissent!

— Nous? dirent en même temps les deux jeunes gens.

— Elles se sont procuré vos noms, poursuivit le nabab, auprès
du conducteur, à Laval ou à Alençon. Ce qui est certain, c'est
que vos noms sont sur les adresses.

L'un des billets portait, en effet : A monsieur Etienne Moreau;
l'autre : A monsieur Roger de Launoy.

On en fit l'ouverture. Ils étaient tous deux pareils et contenaient ces seuls mots :

« Ce soir, à huit heures, devant l'église Notre-Dame. »

Les billets portaient la même signature, tracée par deux mains
différentes; on lisait au bas de chacun d'eux « BELLE DE NUIT. »

Si Etienne et Roger avaient quitté un jour plus tard le manoir
de Penhoël, ce mot : « Belle de Nuit », aurait fait sur eux une
impression bien pénible. Tout de suite leur mémoire eût évoqué
la légende douce et triste que Cyprienne et Diane chantaient si

souvent naguère; ils eussent songé aux deux pauvres filles mortes.

Mais ils ne savaient rien. Quand ils avaient vu pour la dernière fois Diane et Cyprienne, elles dansaient, riantes et belles, au salon de verdure. Ils ne virent rien sous cette appellation mystérieuse, sinon quelque voluptueux défi et un commencement d'aventure.

— *Belle de nuit!* murmura le nabab : c'est très joli, cela; c'est de la fine fleur de poésie! Pourtant, nous avons affaire à des provinciales renforcées, puisqu'elles donnent rendez-vous à Notre-Dame. Elles croient sans doute que tout le monde va se promener là, le soir, comme on fait devant l'église de leur bourgade. C'est égal, vous êtes d'heureux coquins!

— Nous n'irons pas, dit Etienne.

Roger fit une légère moue.

— Bravo! s'écria Montalt : don Quichotte n'aurait pas mieux dit!

— Je ne verrais pas grand mal... commença Roger.

Etienne se pencha à son oreille.

— A l'heure qu'il est, murmura-t-il avec reproche, Cyprienne relit peut-être ta lettre en pleurant...

— Nous n'irons pas! répéta résolument Roger.

— Alors, dit le nabab, il faudra donc que j'y aille, moi!

. . . .

Quelques minutes après, on arrivait à la cour des messageries, où M. Jones, le majordome de milord, attendait son maître, en bel habit noir et chapeau bas.

Roger, Etienne et le nabab montèrent de compagnie dans une élégante calèche, qui les emporta, au galop de deux chevaux magnifiques, vers le faubourg Saint-Honoré.

XV.

TROIS GENTILHOMMES

On avait vu s'établir, depuis six semaines ou deux mois, au grand hôtel des Quatre-Parties du Monde, situé rue de Valois-Batave, devant le Palais-Royal, une colonie composée d'étrangers assez marquants.

Ils étaient trois hommes et deux femmes, sans compter les

domestiques, et vivaient en famille, bien qu'ils portassent tous
des noms différents.

En 1820, les nombreux hôtels groupés autour du Palais-Royal
étaient encore habités presque exclusivement par ce peuple cos-
mopolite de joueurs et de viveurs qu'attiraient la roulette et la
gloire européenne des déesses parquées dans les galeries.

Dans ce monde bigarré qui se renouvelait sans cesse, il y
avait presque autant de véritables grands seigneurs que d'aven-
turiers de bas lieu; et certes, il était bien difficile de reconnaître
les uns d'avec les autres : aussi ne se donnait-on pas pour cela
beaucoup de peine. On ne divisait point les hommes en chrétiens
et en païens, en royalistes et en libéraux, en nobles et en vilains;
il y avait seulement des bourses vides et des bourses pleines.

Les bourses pleines constituaient les gens comme il faut; les
bourses vides donnaient droit au titre de polisson.

Et comme le hasard régnait là en dieu unique et suprême,
tout polisson pouvait devenir homme comme il faut en une heure,
et réciproquement.

Quant à la morale, on ne s'en occupait guère. Chez les maîtres d'hôtel, la rigueur la plus puritaine allait parfois jusqu'à
exiger un passeport.

C'était le comble. Il va sans dire qu'on n'avait point la folle
idée de s'enquérir si monsieur le marquis un Tel avait des par-
chemins vrais ou faux, ni de prendre le plus petit renseignement
sur la question de savoir à quelle source abondante et cachée le
prince... ski puisait ses billets de banque.

Dans une société constituée sur ce pied de libérale tolérance,
la petite colonie de l'hôtel des Quatre-Parties du Monde devait
jouir d'une considération très distinguée. Il y avait, en effet, de
l'argent dans la caisse commune; on menait bonne vie, on jouait
gros jeu, on dînait royalement, et la gêne n'avait pas encore
montré une seule fois son menaçant bout d'oreille.

Aussi nos cinq étrangers n'étaient-ils pas de ces émigrants à
la douzaine qui abandonnent leur pays on ne sait pourquoi. Ils
voyageaient, les hommes du moins, pour affaires politiques, et
cachaient sous des apparences frivoles le maniement des plus
graves intérêts.

Le chevalier de Las Matas préparait la révolution qui chassa
Ferdinand de Madrid; le comte de Manteïra jetait les bases de la
charte portugaise, et le noble baron de Bibander, de Berlin,
venait communiquer aux libéraux de France les précieuses idées
de l'illuminisme allemand.

Avec eux voyageait madame la marquise d'Urgel, veuve d'un

grand d'Espagne de première classe et tante du chevalier de Las Matas.

Elle n'avait habité l'hôtel qu'un mois ou cinq semaines, après quoi on l'avait vue partir avec une jeune dame, dont il nous reste à parler. Elle demeurait maintenant dans un autre quartier, mais elle venait plusieurs fois par jour à l'hôtel.

La jeune dame qui l'avait suivie, et que nous devons faire connaître aussi au lecteur, semblait à peine sortie de l'enfance. A l'hôtel des Quatre-Parties du Monde, on n'avait fait que l'entrevoir au moment de l'arrivée. Depuis lors, elle n'avait pas quitté sa chambre une seule fois.

Elle était souffrante, sans doute, et c'était la camériste de madame la marquise qui, seule, avait le droit de lui donner des soins.

Les gens de l'hôtel parlaient quelquefois entre eux de cette jeune dame, autour de qui tombait comme un voile mystérieux. Bien qu'on ne l'eût aperçue qu'une seule fois, chacun se souvenait de sa beauté douce et vraiment exquise. En traversant les corridors pour se rendre à cette chambre reculée qu'elle ne devait plus quitter, sinon pour suivre la marquise à sa nouvelle habitation, la pauvre enfant avait l'air bien triste; son visage pâle exprimait l'abattement et l'effroi.

On avait pu penser d'abord qu'elle était la jeune sœur de la marquise; mais leurs physionomies présentaient un entier contraste, et d'ailleurs le teint blanc et la blonde chevelure de l'enfant démentaient une origine espagnole.

Quoi qu'il en fût, la camériste de madame la marquise se plaisait à vanter l'attachement de sa maîtresse pour la jeune femme.

— Ah! celle-là, disait-elle à tout propos, peut remercier le bon Dieu : c'est soigné dans du coton! c'est caressé toute la journée!

— Mais elle ne vient donc jamais voir ces messieurs? demandaient parfois les gens de l'hôtel.

— Ne m'en parlez pas! ripostait la soubrette : c'est si indolent! quand on ouvre seulement la fenêtre, ça croit que ça va mourir.

C'était environ deux mois après les événements qui avaient eu lieu au manoir de Penhoël : on était en octobre, et la température commençait à fraîchir. Dans le salon de l'appartement occupé par notre petite colonie à l'hôtel des Quatre-Parties du Monde, le chevalier de Las Matas, le comte de Manteïra et le baron de Bibander se trouvaient réunis.

Il y avait un bon feu dans la cheminée, pour chauffer ces trois nobles personnages, et la table, qui restait dressée au milieu de la chambre, gardait les débris d'un copieux déjeuner.

Il était impossible de se méprendre : la vue seule de nos trois gentilhommes, à part même l'accent exotique que chacun d'eux avait au plus haut degré, suffisait pour les placer dans la classe des étrangers.

La France, en effet, a son galbe particulier, qui change suivant la mode et le temps, mais tranche toujours avec les physionomies des peuples voisins.

A l'époque où se passe notre histoire, les visages parisiens étaient rasés soigneusement. A peine voyait-on quelques petits favoris dessiner un étroit demi-cercle et joindre l'oreille aux ailes du nez, qui surmontait une lèvre dépourvue de toute espèce de moustache. Les cheveux, courts, se frisaient à la Titus. Donc, pour se donner un air d'étranger, il suffisait de porter les cheveux longs et la barbe entière.

Les cheveux de nos trois gentilshommes tombaient sur leurs épaules, et leurs barbes eussent fait envie au Juif errant.

En leur qualité de fils de la Péninsule, le comte et le chevalier étaient bruns comme des corbeaux; le baron de Bibander, en revanche, avait une de ces longues perruques germaniques qui ressemblent à des quenouilles chargées de filasse.

C'étaient, en vérité, des personnages assez remarquables pour mériter une description détaillée; mais nous avons un moyen d'abréger, en disant tout de suite au lecteur que le chevalier de Las Matas, le comte de Manteïra et le baron de Bibander étaient tout bonnement ses anciennes connaissances, Robert, dit l'Américain; Blaise, surnommé l'Endormeur, et Bibandier, l'ancien chef des uhlans de Bretagne.

Les deux premiers avaient jugé à propos de se déguiser complètement et de changer de nom, pour parer aux poursuites de la police, qui possédait en portefeuille leur signalement et leur histoire.

Quant à l'ancien uhlan, son cas était le même avec un danger moindre, car il avait eu l'adresse de ne jamais compromettre en justice son beau nom de Bibandier.

Robert et Blaise s'étaient dirigés sur Paris immédiatement après leur expulsion du manoir. Ils emmenaient la pauvre Blanche, que Robert avait cachée comme une proie dans l'ancien trou de Bibandier, sur la lande de Bain. Cet enlèvement avait eu lieu contre l'avis formel de l'Endormeur, qui n'aimait pas plus aujourd'hui qu'autrefois les bouches inutiles. Mais Robert s'était raidi dans sa résolution; il avait son idée et, à présent moins que jamais, il eût consenti à se dessaisir de l'héritière de Penhoël.

A peine hors du manoir, Blaise et lui étaient redevenus, du reste, les meilleurs amis de la terre. L'Endormeur osait à peine discuter au sujet de Blanche, tant il avait regret, le bon garçon, de cette scène faite à son vieux camarade dans le salon de Penhoël.

Maintenant qu'il n'y avait plus moyen de s'administrer sans partage les vingt mille livres de rente, Blaise était tout repentir.

Robert ne songeait même pas à lui faire un reproche. Le triomphe les avait désunis; la défaite commune les rapprochait. Ils avaient encore besoin l'un de l'autre, et ne demandaient pas mieux qu'à se liguer plus étroitement, pour recommencer la lutte sur de nouveaux frais.

Robert, d'ailleurs, avait trop de choses en tête pour trouver le temps d'entamer une vaine querelle. C'était, nous l'avons dit, une nature admirablement organisée pour les difficultés de la lutte, mais qui s'amollissait dans la fortune et perdait une bonne part de son audace à mesure que le bien conquis amenait avec soi les chances de perte.

Il fallait à l'Américain, pour exécuter ses escamotages hardis, des poches vides et des mains libres.

Aussi, loin de courber la tête sous le coup qui le frappait, il se redressait plus vaillant que jamais. Les dix mille francs qu'on lui avait jetés comme un os à ronger, n'étaient qu'une première mise de fonds pour recommencer la partie. Il se retrouvait lui-même; les idées abondaient dans son cerveau, et ce n'était pas sans joie qu'il songeait à cette grande mêlée parisienne où il allait se précipiter de nouveau, armé de toutes pièces.

Dès ce premier moment, il pouvait compter plus d'une corde à son arc, et Blanche lui paraissait être la meilleure de toutes. Mais comment emmener Blanche malgré elle? Cent lieues à faire avec une jeune fille qui résiste, qui pleure, qui appelle au secours, c'est assurément l'impossible.

Robert avait pour mentir un talent de premier ordre, et la pauvre Blanche était si facile à tromper! Quand Robert la plaça en croupe derrière lui, sur la lande de Bain, Blanche le supplia, les larmes dans les yeux, de la reconduire à sa mère.

Robert lui dit d'un air étonné :

— Pensez-vous donc que j'aie agi à l'insu de madame? Vous ignorez donc tout ce qui se passe au manoir?

L'Ange ouvrait déjà ses grands yeux timides et crédules.

— Hélas! pauvre enfant! reprit Robert, madame vous aime tant! Elle vous a caché le malheur jusqu'au dernier moment. Mais n'avez-vous jamais vu, alors qu'elle se croyait seule, des larmes dans ses yeux?

— Oh! si! murmura l'Ange, bien souvent!

— Et ne vous êtes-vous jamais aperçue qu'elle me cherchait parfois pour m'entretenir en secret?

— Si! dit encore l'Ange.

— C'est que j'étais son confident, mademoiselle. Je savais combien elle souffrait la pauvre sainte femme! Je tâchais de la consoler; mais je n'ai pas pu la défendre!

— Mon Dieu! murmura l'Ange, qu'est-il donc arrivé à ma mère?

— Le maître de Penhoël a vendu petit à petit ses métairies, ses moulins, son manoir, répliqua Robert, à qui la vérité donnait ici une grande force de persuasion; Pontalès lui a tout acheté, Pontalès qui se disait son ami! Et votre bonne mère qui a confiance en moi, mademoiselle Blanche, m'a prié de vous conduire à Rennes, où elle viendra vous retrouver.

Blaise, qui trottait en avant, s'émerveillait qu'on pût dépenser tant de bonne fourberie, tout exprès pour se mettre sur les bras une petite fille pleurnicheuse et malade, une héritière ruinée, une bouche inutile, s'il en fut jamais.

— Mais, demandait l'Ange, pourquoi ma mère ne m'a-t-elle pas conduite elle-même?

L'Américain baissa la voix, comme pour faire une grande confidence.

— Pauvre demoiselle! répliqua-t-il, c'est qu'il fallait vous défendre contre votre père!

— Contre mon père!

— Je n'ose pas vous dire cela... votre père est à la merci des Pontalès... et le jeune comte Alain vous aimait!

— Oh! fit Blanche effrayée.

Puis elle ajouta en se serrant contre Robert :

— Merci, monsieur de Blois, merci de m'avoir sauvée!

Blanche ne gardait pas l'ombre d'un doute. Elle monta en voiture à Redon, confiante et pleine d'espoir de retrouver sa mère.

Comme elle n'avait aucune idée des distances, la route de Redon à Rennes put s'allonger pour elle bien au delà des limites de la Bretagne; et quand elle montra enfin quelques soupçons, Robert en fut quitte pour inventer une nouvelle histoire.

Il voyageaient en chaise de poste et avec une grande rapidité. Ils arrivèrent à Paris quelques heures après la diligence qui portait Montalt et nos deux jeunes gens.

Tout d'abord, ils descendirent dans leur ancien quartier, afin de prendre langue et de connaître un peu l'état de la place.

Blanche, malade, passait ses jours au lit et demandait sa mère.

Pour être plus libre, Robert eut l'idée de confier sa prisonnière aux soins et à la surveillance d'une vieille coquine qui se faisait appeler la marquise d'Urgel, et dont les revenus seigneuriaux consistaient dans les bénéfices provenant du trafic d'objets volés. Marquise et chevalier, tous deux de même roche, se connaissaient de longue date. Dans l'affaire qui nous occupe, ils mirent en commun leurs noms, leurs talents et leurs vertus. La marquise d'Urgel emmena Blanche dans son hôtel.

Mais un nouvel associé se présenta bientôt. Le baron de Bibandier entra un matin dans le garni borgne où Robert et Blaise s'étaient provisoirement installés, et les serra tous deux contre son cœur avec effusion.

— Pas de reproches! dit-il. Je vous ai balancés pas mal l'autre jour; mais j'ai quinze mille francs, moi, et je mêle!

Les cœurs bien nés n'ont point de rancune. On fit monter du vin et l'on tint conseil, à la suite duquel nos trois amis changèrent de nom, pour faire figure convenable dans le beau quartier.

Le soir même, le chevalier, le comte et le baron firent leur entrée au Grand hôtel des Quatre-Parties du Monde.

La matinée avançait. Le chevalier de Las Matas et le comte de Manteïra étaient encore en robe de chambre; mais le baron de Bibander s'occupait déjà de sa toilette.

Le chevalier était assis, les pieds au feu, devant une petite table portant ce qu'il faut pour écrire. Il avait sous la main une large feuille de papier, couverte d'écriture et de chiffres. Autour de lui s'ouvraient quatre ou cinq ouvrages d'arithmétique et d'algèbre, qu'il consultait d'un air fort entendu.

De l'autre côté du foyer, M. le comte de Manteïra fumait sa pipe en biseautant fort adroitement un jeu de cartes.

Le baron de Bibander se tenait à l'autre extrémité de la salle, devant une glace, où il se mirait avec une complaisance extrême.

Ils étaient vraiment assez bien déguisés tous les trois. La barbe et les cheveux longs allaient parfaitement à la figure pâle de Robert, qui était un fort passable cavalier espagnol. L'Endormeur, lui, avait été obligé de raser ses cheveux d'un blond tirant sur le roux, et de se munir d'une perruque noire, pour se donner une physionomie portugaise; il avait teint, en outre, sa barbe, et son meilleur ami aurait eu quelque peine à le reconnaître. Quant à Bibandier, ces quelques semaines d'abondance l'avaient refait si bellement, qu'à la rigueur son embonpoint nouveau aurait pu seul lui servir de masque.

Son teint, naguère si jaune, fleurissait maintenant; ses joues décharnées s'étaient arrondies. Il commençait même à prendre du ventre.

— Ah ça! dit Blaise en passant l'ongle sur la tranche de son jeu de cartes, est-ce que tu n'as pas bientôt fini de mettre ton corset, monsieur le baron?

— C'est étonnant comme j'engraisse! répliqua Bibandier en se souriant à lui-même dans le miroir; mais j'avais dit à ce coquin de coiffeur de venir mettre des papillotes à ma barbe. Vous verrez que le drôle me fera faux bond!

— Américain! dit Blaise.

Robert leva la tête en sursaut.

— Regarde donc un peu M. le baron... est-ce que tu ne le trouves pas encore plus laid qu'autrefois?

— Beaucoup plus laid, répliqua Robert, qui se renfonça aussitôt dans son algèbre.

Bibandier fit une pirouette et haussa les épaules.

— Mes petits, murmura-t-il, on vous laisse dire. Vous êtes jaloux, ça se voit.

Il continua de se sangler à tour de bras et de faire exécuter à sa grande figure hâlée toutes sortes de grimaces mignonnes. Il mettait à se trouver charmant une bonne foi non suspecte.

— Voilà le jeu arrangé! dit Blaise. Si tu avais le temps de me montrer un peu à faire danser Sa Majesté, Américain?

Robert fit un geste d'impatience.

— Tu vois bien que je suis perdu au milieu de mes chiffres, répliqua-t-il. Chaque fois que tu viens me conter comme cela quelque fadaise, je suis obligé de recommencer des calculs du diable. Sans toi, étourneau que tu es, je tenais ma martingale!

— Ah! ah! fit l'Endormeur, un bel oiseau que ta martingale! mets-lui un grain de sel sur la queue.

— Voyons! s'écria Robert, veux-tu me laisser en paix, oui ou non?

Blaise se reprit à battre ses cartes biseautées.

— Sois calme, Américain, dit-il : on respecte ta martingale, mon fils... et on va tâcher de travailler tout seul.

Il étala ses cartes sur un coin de la table, et commença une série de tours d'adresse qui n'étaient pas sans mérite.

On frappa doucement à la porte.

— Ah! fit Bibandier avec joie, voilà mes papillotes!

Blaise avait abrité lestement son jeu de cartes dans la manche large de sa robe de chambre. La porte s'ouvrit, et l'on vit apparaître un museau long et jaunâtre, tenant par un énorme col de crinoline à un uniforme de soldat du centre.

L'Alsace seule a le secret de produire ces excellentes têtes de troupiers, toutes en menton, et dont les joues, le nez, le front, semblent se reculer humblement pour faire ressortir deux triomphantes mâchoires, capables d'exterminer une armée de Philistins.

— Ah! dit Bibandier désappointé, ce n'est que mon maître d'allemand... Bonjour, Graff.

— *Ponchur, messié et la gombagnìe*, dit-il en entrant. *Ça fa-t-il gomme fus fulez?*

— *Ça fa gomme nus fulons*, répliqua le noble baron de Bibander.

— Pas mal, pas mal! fit Blaise. Seulement ça ne me paraît pas assez senti. J'ai eu un portier qui était de Colmar et qui disait : *Ça fa-t-il gòmme fi filez?*

— Voyons, s'écria Bibandier, tout ça dépend des dialectes. Il ne s'agit pas de plaisanter ici. Vous autres, vous en prenez à votre aise. Toi, monsieur le Portugais, tu n'as qu'à nasiller comme un canard et à mettre de la bouillie dans ta bouche pour prononcer les *s*. Vous, seigneur chevalier de Las Matas, il vous suffit d'enfler les mots comme un marchand de vulnéraire et de gasconner un peu en faisant ronfler les nasales. Ah! si je n'étais qu'un *Essépagnoleu* ou un *Pourtoungaije*, ajouta-t-il en nasillant à outrance, mon rôle serait bien facile... Mais un baron du Saint-Empire, morbleu!

— *Morplé! si ça fu est égâl*, dit Graff.

— Je commence à être pas mal fort, reprit Bibandier; mais cet Alsacien manque de méthode.

— *De guoi?* demanda Graff.

— De méthode! mon brave ami. Et cela tient à ce qu'on a négligé ton éducation première. Est-ce que tu saurais me mettre des papillotes, toi?

— *Je grois pien!* répliqua le soldat : *ché suis le pârpier ti pâdaillon.*

— Répétez cela! monsieur le baron, s'écria Blaise : voilà une phrase qui contient en germe tous les principes du baragouinage.

Mais le baron était allé chercher du papier à papillotes.

L'Alsacien riait.

— *Si ché sais mettre les babiolles!* répétait-il en montrant son énorme mâchoire; *ché suis né tans les babiolles : mon bère il était pârpier; mon crand-bère il était aussi pârpier; le bère de mon crand-bère...*

— Et ainsi de suite, interrompit Blaise.

— *Ya, Graff!* dit le soldat en se mettant au port d'armes.

Il se tut durant un instant; mais cette coïncidence, qui faisait un même mot de son nom à lui et du titre du prétendu Portugais lui sembla probablement très bouffonne, car ses deux grandes mâchoires s'ouvrirent de nouveau.

— *Ya, Graff!* répéta-t-il. *Fus êtes graff, moi ché suis Graff, burquoi je m'abèle Graff... mais fus, c'est bârce que fus êtes graff, fus gombrenez?*

— Parfaitement, dit Blaise.

Robert se frappait le front et perdait le fil de ses calculs.

— En besogne! s'écria Bibandier, qui apportait une main de papier à papillotes.

Il s'assit devant la glace et Graff s'empara de sa tête poilue. Tout en maniant la chevelure épaisse et rude de M. le baron, l'Alsacien répétait entre ses dents :

— *Si ché gonnais les babiottes! Mon bère il était pârpier; mon crand-père...*

— Allons, Graff! dit Bibandier, faisons d'une pierre deux coups : donne-moi ta leçon.

— *Che feux pien. Ddgez le faire adenlion... Si fus endrez chez de burgeois, fus tites : Ponchur, messiers, mestâmes...*

— Ponchur, messiers, mestâmes, répéta Bibandier.

— *Et la gombagnie*, ajouta Graff.

— *Et la gombagnie*, ajouta également le baron. Après?

— *Abrès, fus tites : Il vait crand jaud!*

— *Il vaid crand jaud.*

— *U pien : Il vait crand vroid!*

— *Il vait crand vroid.*

— *Ein vroid te gien, matâme, ou messié!*

— Assez là-dessus! Après?

— *Abrès, fus tites : Matâme, aimez-fus pien à prendre eine temi-dasse abrès le tîner?*

Le baron, docile, répéta encore cette phrase tant bien que mal.

— Après?

Graff se gratta le front.

— *Abrès... abrès, fus tites : Matâme, aimez-fus pien à brendre eine betit ferre abrès votre temi-dasse?*

— Le café et le pousse-café, dit Blaise.

— Impossible de s'y retrouver! grommela Robert.

— *Messié Pipandre*, reprit Graff, *fos babiottes sont insdallées.*

Bibandier était charmant, la tête couronnée de papier rose.

Pendant une bonne minute, il fit à son image reflétée par la glace des yeux en coulisse, puis il se pencha vers son professeur alsacien.

— Et quand on veut faire la cour à une femme, prononça-t-il tout bas, que faut-il dire?

— *Ah! tâme!* répliqua Graff avec embarras, *fus tites : Màte-moiselle, fulez-fus brendre guelgue josse tesuss le gontoir?*

Blaise battit des mains et cria bravo.

— Imbécile! s'écria Bibandier. Est-ce que les duchesses à qui je fais la cour prennent des petits verres sur le comptoir?

— *Ché sais bas, moi, messié Pipandre.*

— Tu n'as donc aucune idée de ce que c'est qu'une femme du grand monde? Va-t-en! on n'a plus besoin de toi!

Graff remit son shako sur sa tête plate et rase, mais il ne se pressa point de sortir.

— Eh bien? fit le baron.

— *C'est que, messié Pipandre,* répliqua l'Alsacien, qui remonta timidement sa buffleterie, *fus m'afiez bromis eine betite agente.*

— C'est juste, dit Bibandier, qui fouilla dans sa poche.

Puis il ajouta :

— Mais je n'ai que des billets de banque, mon fils : ce sera pour une autre fois.

Le pauvre Graff salua à la ronde d'un air résigné.

— *Ponsoir, messié,* dit-il, *et la gombagnie.*

A peine fut-il sorti, que M. le chevalier de Las Matas se leva brusquement et frappa un grand coup de poing sur la table.

Archimède devait avoir cet air radieux lorsqu'il parcourut, dans son négligé historique, les rues de Syracuse étonnée.

— Je la tiens! s'écria-t-il; je la tiens!

— Ta martingale? demandèrent à la fois Blaise et Bibandier.

Robert s'essuya le front.

— Ça n'a pas été sans peine! répliqua-t-il; mais, de par tous les diables, Montalt me la paiera mon pesant d'or!

XVI

LA MARTINGALE

Blaise et Bibandier avaient l'air également incrédule.

— Américain, dit Blaise, tu as du talent pour ce qui est des cartes : ça, c'est une chose incontestable; mais voilà bien des fois que tu la trouves, ta martingale!

— Ta martingale, fit observer Bibandier, c'est comme le merle blanc ou le trèfle à quatre feuilles.

Il s'occupait en ce moment à boutonner, par-dessus son pantalon d'un bleu vif, un superbe gilet de velours ponceau, à boutons brillantés.

— Vous n'entendez rien à tout cela! s'écria M. le chevalier de Las Matas. Je connais maintenant Berry Montalt comme si je l'avais inventé, voyez-vous. J'ai cru d'abord qu'il faisait un peu comme nous, et que sa grande fortune était dans les nuages; mais j'avais tort de croire cela. Il est riche, il est puissamment riche!... et tout ce que possédait ce pauvre diable de Penhoël n'aurait pu fournir à milord son argent de poche seulement!

— Ça ne prouve pas que tu aies trouvé ta martingale, dit l'Endormeur.

— Attends donc! Quant à savoir d'où lui vient cette grande fortune, je m'en doute. A Londres, on n'a pas besoin d'être un aigle pour faire des coups de tous les diables, et je veux être pendu si Montalt a jamais vu son iman de Mascate autre part que dans l'*Histoire des voyages*. Il aura eu de la chance; il sera tombé sur une bonne affaire. Et puis l'air de Londres lui aura semblé malsain.

— Si c'est comme cela, interrompit le baron, qui mettait ses soins à nouer autour de son cou osseux une cravate de satin blanc à raies couleur feu, il n'y a rien à faire!

— Par exemple! s'écria Robert : c'est justement ces hommes-là que j'aime! Si Montalt était un honnête gentleman, comme il veut bien le dire, on n'aurait pas trouvé tout de suite son côté faible; mais j'ai causé avec lui, je l'ai retourné en tous sens. Croyez-moi, Montalt est des nôtres : il n'a ni foi ni loi. Et, après deux ou trois verres de punch, il faut voir sa face d'Anglais s'épanouir quand on lui raconte un bon tour! La seule différence qu'il y ait entre lui et moi, c'est que j'ai soulevé des montagnes pour gagner quelques misérables sous, tandis qu'il n'a eu qu'à se baisser probablement pour ramasser des millions : car il a des millions, et l'histoire est assez singulière.

— Je sais, je sais, interrompit Blaise... La petite boîte de sandal, dont le couvercle est en diamants. C'est peut-être du stras.

— Mon bonhomme, dit Robert avec gravité, l'autre soir, Montalt avait perdu cinquante et tant de mille francs au trente et quarante des Etrangers. Je l'ai vu se lever et se rendre dans un coin de la chambre; il nous tournait le dos; il a pris dans sa poche un objet que je n'ai pu apercevoir; mais c'était la première boîte, j'en suis sûr!

— C'est une idée à toi, interrompit Bibandier.

— Après? dit Blaise.

— Si c'est une idée à moi, jugez-en, reprit Robert : cet objet mystérieux dont je vous parle, il l'approcha de sa bouche, et l'on entendit un petit bruit sec comme s'il eût cassé un morceau de sucre avec ses dents. L'instant d'après, il revint et dit au banquier : Je n'ai pas d'argent sur moi; voulez-vous m'escompter cela?

Robert s'arrêta.

— Et qu'est-ce que c'était que cela? demandèrent Blaise et Bibandier.

— Cela était un petit morceau de stras, comme dit M. le baron de Bibandier, sur lequel le banquier du cercle des Etrangers compta soixante et sept billets de mille francs à Berry Montalt. Sonne un peu, l'Endormeur, et dis qu'on nous apporte du vin chaud : nous avons à causer de nos affaires aujourd'hui, et faut tâcher d'en causer le plus gaiement possible.

— Ça va-t-il durer beaucoup? demanda le baron de Bibandier, qui dirigeait vers ses deux oreilles les bouts aigus de sa flamboyante cravate.

— N'avons-nous pas le temps? répliqua Robert.

— C'est que, dit l'ancien uhlan avec un joli sourire de jeune fat, j'ai reçu ce matin de mon coquin de tailleur une polonaise dans le dernier goût. J'aurais voulu me montrer un peu au Palais-Royal et sur le boulevard, pour voir l'effet.

— Tu te montreras demain.

— Sans doute. Mais demain, mon coquin de tailleur aura peut-être livré d'autres polonaises pareilles à la mienne... de sorte que je me trouverais en danger de croiser sur ma route le premier faquin venu habillé tout comme moi.

— Ce sera piquant pour le faquin, grommela Blaise. — Joseph, ajouta-t-il en s'adressant au garçon qui entrait, un bol de vin chaud pour M. le chevalier et du punch pour moi.

— Et pour M. le baron? demanda le garçon.

Bibandier se gratta l'oreille.

— Le punch, le vin chaud, murmura-t-il, ça fait monter le sang à la tête, et vous devenez rouges comme des homards. Moi, j'aime les teints pâles. Joseph, vous me donnez un bischoff.

— Ah çà! dit Blaise quand le garçon fut parti, tu oublieras donc toujours que tu es Allemand, toi?

Bibandier s'élança vers la porte.

— *Endentez-fus?* cria-t-il à travers les escaliers. *Chossèphel... fus mé tonnerez eine pischoff!*

Ayant ainsi réparé très adroitement son étourderie, M. le baron revint s'asseoir au-devant de la glace.

— Pour en finir une bonne fois avec Montalt, reprit Robert, je suis moralement certain que la volonté d'essayer quelque aventure ne lui manque pas. Seulement, il n'est pas très fort; et comme, d'un côté, il se sent riche, rien ne le presse. Mais si l'on parvenait à lui persuader que, sans danger aucun, on peut faire une rafle honorable, vous verriez comme il sauterait!

— Le vin chaud de M. le chevalier! dit le garçon.

Les deux autres garçons qui suivaient ajoutèrent :

— Le punch de M. le comte!

— Le bischoff de M. le baron!

Les trois gentilshommes se versèrent à boire.

— Je l'ai sondé, poursuivit Robert : cet homme-là n'a pas du moins le défaut d'être hypocrite. Vous lui diriez que vous avez volé le tronc des pauvres dans une église, qu'il trouverait cela tout simple. Mais ce qui le séduit par-dessus tout, c'est l'idée de faire sauter comme cela, l'une après l'autre, toutes les banques des maisons de jeux de Paris.

— A la santé de ta martingale! dit Blaise.

— *A la sandé té dà mârdingâle!* répéta le noble baron, qui baragouinait de tout son cœur, maintenant que cela n'était plus nécessaire.

— Buvez, mes braves, continua Robert : cela en vaut parbleu bien la peine. Et d'abord, ma martingale, dont vous faites tant de gorges chaudes, aura, du moins, eu ce résultat de vous valoir notre invitation de ce soir.

— Du tout! se récria Bibandier. Ce Montalt a un certain coup d'œil : il a reconnu en moi un homme comme il faut, et il m'a engagé à lui faire l'honneur de dîner à son hôtel. Quoi de plus simple?

— Le fait est, dit Blaise, que tu te donnes ici des gants, monsieur Robert. Le Montalt est venu à moi et m'a dit : Cher comte, vous êtes un bon enfant et je m'estimerais heureux de vous voir assis à ma table.

Robert haussa les épaules.

— Fous que vous êtes! dit-il, et ingrats! Vous verrez que je remplirai vos poches sans avoir droit seulement à la moindre reconnaissance.

— Remplis toujours, Américain, et ne t'inquiète pas du reste!

Robert but à petites gorgées un verre de vin chaud et rassembla les notes éparses sur sa table.

— Voulez-vous que je vous explique ma martingale? demanda-t-il.

Blaise rapprocha son fauteuil; la figure de Bibandier lui-même prit une expression de curiosité.

Robert se recueillit un instant, puis il commença d'un ton d'emphase vive et avec des gestes d'orateur :

— Mon système peut s'appliquer à tous les jeux de hasard où les chances contraires se répartissent entre un certain nombre de joueurs indépendants, d'une part, et un joueur unique, de l'autre, forcé de tenir toutes les mises : soit un banquier.

L'avantage de la banque, dans les maisons soumises à une surveillance légale, peut être déterminé par une fraction variable, qui d'ordinaire est d'un dix-huitième, et que j'élève, moi, à un douzième, pour aller au-devant des objections.

Nous sommes à une table de roulette... Vous me suivez bien ?

— Parfaitement, dirent les deux auditeurs.

— Nous sommes à une table de roulette, trois associés qui se disséminent parmi les joueurs. Pour l'intelligence de mon système, je donne un nom aux trois associés. Je suis, moi, je suppose, l'agent principal, la cheville ouvrière; vous deux, vous êtes des agents de second ordre : toi Blaise, tu es le levier; toi, Bibandier, tu es le contrepoids.

— C'est une horloge! murmura l'ancien uhlan.

— Oh! oh! mon vieux, s'écria Robert, tu parles vrai en croyant rire; c'est en effet une mécanique, une mécanique dont les rouages subtils et compliqués s'engrènent d'une façon merveilleuse.

Blaise et Bibandier écoutaient bouche béante. Ils firent seulement un peu la grimace lorsque Robert ajouta :

— Ces notions préliminaires étant posées, je suis obligé d'appeler l'algèbre à mon secours, pour expliquer le mécanisme de mes combinaisons.

— Sais-tu l'algèbre, toi, l'Endormeur? demanda Bibandier.

— Non; et toi?

— Moi, mon éducation a été tournée entièrement vers la littérature. C'est égal, Américain, va toujours!

— J'établis une progression géométrique, reprit Robert en feuilletant ses notes comme un avocat qui plaide. Le nombre des termes importe peu, et la raison de ma progression est invariablement le nombre 2, puisque la série des coups double toujours la mise pour le gagnant quel qu'il soit, ceci dans le jeu simple.

Je dis donc : a est à b, comme b est à c, comme c est à d... soit : $a : b : c : d$, etc.

— Comprends pas! interrompit Bibandier.

— Voilà qui est fatal! s'écria Robert : inventer une théorie mathématique et transcendante, pour venir se briser contre l'ignorance aveugle!

— Ne te désespère pas, Américain, dit Blaise : j'ai idée que milord sait les mathématiques.

M. le chevalier de Las Matas éleva son verre jusqu'à la hauteur de ses lèvres, autour desquelles errait un sourire douteux.

— Il ne faudrait pas non plus qu'il en sût trop long, murmura-t-il.

Puis il ajouta en reprenant le fil de son explication :

— Mais, au demeurant, c'est si profondément clair et simple, comme toutes les grandes idées, que vous-mêmes vous allez me comprendre.

Soit mon enjeu premier représenté par la quantité n; ton enjeu, à toi, Blaise, mon agent levier, par la quantité n', et le tien, Bibandier, mon agent contrepoids, par la quantité n''.

J'établis tout d'abord que n égale a, le premier terme de ma progression par quotient; en outre, n égale n'' moins n', attendu que le contrepoids doit représenter, au début de la partie, la somme formée par ma mise n et la mise du levier n'.

— Pourquoi cela? demanda Blaise.

— Pour une cause bien simple. Au moment où la partie s'engage, mon levier et moi nous jouons les mêmes chances : il faut donc que le contrepoids, comme son nom l'indique...

— Parbleu! fit le baron de Bibander, ça va de soi-même. L'Endormeur est bouché comme un cigare de la régie!

— Mais pourquoi l'Américain et son levier jouent-ils les mêmes chances? demanda encore Blaise.

— Cette question me fait plaisir, mon garçon, répliqua Robert: elle prouve que tu commences à voir plus clair. Mon levier et moi nous allons ensemble, parce que le principal danger pour l'inventeur d'une martingale est de se voir deviner par la banque. Toute série de parolis est redoutable pour l'administration. Et, en définitive, sans les manœuvres qu'on emploie pour déjouer des calculs qui n'ont rien de condamnable, nous verrions la banque sauter trois ou quatre fois tous les soirs. Mais voici ce qui arrive. Dès qu'un homme se présente avec l'intention de martingaler, son jeu est percé à jour à l'instant même : si c'est un maladroit, on le laisse faire; si c'est un habile, on neutralise ses coups à l'aide de... Vous comprenez bien qu'ils ont aussi leur algèbre. Moi, j'ai mon levier, qui me sert à dérouter tout espionnage. Mon levier connaît son rôle; il sait par cœur ses instructions invariables : si bien qu'au moment où le banquier attend mon quatrième ou mon cinquième paroli, je cesse de jouer tout à coup· ce qui lui donne le change. Comprends-tu maintenant?

— Un petit peu, dit Blaise.

Le baron de Bibander, qui vidait, parmi les mèches de sa crinière, un plein flacon d'huile antique, fit un geste de dédain.

— Un petit peu! répéta-t-il; moi, j'ai beau ne pas savoir la chimie, je trouve que la mécanique de l'Américain n'a qu'un seul défaut : c'est d'être trop simple. Va, mon bonhomme, on te saisit!

— De la seconde équation posée plus haut, reprit Robert, découle cette première conséquence rigoureuse, savoir : que si la partie s'engageait et se continuait sur ces bases, la perte et le gain devraient se balancer complètement...

— Sauf les sorties du zéro et du double-zéro, interrompit Blaise.

— J'allais y arriver.

— Mais, mon petit, dit Bibandier en s'adressant à Blaise, il allait y arriver! Tu vois bien que tu nous embrouilles. Donne-nous la paix, au nom de Dieu!

On ne savait, en vérité, si l'ancien uhlan parlait ainsi de conviction ou par raillerie. Ses deux mains se plongeaient ensemble avec action dans les mèches de sa chevelure, que l'huile prodiguée ne pouvait point amollir. Il y allait d'un grand sérieux, et, en apparence, de la meilleure foi du monde.

Mais ceux qui connaissaient Bibandier savaient qu'il gardait comme cela les dehors d'une naïveté crédule, jusqu'au moment où il lui plaisait de mettre les rieurs de son côté.

— J'y arrivais, poursuivit Robert. Sans cet obstacle que présentent les chances réservées au banquier, le problème serait aussi par trop facile à résoudre.

Loin de méconnaître ces chances, je les exagère en les portant à un douzième, tandis que, de l'aveu même de Blaise, qui parle de deux numéros sur 38, elles ne sont que de un dix-neuvième.

Entrons dans le raisonnement. Vous voyez bien ce gros livre? (Il montrait un énorme registre ouvert à côté de lui.) Ce gros livre contient les passes des deux couleurs, notées par un piqueur de cartes du 113, depuis que l'établissement existe. C'est officiel! Et j'espère que nous avons là plus d'éléments qu'il n'en faut pour fonder un solide calcul de probabilités.

— Ça doit être un bien bon ouvrage! dit le baron de Bibander.

— Un ouvrage excellent! une fois qu'on y a mis le nez, on ne peut plus se lasser de le feuilleter. D'après mes recherches, je constate une balance à peu près exacte entre les sorties des deux couleurs; je constate en outre que la plus grande série, pouvant être considérée comme normale, porte au chiffre treize l'exposant le plus fort auquel doive arriver la raison de notre progression géométrique : car il est superflu d'énoncer que nous raisonnons sur les chances probables et non sur des miracles qui arrivent une fois l'an.

Bibandier, qui s'acharnait au grand œuvre de sa coiffure, approuva de la brosse et du peigne.

— Mes prémisses seront complètes, poursuivit Robert, lorsque j'aurai ajouté que de 1 jusqu'à 13 il est des nombres en quelque sorte climatériques où s'arrêtent le plus souvent les séries : je citerai 5, 7 et 10, 7 surtout. D'après l'expérience, je parierais cinquante contre un pour le nombre 7.

— Moi aussi, dit le baron de Bibander.

— Mais, continua Robert, ce sont là de simples étais, qui ne font que soutenir, au besoin, les bases solides de mon système.

Examinons d'abord les séries pendantes. Je place ma mise $n = a$ sur la rouge; le levier fait de même. Le contrepoids met sur la noire $n'' = n + n'$.

Je perds, et le contrepoids gagne : rien de fait, par conséquent.

Je pose $2\,n = b$; le levier pose $2\,n'$. Nous perdons.

La mise du contrepoids qui gagne arrive alors au troisième terme d'une progression que je figurerai ainsi : $:: a'' : b'' : c'' : d'' : e''$...

Rien de changé jusqu'au dernier coup. C'est alors seulement que je cesse de jouer, laissant le levier poursuivre son paroli. Il fallait bien tenir compte de la chance climatérique attachée au chiffre cinq.

Si nous perdons encore, le contrepoids réalise déjà un bénéfice.

Au sixième coup, le levier s'abstient. Il faut vous dire que le sixième coup est une affaire sûre. Quand on a dépassé cinq, on arrive à sept forcément.

— Je le crois ma foi bien! dit le baron de Bibander.

— Au septième, c'est tout le contraire. Le septième tour est le terme important de mon système. Conversion entière!... Le contrepoids met sa mise dans sa poche, et nous allons en grand, le levier et moi.

Suivant toute probabilité, nous gagnons cette fois.

Pour obtenir la somme de notre gain, il suffit d'un petit calcul élémentaire, fondé sur cette proposition algébrique, que vous trouverez dans Bourdon, dans Raynaud, et même dans Bezout : Un terme de rang quelconque est égal au premier terme, multiplié par une puissance de la raison d'un degré marqué par le nombre des termes qui précèdent celui que l'on considère.

D'où il suit que ce gain est représenté ici par $a'' \times 2$ à la sixième puissance.

D'où équation $g = a'' \times 2^6$...

Est-ce clair?

— Comme le jour! fit Bibandier.

Blaise perdait plante.

— Ce sera bien, dit-il, si tu gagnes.

— Oh! fit Bibandier avec dégoût, voilà un garçon véritable-ment terrible! Mais, mon Dieu! nous ne sommes pas à l'heure : donne-nous le temps de nous expliquer. En attendant, j'empoche, moi, contrepoids, $a'' \times 2^e$, et je dis à l'Américain : Mon petit, tu m'intéresses. Veuille poursuivre.

— Il est évident, reprit ce dernier, que l'on peut perdre : sans cela, M. le fermier des jeux ne paierait pas un si beau bail au gouvernement. Mais, à l'aide de ce registre, je vous prouverai quand vous voudrez que toutes les chances sont pour nous dans ce cas particulier. La série gagnante suit la même marche en sens contraire, et je regarde comme superflu, mon cher lord...

— Comment! mon cher lord? interrompit Blaise. Tu bats la campagne.

— L'Endormeur! prononça gravement Bibandier, j'ai parcouru la France depuis Paris jusqu'à Brest... et je n'ai jamais rencontré un animal aussi honteusement dépourvu d'intelligence que vous, mon cher ami. Vous croyez donc que l'Américain s'est donné la peine d'inventer toutes ces drôleries pour nos beaux yeux?

— Mais ce sont des faits sérieux! se récria Robert.

— J'entends bien, mon petit, répliqua le baron : c'est même plus que sérieux, c'est assommant! Mais que demandes-tu à Montalt pour ces diables de progressions géométriques qui vont lui faire un matelas de billets de banque?

— Deux cent cinquante-sept mille cinq cent trente-huit francs quatre-vingt-quinze centimes, répondit Robert : tout est calculé, voyez-vous, avec une précision rigoureuse. Tu ris, maître Biban-dier? et toi, Blaise, tu n'y vois goutte? Mais si vous vouliez prendre la peine de lire mon livre d'un bout à l'autre...

Les deux gentilshommes firent un geste d'effroi en regardant le monstrueux registre.

— Américain, dit Bibandier, tu tiens ton affaire! voilà le véri-table argument des arguments. Emporte avec toi ton registre et dis à Montalt : Milord, lisez ou payez! Je veux que le diable m'enlève si tu t'en reviens les mains vides!

Robert n'était pas en train de goûter la plaisanterie.

— Puisque je vous dis, s'écria-t-il en frappant du pied, que c'est une combinaison certaine! La ferme des jeux fait sa fortune avec un misérable surcroît de chance de $1/19^e$. Savez-vous quelle est notre chance, à nous? Un sixième et quelque chose, messieurs, presque un cinquième!

Bibandier le regarda d'un air étonné.

— Ah çà! murmura-t-il, est-ce que l'Américain, à force de mentir aux autres, serait arrivé à se tromper lui-même? Ce serait très fort. Messieurs, si vous avez encore quelque chose à dire, faisons remplir les bols, car nous sommes à sec.

Robert repoussa la table où se trouvaient ses calculs, et mit ses pieds au feu.

Sonne, Blaise! dit-il, et approchez-vous tous les deux. Que mon système soit vrai ou faux, je veux en faire de l'argent dès ce soir; et vous ne rirez plus, mes camarades, quand vous verrez notre caisse pleine.

— Du punch, Joseph! et lestement!

Une fois les bols remplis, nos trois gentilshommes trinquèrent fraternellement, et Robert reprit :

— Je regarde l'invitation de Montalt comme le commencement d'une ère nouvelle pour nous trois, mes enfants. Il faudra jouer serré. Blaise et moi, nous avons fait là-bas à Penhoël une école qui nous vaut vingt ans d'expérience. Ne donnons rien au hasard, croyez-moi, et faisons un peu le bilan de notre situation. Blaise et moi, nous avons apporté chacun dix mille francs à la masse.

— Et moi, dit Bibandier, quinze mille, que ce vieux grigou de Pontalès a eu bien de la peine à me lâcher. Voilà un gaillard, ce vieux Pontalès!

— Entre lui et nous, murmura-t-il, la partie n'est peut-être pas finie. Il a escamoté la première manche, grâce à toi, mon Bibandier. Mais gare à la seconde!

— Allons! dit l'ancien uhlan, ne revenons pas sur nos vieilles rancunes. J'ai donné cinq mille francs de plus que ma mise pour racheter votre précieuse amitié, mes braves. Et si vous me l'avez rendue, ajouta-t-il avec sentiment, c'est le meilleur marché que j'aie fait de ma vie.

— Deux fois dix mille et quinze mille, reprit Robert, font trente-cinq mille francs. Depuis six semaines nous vivons là-dessus, et nous vivons bien; pourtant, grâce à notre commerce, nous avons une cinquantaine de mille francs en caisse.

— Ça ne va pas trop mal.

— Sans doute; mais, pour réaliser certaine idée que je veux vous soumettre, cela va beaucoup trop lentement. Certes, nous sommes en belle passe : si, comme je le crois d'après les nouveaux renseignements pris là-bas, l'aîné de Penhoël, notre fameux oncle d'Amérique, est de retour en France, nous arrivons, par ma chère petite fiancée Blanche, à un superbe héritage.

— Nous? répéta Bibandier d'un ton caressant.

Blaise secoua la tête.

— Mes bons amis, dit Robert, il est manifeste que nous n'épouserons pas tous les trois ma jolie fiancée; mais il y a dix à parier contre un que l'oncle d'Amérique fera le diable. Vous savez qu'il passe pour un rude gaillard! J'aurai besoin de votre aide, et toute petite peine mérite salaire. Il ne s'agira pas probablement de bagatelles, et il faudra de la résolution; mais je m'en fie à vous... L'ami Blaise est connu... Et toi, Bibandier, nous n'avons pas oublié ce que tu as fait pour nous sur le marais de Glénac, la nuit de la Saint-Louis.

Bibandier, à qui le bischoff donnait de belles couleurs, devint pâle tout à coup et baissa les yeux à ce souvenir brusquement éveillé.

— Moins tu parleras de cette nuit-là, monsieur Robert, dit-il d'un ton sec, mieux cela vaudra pour nous tous.

— Je croyais te faire un compliment. Si, au contraire, l'oncle d'Amérique est une chimère, eh bien! on rendra l'Ange à sa mère éplorée, et l'on se livrera à l'exploitation sérieuse de Berry-Montalt, ancien général en chef des armées du roi des Antipodes... et je vous réponds de celui-là corps pour corps. Mais, dans l'un et l'autre cas, il faudrait attendre, et nous ne le pouvons pas.

— Pourquoi? dit Blaise : nous avons de l'argent devant nous.

— Oui, mais le terme du réméré tombe dans quelques jours.

— Quel réméré?

— Celui de nos fermes, moulins, prairies et futaies de Penhoël.

— Tu songes encore à cela, toi? s'écrièrent ensemble Blaise et Bibandier.

— Je ne songe qu'à cela, répliqua Robert. Peste! mes fils, vous oubliez que c'est l'héritage légitime de ma petite chère femme. J'y tiens énormément... et si vous aviez du cœur, vous y tiendriez autant que moi. Ne serait-ce pas charmant de corriger, mais là, sévèrement, ce vieux routier de Pontalès?

— Pour ça, dit Blaise, il nous a joués d'une polissonne de manière.

— Quand je songe au sourire narquois qu'il avait en me mettant à la porte!... appuya Bibandier. Vrai, ça m'a été plus sensible que s'il m'avait seulement traité comme vous deux! parce que mon fort, à moi, comme vous savez bien, c'est la délicatesse.

— Vengeons-nous! s'écria Robert, rachetons Penhoël!

— Qu'en dis-tu, toi, l'Endormeur? demanda Bibandier; moi, le pays me plaît assez.

— Un pays de cocagne! murmura Blaise. Quelle bonne vie nous faisions dans ce manoir, l'Américain et moi!

— Il y aurait où nous mettre tous trois, reprit Robert; et une fois là, quelles croupières nous taillerions à M. le marquis! Les paysans le détestent : on leur monterait la tête. Et qui sait si un beau jour nous ne chasserions pas le vieux renard de son propre château de Pontalès?

Le baron de Bibandier se frotta les mains.

— Je me chargerais de l'exécution, s'écria-t-il.

Il cambra sa longue taille et fit mine de chiffonner son jabot.

— Allez, mon cher! reprit-il en s'adressant à Pontalès absent, avant de partir je vous permets de manger un morceau à l'office!

— Avant tout, dit Blaise, il y a un petit inconvénient : n'est-ce pas à cinq cent mille francs que s'élève le taux du réméré?

— Juste.

— Nous ne les avons pas, ce nous semble?

— Gagnons-les.

— Je veux bien; mais comment?

— Je ne dis pas que ça se fera tout seul; mais, ce soir, nous aurons un pied à l'hôtel de milord : profitons-en. Que chacun de nous prenne sa part de besogne : toi, Blaise, avec ton air sans-souci, lève un peu la carte des localités; toi, Bibandier, tâche de savoir où se nichent ces diamants qu'on arrache avec les dents, comme des morceaux de sucre candi; moi, je resterai dans mon rôle : je tâterai, je chercherai le joint. Soit avec ma martingale, soit avec autre chose, je compte bien le bloquer. Mais, en définitive, si on ne pouvait pas, resterait à tenter le grand coup de force... Que diable! ce n'est pas la mer à boire que de fouiller les poches d'un homme ivre ou que de crocheter un méchant petit secrétaire en bois de rose!

— Moi, ça m'irait assez, dit le baron de Bibandier : ma main se gâte.

— Moi aussi, ajouta Blaise. Je me ferais mieux à ce jeu-là qu'à la meilleure des martingales. Mais il y a encore un autre obstacle.

— Quoi donc?

— C'est René de Penhoël tout seul qui a droit au rachat.

— C'est ma foi vrai! murmura l'ancien uhlan : voilà l'Endormeur qui a une idée!

— Mes fils, dit Robert d'un ton doctoral, croyez bien que, quand je propose une affaire, ce n'est pas à l'aveugle. C'est toujours au nom de Penhoël que j'ai compté solder le réméré.

Penhoël est un pauvre diable qui nous donnera sa procuration
pour un morceau de pain.

— Si on peut le trouver, interrompit Blaise.

— On le trouvera.

— Tu sais où il est?

— Un peu, mon bonhomme.

— Ce diable d'Américain! murmura Bibandier avec admiration.

— Où est-il? demanda Blaise.

— A Paris, mon fils, répliqua Robert. Et je me charge de
lui faire signer tout ce que nous voudrons.

La pendule du salon sonna cinq heures.

Nos trois gentilshommes se levèrent.

— Oh! oh! fit le baron de Bibandier. Le temps passe vite,
quand on est comme cela entre bons camarades. Vous n'avez
plus qu'une heure pour vous habiller, mes garçons.

— Bah! dit Robert, les gens de bon ton se font toujours un
peu attendre.

— Et la voiture que nous devons choisir, en passant aux
Champs-Elysées? reprit Bibandier. Allons! allons! pour une première fois, il ne faut pas arriver trop en retard.

Le jour commençait à tomber : le chevalier de Las Matas et
le comte de Monteïra prirent des bougies pour se retirer dans
leur chambre et procéder à leur toilette.

Une demi-heure après, nos trois seigneurs sortirent de l'hôtel.
Le temps était sec et très froid. Ils gagnèrent à pied les Champs-
Elysées, où ils avaient commandé un équipage.

La nuit se faisait. Les Champs-Elysées étaient déjà presque
déserts. Seulement, au tournant de l'avenue Gabrielle, deux
petites chanteuses des rues s'étaient établies entre deux chandelles, dont le vent tourmentait la flamme fumeuse; elles chantaient des chansons en s'accompagnant de la harpe.

En passant devant elles, Blaise, qui parlait avec action, renversa du pied une des deux chandelles et poursuivit sa route,
sans même donner un regard aux deux pauvres filles, qui avaient
interrompu leur chanson.

Il n'en fut pas de même de Bibandier, qui marchait en avant
et qui se retourna.

A la vue des deux jeunes filles, l'ancien uhlan s'arrêta court,
comme si une main de fer l'eût saisi au collet.

Il était pâle comme un mort.

— Qu'as-tu donc! demanda Robert.

— Rien... rien! balbutia le baron : un éblouissement subit...
J'ai cru que j'allais me trouver mal.

Il poursuivit sa route avec rapidité et comme on prend la fuite.

On entendait les voix tristes et tremblantes des deux pauvres filles, qui continuaient leur chanson pour gagner le pain de la soirée.

XVII

CHANTEUSES DES RUES

Les Champs-Elysées ne ressemblaient guère alors à la bruyante et poudreuse promenade que Paris encombre maintenant chaque soir. On n'avait encore inventé ni Mabile, ni les cafés-musiques, ni le Jardin d'Hiver, ni le Château des Fleurs, ni le Concert Besselièvre. Le gaz ne jetait pas ses lueurs meurtrières à travers les branches desséchées; on y voyait un peu moins, et les arbres se portaient beaucoup mieux : car c'est un terrible voisin que ce gaz étincelant, qui jaunit, dès le printemps, les ormes de nos boulevards; qui change tous les ans, au moins une fois, nos rues en un abîme infect; qui empoisonne la brise tiède égarée le long de nos trottoirs, et qui, de temps à autre, pas trop souvent au dire des capables, fait sauter une maison ou deux, pour prouver qu'il est fort et de bonne qualité.

Çà et là pendaient à leurs cordes tendues quelques réverbères modestes, dessinant, au milieu des ténèbres qui voilaient la chaussée, de petits îlots de lumière.

Quand la nuit tombait, surtout en automne, ces longues allées devenaient désertes. Les bosquets où nos bourgeois, quittant le pas de leurs portes, viennent prendre aujourd'hui le frais, étaient une noire solitude, qui avait, dit-on, ses drames et ses mystères. On y rencontrait beaucoup plus de larrons que dans la forêt de Bondy, et le tronc des grands arbres cachait parfois ces vampires modernes que la frayeur populaire fuyait sous le nom de *piqueurs*.

L'allée Gabrielle, protégée par les factionnaires de l'Elysée-Bourbon, gardait seule quelques promeneurs après la brune; encore était-ce des promeneurs d'une certaine espèce, car les Tuileries, maintenant délaissées, et le Palais-Royal accaparaient la foule. La place Louis XV semblait un large étang, séparant la ville bruyante, bavarde, affairée, du silencieux désert.

Nos deux petites chanteuses étaient bien mal placées là pour faire bonne recette; mais elles n'y étaient pas venues de prime abord, et c'était comme en désespoir de cause qu'elles avaient choisi ce lieu. Après avoir chanté longtemps devant la grille des Tuileries, d'où la bise piquante chassait déjà les oisifs, elles s'étaient souvenues que pendant les beaux soirs de l'été, l'allée Gabrielle leur avait plus d'une fois porté bonheur : elles avaient traversé la place Louis XV à tout hasard.

Depuis une heure elles étaient là, sous un réverbère, entre deux chandelles allumées.

Tant qu'il y avait eu un peu de jour, les bambins des masures voisines s'étaient rassemblés autour d'elles, tantôt pour écouter, tantôt pour crier et se moquer.

Jamais pour donner.

Les passants rares faisaient comme les bambins. Quand un élégant équipage glissait sans bruit sur le sable de l'allée, quelque jeune femme à la toilette riche se penchait à la portière, et laissait tomber sur les deux pauvres filles un regard de ses beaux yeux. Mais c'était tout.

L'équipage filait, rapide, au trot balancé de ses grands normands, et la jeune femme s'adossait de nouveau aux coussins doux de sa voiture.

La tasse restait vide entre les deux chandelles.

Une seule fois, un bel enfant qui rentrait à l'hôtel de sa mère, après avoir joué toute l'après-midi aux Tuileries, s'était approché en souriant. Le fer-blanc de la sébile avait rendu un son métallique. Et l'enfant, joli ange à la longue chevelure d'or, était allé cacher sa tête rieuse dans le sein de sa bonne.

Hélas! ces enfants heureux ne soupçonnent pas le malheur, et sont impitoyables. Les deux pauvres filles regardèrent dans la tasse, et y trouvèrent un caillou, offrande railleuse du blond chérubin.

Les deux jeunes filles n'avaient plus de courage. On devinait des sanglots sous les notes mélancoliques de leur chant. Après chaque couplet, elles s'arrêtaient, abattues et brisées. Puis elles recommençaient avec une résignation si douce, que le cœur le plus froid se fût senti ému de compassion.

Elles étaient à peu près du même âge : dix-huit à dix-neuf ans. La lueur faible du réverbère montraient leurs figures pâles, que la souffrance n'avait pas encore eu le temps de flétrir.

Elles n'avaient, pour elles deux, qu'une seule harpe, dont elles jouaient tour à tour. Leurs costumes étaient propres et gardaient une certaine élégance, parmi des indices trop évidents de pauvreté : c'étaient deux petites robes légères, dessinant la grâce exquise de deux tailles souples et jeunes, mais ne pouvant rien contre le vent glacé de cette soirée d'automne.

Leurs coiffures consistaient en de petits bonnets ronds, collants, qui laissaient échapper à profusion le luxe de leurs beaux cheveux, dont les boucles larges et flexibles tombaient jusque sur leurs épaules demi-nues.

Elles étaient belles toutes deux, délicieusement belles, malgré la souffrance qui inclinait leurs fronts découragés. Et quand, parfois, elles se regardaient en essayant de sourire, il y avait sur leurs jolis visages comme le reflet d'une gaieté enfantine, qui n'était pas bien loin encore.

Mais leurs yeux se baissaient, et il n'y avait bientôt plus de sourire à leurs lèvres.

Au moment où nos trois gentilshommes passaient et où le pied de Blaise renversait une des deux chandelles, l'attention des deux jeunes filles avait été attirée par le geste de Bibandier, qui s'était arrêté court à les regarder.

Mais ç'avait été l'affaire d'un instant. Le baron, entraîné par ses deux compagnons, avait disparu bien vite au détour d'une allée. C'est à peine si les jeunes filles avaient distingué les traits de son visage.

Il y avait de cela une heure. Les chandelles touchaient à leur fin, et la tasse de fer-blanc restait toujours vide. Celle des deux jeunes filles qui tenait la harpe en ce moment laissa tomber ses bras le long de ses flancs.

— Mon Dieu! murmura-t-elle.

L'autre jeune fille s'approcha d'elle et la serra contre son cœur.

— Du courage! ma pauvre Cyprienne, dit-elle; chantons encore une fois : peut-être que la Sainte Vierge aura pitié de nous.

Celle qu'on nommait Cyprienne s'appuya contre le poteau du réverbère, et posa ses deux mains sur sa poitrine.

— Diane, dit-elle en pleurant, je n'ai plus de forces! Souffre-t-on longtemps ainsi avant l'heure de la mort?

Diane toucha son front pâle, qui brûlait. Ses yeux étaient secs; mais on y voyait une sorte d'égarement.

— Si seulement il n'y avait que moi à souffrir! murmura-t-elle en lançant vers le ciel un regard de reproche.

Cyprienne s'accroupit, épuisée, au pied du poteau. Diane revint entre deux chandelles, dont la flamme tremblait, et saisit la harpe avec une sorte d'emportement. Les cordes frémirent sous ses doigts. Dans le silence qui régnait à l'entour, sa voix s'éleva sonore, vibrante et forte, comme un élan de désespoir.

Elle disait un chant de Bretagne aux accents mélancoliques et graves : c'était comme une voix de la patrie, pleurant du fond de l'exil.

Personne n'écoutait, pas une oreille n'était ouverte, aussi loin que le chant pût s'entendre, personne; sinon un pauvre soldat en faction à la grille de l'Elysée-Bourbon.

Cyprienne, immobile et affaissée sur elle-même, était plongée dans une sorte de sommeil.

Et Diane chantait, emportée par sa fièvre. Et le pauvre soldat avait la main sur son cœur : car il était Breton, et il reconnaissait la voix lointaine du pays.

Sans y songer, il avait déposé son fusil auprès de sa guérite, et, comme si une invisible main l'attirait dans la nuit, il s'approchait lentement et désertait son poste.

Pendant que les dernières notes de la chanson s'éteignaient désolées, le soldat se penchait vers Cyprienne immobile, qui ne le voyait point. Il avait à la main les quelques gros sous composant sa fortune. Et sa fortune tout entière tomba sans bruit dans la poche du tablier de la jeune fille, qui n'en eut pas conscience.

Puis le pauvre soldat breton regagna son poste, le cœur léger, les yeux humides.

Diane se taisait; un instant elle resta appuyée sur sa harpe muette. Les lumières jetèrent une dernière lueur et s'éteignirent.

Le regard abattu de Diane parcourut l'allée solitaire.

— C'est fini! murmura-t-elle : viens, Cyprienne!

Elle se chargea de la harpe; les deux jeunes filles descendirent vers la place Louis XV. Leurs pas étaient lents et pénibles. Elles traversèrent la place, puis le pont de la Concorde. Diane soutenait sa sœur par la taille et lui disait :

— On n'a pas du malheur comme cela tous les jours.

— Tu me disais la même chose hier, répliqua Cyprienne, quand nous avions froid et faim dans notre chambre! Oh! Diane! chez nous, en Bretagne, les plus pauvres gens trouvent place au foyer de la ferme. Et quand ils disent : J'ai faim! on leur donne un morceau de pain noir. Du bon pain noir! ajouta-t-elle avec ce ton de sensualité avide que prend le gourmand pour parler du mets préféré; si nous avions seulement un morceau de bon pain noir!

L'eau vint à la bouche de Diane.

— Oh! oui, dit-elle. Nous n'en voulions pas autrefois.

Elle s'arrêta, et mit à terre sa harpe, dont le poids l'accablait.

— Reposons-nous un peu, reprit-elle : je suis bien lasse!

Cyprienne et elle s'assirent, côte à côte, sur le parapet du quai Voltaire.

— Si Roger savait cela! dit Cyprienne : il est riche maintenant... Etienne aussi... Mais peut-être qu'ils nous ont oubliées.

Diane murmura :

— Etienne est un noble cœur.

— Nous sommes si malheureuses! Quand je les vois passer dans leur voiture brillante, toujours gais, toujours rieurs, je me demande ce qu'ils feraient si leurs regards tombaient sur nous, pauvres filles.

— Ils nous reconnaîtraient, ma sœur...

— Peut-être! car nous n'avons encore que deux mois de misère. Mais leur voiture s'arrêterait-elle? les verrions-nous descendre et accourir vers nous?

Diane ne répondit point.

Cyprienne souriait amèrement.

— Chanteuses des rues! murmura-t-elle. J'ai froid jusqu'au fond de mon cœur quand je songe à ce que je souffrirais, si Roger détournait la tête après m'avoir aperçue.

— Il ne le ferait pas! répliqua Diane : je suis sûre de lui comme d'Etienne. Tout notre malheur est de ne pouvoir les joindre!... Si nous nous étions montrées à eux dans la diligence, en arrivant à Paris, notre sort aurait bien changé!

— N'auraient-ils pas dû nous deviner?

— Ils ne savaient rien; ils nous croyaient encore à Penhoël. Oh! ce fut notre première douleur, dans ce Paris où nous devions tant souffrir, quand nous nous vîmes seules au rendez-vous, devant les grandes tours noires de Notre-Dame! Ils ne vinrent pas... Sais-tu, ma sœur? parfois je me dis : S'ils ne vinrent pas, c'est parce qu'ils nous aimaient...

— Dieu le veuille! Mais si nous avions osé, nous aurions pu les retrouver dès ce jour, car leur compagnon de voyage était sur le parvis Notre-Dame, et il nous cherchait, comme nous les cherchions.

Diane fut quelque temps avant de répondre.

— C'est une chose étrange, reprit-elle enfin, comme les traits de cet homme sont restés gravés dans ma mémoire. Il semble que je le vois encore... Quel visage franc et fier! Je n'ai jamais vu d'homme plus beau en ma vie.

— Et comme il nous regardait pendant le voyage! On eût dit qu'il nous connaissait et qu'il nous aimait.

Cyprienne parlait ainsi d'un ton plus calme. En causant, elle oubliait presque sa souffrance; mais à ces derniers mots sa voix faiblit, et Diane, qui la vit chanceler, n'eut que le temps de la soutenir.

— Ce n'est rien, murmura la pauvre enfant. Notre chambre est bien loin encore... et je ne sais pas comment je ferai pour y arriver.

Diane l'attira sur son cœur.

Cyprienne regarda la Seine, qui coulait derrière elle.

— Ce pourrait être notre dernier jour de misère! murmura-t-elle.

Diane couvrit son front de baisers en pleurant.

— Ma sœur! ma petite sœur! dit-elle, je t'en prie, ne parle pas ainsi! Dieu aura pitié de nous, j'en suis sûre. Et laisse-moi te dire ce que je veux faire demain... Jusqu'à présent je n'en ai pas eu la force; mais je ne veux pas que tu meures, ma Cyprienne. Et demain je l'oserai!

— Quoi donc? demanda Cyprienne.

— Tu sais bien qu'ils passent tous les jours aux Champs-Elysées, dans leur voiture. Quand nous sommes sous les arbres, ils ne nous voient pas. Mais demain j'irai me mettre au-devant de leurs chevaux; je les appellerai par leurs noms... et il faudra bien qu'ils nous reconnaissent!

Cyprienne releva la tête.

— J'irai avec toi! dit-elle. Quand nous serons là toutes les deux, nous verrons si notre dernier espoir nous abandonne. Et s'ils ne nous repoussent pas, ma sœur, quelle joie de porter secours à madame et au pauvre Penhoël!

— Et à notre bon père! s'écria Diane. Quelle joie de les sauver! En attendant, reprit-elle tristement, nous n'avons rien à leur donner ce soir!

Elle sauta sur le pavé.

— Mais ce n'est plus qu'un jour d'attente! poursuivit-elle; et l'espoir va nous donner une bonne nuit.

Cyprienne, un peu ranimée, se mit aussi sur ses pieds. Pendant un instant, les deux sœurs se disputèrent le fardeau de la

harpe, et ce fut Diane encore qui s'en chargea. Puis elles conti-
nuèrent de descendre les quais jusqu'à la rue des Petits-Augus-
tins, où elles s'engagèrent.

Plus d'une fois leur pas se ralentit, jusqu'au moment où elles
se signèrent toutes les deux en passant devant le portail de
Saint-Germain des Prés.

Elles étaient arrivées au terme de leur course. Après avoir
tourné l'angle de la place, elles purent voir la maison où se
trouvait la chambre qu'elles habitaient. Cette maison était située
au bout de la rue Sainte-Marguerite, vis-à-vis et un peu au delà
du bâtiment en saillie qui flanque la prison de l'Abbaye.

Comme elles passaient devant le corps de garde, hâtant de
leur mieux leur marche pénible, elles s'arrêtèrent tout à coup
d'un commun mouvement. Leurs mains se joignirent et se ser-
rèrent.

— Oh! fit Diane avec un étonnement profond.

Cyprienne regardait, stupéfaite, une voiture qui venait de
s'arrêter précisément à côté d'elle. Par la portière ouverte de
cette voiture, on apercevait une tête de jeune fille, dont la figure
maladive et pâle s'entourait de longs cheveux blonds.

Le marchepied tomba en même temps que s'ouvrait la porte
de la maison voisine. Une dame descendit de la voiture, et
prêta son aide à la jeune fille malade.

— L'Ange! murmura Cyprienne.

— L'Ange! répéta Diane.

La dame et la jeune fille entrèrent dans la maison. La porte
se referma sur elles, avant que Cyprienne et Diane, immobiles
de surprise, eussent songé à faire un mouvement.

XVIII

LE GRENIER

C'était une chambre petite et presque nue, où se trouvaient
pour tous meubles deux chaises et une couchette en bois blanc.
Dans un coin se voyait une pauvre petite harpe, qui n'était,
hélas! ni peinte, ni sculptée, ni dorée, comme celles du salon
de Penhoël.

Dans la ruelle du lit, au-dessus d'un petit bénitier de verre,
pendait une image de la Vierge.

Diane et Cyprienne venaient de rentrer. Les quatre étages qui séparaient leur chambre de la rue avaient achevé d'épuiser leurs forces. Cyprienne s'était laissée choir sur une chaise; Diane était tombée à genoux devant le lit, et sa tête brûlante se cachait entre ses deux mains.

En ce moment, il n'y avait aucune différence entre les deux jeunes filles : le courage de Diane fléchissait enfin, et son accablement égalait celui de Cyprienne.

Elles ne se parlaient point; un voile était sur leur pensée confuse. Elles se laissaient aller à l'engourdissement du désespoir.

En ce moment de suprême lassitude et d'apathie profonde, elles ne songeaient même pas à la rencontre qu'elles venaient de faire. Il y avait à peine deux ou trois minutes qu'elles avaient vu Blanche de Penhoël, leur cousine aimée, et nulle parole ne s'échangeait entre elles à ce sujet. Elles ne pouvaient plus... Et pourtant, par suite de circonstances que nous connaîtrons bientôt, Diane et Cyprienne étaient à même de mesurer l'importance de cette rencontre fortuite.

Diane et Cyprienne n'ignoraient rien de ce qui s'était passé à Penhoël après la nuit de la Saint-Louis : elles savaient l'enlèvement de l'Ange, l'expulsion des maîtres du manoir et tout ce qui s'y rattachait; elles savaient que madame, brisée de douleur, — madame, qu'elles aimaient si tendrement autrefois! — cherchait sa fille depuis deux mois, courant 'a ville au hasard et arrêtant les passants, comme une pauvre folle, pour leur demander son enfant.

Mais il est des heures où l'âme épuisée reste sourde à toute voix. On dit que, dans les vastes solitudes d'outre-mer, le voyageur, accablé, se couche parfois sur la terre; il reste là, immobile, haletant : il reste, s'il entend au loin la voix menaçante du lion ou du tigre; et si, tout près de lui, sous l'herbe, ce bruit sinistre se fait ouïr qui annonce l'approche du serpent, il reste encore....

Une demi-heure se passa; puis Diane jeta un regard sur sa sœur.

— Tu souffres? dit-elle.

Cyprienne serrait toujours sa poitrine à deux mains. Elle ne répondit pas.

Diane se redressa, galvanisée par un élan de colère. Le sang remonta brusquement à sa joue; elle secoua les masses bouclées de ses beaux cheveux.

— Paris! s'écria-t-elle avec une amertume déchirante; Paris

que nous voyions si beau! Paris où nous allons mourir déses-
pérées! Oh! que de brillants rêves et que de promesses men-
teuses! N'était-ce pas plus que le paradis même? — Du pain,
mon Dieu! du pain!... Faut-il nous châtier si cruellement pour
avoir été aveugles? Sainte Vierge! vous savez bien que, si nous
avons abandonné la maison de notre père, ce n'était pas pour
nous! Sainte Vierge, ayez pitié! Du pain! un peu de pain!

Elle se tordait en une sorte de délire. — Et Cyprienne, morne,
ne prenait point garde.

Il y avait deux jours entiers qu'elles n'avaient mangé.

La veille, elles avaient encore un dernier morceau de pain.
Mais Marthe de Penhoël, son mari et le pauvre oncle Jean souffraient non loin de là d'une misère pareille. C'étaient eux qui, sans
le savoir, avaient mangé le dernier morceau de pain de Diane
et de Cyprienne.

Diane poursuivait, soutenue par sa fièvre :

— Pourquoi ces choses-là sont-elles possibles? pourquoi Dieu
laisse-t-il ces espoirs insensés entrer dans le cœur de deux pauvres
enfants?

Elle eut un rire amer, désolé.

— Te souviens-tu de ce que nous venions chercher à Paris,
ma sœur? dit-elle; sais-tu encore ce que nous voulions gagner
avec nos harpes et nos pauvres chansons? Cinq cent mille francs,
pour reconquérir les biens volés de Penhoël! cinq cent mille
francs!

Sa taille se renversa en arrière, ses mains jointes se levèrent
au ciel.

— Et nous avons dépensé les pièces de six livres du pauvre
Benoît Haligan, reprit-elle; et nous avons vendu l'une après
l'autre nos robes apportées de Penhoël, nos croix d'or que notre
père nous avait données... tout, jusqu'au médaillon où étaient
les cheveux de notre mère! Oh! maudit sois-tu, Paris! je te
déteste!

Cyprienne rendit une plainte faible. Diane s'élança vers elle,
et se mit à genoux à ses pieds.

— Si tu savais comme cela me fait mal! murmura Cyprienne
en se tordant les mains. Cherche... oh! cherche, ma sœur! s'il
y a encore quelque chose à vendre!

Le regard de Diane fit le tour de la chambre.

— Rien! murmura-t-elle désespérée; nous n'avons plus rien!

Elle entoura de ses bras le corps de Cyprienne, comme pour
la défendre contre la torture qui l'accablait. Dans ce mouvement, elle sentit un objet résistant sous l'étoffe légère du tablier
de sa sœur.

— Qu'est-ce que cela? s'écria-t-elle.

Cyprienne, réveillée par cette exclamation, porta la main à la poche de son tablier.

Et aussitôt vous l'eussiez vue bondir sur ses pieds, joyeuse et ranimée.

— De l'argent! de l'argent! s'écria-t-elle. Merci, sainte Vierge! vous avez eu pitié de nous!

— De l'argent! répéta Diane étonnée.

Cyprienne ouvrit la main devant le regard avide de sa sœur. Elles tombèrent dans les bras l'une de l'autre.

Vous ne les auriez point reconnues. C'était la gaieté vive de leurs jours de bonheur. Que le désespoir était loin d'elles! Avaient-elles seulement désespéré?

Leurs joues se coloraient, leurs yeux pétillaient. Elles étaient jolies comme autrefois, quand le plaisir animait leurs gracieux visages, dans le salon de verdure de Penhoël.

Aussi, quel trésor pour elles, qui étaient venues chercher à Paris cinq cent mille francs, afin de racheter le manoir! trois gros sous, glissés dans la poche de Cyprienne par le pauvre soldat breton! un bon grand morceau de pain!

Pauvre soldat, que Dieu vous le rende! Puissiez-vous, quand vous retournerez au pays, trouver votre fiancée fidèle et les bras ouverts de votre vieille mère!

Cyprienne descendit l'escalier quatre à quatre. Diane était seule.

Un instant elle demeura immobile; puis, comme si un souvenir s'était éveillé en elle tout à coup, elle franchit la porte à son tour. La joie vive qui naguère animait son joli visage faisait place à un grave recueillement.

Elle montait un étage, puis deux. Elle se trouva sur un étroit carré, souillé de poussière, sur lequel s'ouvrait la porte d'un grenier vide.

Elle entra dans ce grenier, dont la charpente trouée donnait passage au vent froid du soir et aux rayons de la lune. Une cloison désemparée se trouvait du côté opposé à la porte. Diane s'en approcha sur la pointe des pieds.

Elle colla son œil à l'une des fentes larges et nombreuses qui séparaient les planches. Au delà, il y avait un second grenier à peu près semblable au premier, mais qui était habité.

Point de sièges; un seul matelas par terre, où gisait un veillard pâle comme la mort.

D'un côté du grenier, sur un soliveau vermoulu, un homme à la figure hâve, creuse et comme stupéfiée, s'asseyait auprès d'une bouteille qui semblait vide. Il portait un habit en lambeaux; sa barbe et ses cheveux gris se mêlaient. Il appuyait ses deux coudes sur ses genoux maigres, et sa tête était entre ses mains. A l'autre bout de la misérable chambre, une femme s'asseyait sur le sol même, ses cheveux noirs dénoués entouraient un visage qui avait la blancheur et l'immobilité du marbre. Elle regardait devant elle d'un œil fixe et sans pensée. On voyait sur ses traits réguliers une douleur si poignante que le cœur en restait navré.

Le vieillard couché sur le matelas était le père Géraud, ancien aubergiste du *Mouton couronné;* la femme accroupie à terre était madame Marthe; l'homme à la barbe grise, assis sur le soliveau, se nommait René, vicomte de Penhoël.

Le temps avait fait de la cloison une véritable clairevoie : elle n'empêchait pas plus d'entendre que de voir. Chaque jour, Diane et Cyprienne venaient là au moins une fois.

Elles ne se découvraient point, parce qu'elles eussent été forcées d'avouer qu'elles faisaient, elles, filles de Penhoël, le métier de chanteuses des rues; parce qu'on les aurait peut-être retenues, et qu'il leur eût fallu renoncer à leurs chimériques espoirs. Mais elles se sentaient moins seules et moins abandonnées, lorsqu'elles avaient rendu leur pieuse visite aux anciens maîtres du manoir.

Ces visites, d'ailleurs, étaient autre chose qu'un culte stérile. Les Penhoël vivaient là depuis deux mois, bien qu'ils fussent dépourvus de toute ressource; ils vivaient, uniquement grâce aux deux jeunes filles.

Le malheur semble s'acharner sur les vaincus. Le pauvre aubergiste de Redon avait tout quitté pour suivre ses anciens maître et les servir. Il s'était dit : « Je travaillerai; dans ce grand Paris je trouverai bien de l'ouvrage. » Mais, au lieu de venir en aide à la famille, il se trouvait peser lourdement sur elle : car, dès les premières semaines, le père Géraud était tombé malade d'un excès de travail, et depuis lors il n'avait pu se relever.

Quant au bon oncle Jean, il avait caché sa croix de Saint-Louis, et passait ses jours entiers à parcourir la ville, demandant partout de l'emploi, n'importe quel emploi, et n'en pouvant trouver nulle part.

Marthe et son mari n'essayaient même pas. Madame se courbait, anéantie, sous le poids de sa douleur de mère. Elle n'avait plus ni volonté ni force. Parfois elle restait du matin au soir accroupie dans la poussière, à l'endroit où nous la voyons main-

tenant, sans bouger, sans parler. D'autre fois, elle sortait furti-
vement dès l'aube : c'était pour aller au loin, dans Paris inconnu.
tant que ses pauvres jambes pouvaient la porter; c'était pour
chercher sa fille.

Les gens du quartier la regardaient comme une folle.

René, lui, buvait le plus qu'il pouvait. Dès qu'il n'avait plus
de quoi boire, il tombait dans une apathie morne.

Il passait des semaines sans qu'une parole sortit de ses lèvres.

Chaque soir, il quittait son soliveau, et allait disputer au
vieux Géraud malade une part de son matelas.

Marthe et l'oncle Jean couchaient sur la terre.

Tant qu'il était resté un peu d'argent à Diane et à Cyprienne,
elles avaient fait passer chaque jour leur petite offrande par
les trous de la cloison. Plus tard, ç'avait été du pain, le pain
dont elles manquaient elles-mêmes!

Telle était l'atonie profonde ou s'engourdissaient les pauvres
hôtes du grenier qu'ils ne songeaient point à chercher la source
de cette mystérieuse aumône. Penhoël se jetait sur le pain comme
une brute affamée. Ce qu'il laissait prolongeait l'agonie de sa
femme et du père Géraud.

L'oncle Jean vivait on ne savait comment. Jamais il ne
diminuait la part de ses compagnons d'infortune.

Quand l'offrande arrivait, à l'heure ordinaire, la voix de
madame s'élevait parfois pour bénir le bienfaiteur invisible. Les
deux jeunes filles, alors, baisaient en pleurant la cloison qui les
séparait de Marthe. Leur cœur battait bien fort, car elles n'avaient
rien perdu de cette ardente tendresse qu'elles portaient jadis à
madame. Elles étaient obligées de s'enfuir, pour ne point s'élan-
cer vers elle et se coucher à ses genoux.

Le silence régnait presque toujours dans la triste demeure,
un silence lugubre, interrompu seulement par les plaintes du
malade. Parfois pourtant, vers le soir, madame causait à voix
bassse avec l'oncle Jean. Dans ces occasions, elle venait vers la
cloison pour s'éloigner de son mari. C'était ainsi que Cyprienne
et Diane avaient appris les affaires de Penhoël : elles savaient
dans ses plus petits détails la monotone histoire de l'exil, les
regrets amers, les espoirs déçus, la longue torture; elles connaissaient même le terme fatal après lequel il ne serait plus possible
de rentrer dans la possession du manoir.

Mais les pauvres filles avaient perdu leurs illusions folles.
Qu'importait le terme maintenant?

Diane était derrière la cloison, regardant, le cœur gros, cette
scène de désolation muette et morne. Une porte, qui se trouvait

au pied du matelas, s'ouvrit en criant sur ses gonds faussés, et la tête blanche de Jean de Penhoël se montra sur le seuil.

Il était moins changé que les autres. C'était bien toujours ce visage vénérable et doux jusqu'à la faiblesse. Il portait le même costume qu'autrefois; seulement sa veste de paysan était bien usée, et le ruban de Saint-Louis ne pendait plus à sa boutonnière. Il traversa le grenier d'un pas lent. Le bruit de ses sabots s'étouffait sur la poussière épaisse.

— Bonsoir, mon neveu! dit-il en tendant la main à René.

René leva sur lui son regard pesant et privé de pensée.

— Bonsoir! grommela-t-il. Je n'ai plus d'eau-de-vie.

Il montra du doigt la bouteille vide, qui était auprès de lui sur le soliveau. L'oncle Jean fit comme s'il n'avait pas entendu, et gagna le lit du malade.

Penhoël grondait entre ses dents :

— Ils m'ont mis là! tous deux! tous deux! mon frère et ma femme!

— Eh bien! mon vieux Géraud, dit l'oncle, comment ça va-t-il ce soir?

Géraud fit un effort pour se soulever sur le matelas.

— Que Dieu vous bénisse, Jean de Penhoël! répliqua-t-il d'une voix épuisée. La fièvre me tient bien fort. Ah! si je m'en allais, ce serait pour le mieux, car je ne pourrai pas travailler de longtemps.

— Vous vous guérirez, mon brave ami, et nous verrons tous ensemble de meilleurs jours.

— Je ne sais pas, dit le vieil aubergiste; je ne sais pas, monsieur Jean!

Il se laissa retomber sur sa couche. L'oncle en sabots se dirigea vers le coin où Marthe était assise. Il se pencha vers elle et prit sa main, qu'il baisa. Dans ce mouvement il mettait, à son insu, un reste de cette grâce noble dont les vieux gentilshommes emportent le secret. Cela faisait péniblement contraste avec la repoussante misère du grenier.

— Bonsoir, Marthe! dit le vieillard doucement.

Madame répondit par un signe de tête.

— Ma pauvre fille! reprit l'oncle, il me semble que vous êtes plus pâle encore qu'hier au soir.

Marthe essaya de sourire.

— Mon Dieu! reprit l'oncle, dont les grands yeux bleus se levaient au ciel avec une résignation douloureuse, je fais pourtant ce que je puis! Ce sont mes cheveux blancs qui les arrêtent. J'ai beau leur dire : Voyez mes bras, je suis vigoureux encore;

on me répond : Il est temps de vous reposer, mon vieux. Me
reposer! quand ma pauvre belle Marthe souffre!

Il essuya son front où il avait de la sueur.

— Je suis bien las, ma fille, reprit-il. Paris est grand, et
je n'ai pas pris un seul instant de repos toute cette journée.
Sais-je à combien de portes j'ai frappé? Partout où je me pré-
sentais, je disais : Donnez-moi de l'ouvrage; je ne demande pas
à choisir la besogne, je ferai ce que vous voudrez!

— Pauvre père! pensait Diane, qui écoutait les larmes aux
yeux.

— Je ne demande pas un gros salaire, poursuivit Jean de
Penhoël : quand j'aurai bien travaillé, vous me donnerez ce que
vous voudrez. La porte se refermait avant que j'eusse fini, ou
bien on me demandait :

— Brave homme, que savez-vous faire?

— Mon Dieu! autrefois je savais monter à cheval, porter
le mousquet et manier l'épée. Je n'ai jamais été obligé d'apprendre d'autre métier, grâce au pain que me donnait Penhoël. Et
maintenant que Penhoël n'a plus de pain, je ne peux pas lui
en donner, moi! — Je répondais : Je sais bêcher la terre des
jardins, porter des fardeaux, balayer les écuries. Ayez pitié!
Faites-moi le valet de vos serviteurs!

— Non, non, la même parole toujours! Dans cet immense
Paris où tant d'or se prodigue, quand on est pauvre et qu'on a
les cheveux blancs, il faut donc se coucher sur la terre et attendre
la mort!

Diane collait son oreille aux planches; elle sanglotait tout
bas. Marthe de Penhoël restait froide, et semblait saisir à peine
le sens de ces paroles désolées. L'oncle Jean s'assit auprès d'elle
et prit ses mains, qu'il serra tendrement dans les siennes.

— Et pourtant, continua-t-il en retrouvant son mélancolique
sourire, j'ai tort de murmurer, car aujourd'hui Dieu m'a envoyé
un espoir. Marthe... si le pauvre vieillard pouvait vous secourir!

Il baissa la voix comme pour faire une confidence.

— Ecoutez! reprit-il, je crois bien que nous ne serons pas
longtemps malheureux désormais. Comme je revenais ce soir,
harassé de fatigue et le découragement dans l'âme, j'ai entendu,
par la fenêtre ouverte d'un rez-de-chaussée, un bruit bien connu
à mon oreille, des fleurets qui se choquaient, et le coup de fouet
de la sandale claquant contre le sol. J'étais auprès d'une salle
d'armes. Autrefois, du temps de ma jeunesse, je faisais un fier
tireur, ma petite Marthe! c'est moi qui donnai des leçons à notre
Louis, la plus forte lame de Bretagne!

A ce nom de Louis, le regard de madame eut un rayonnement soudain et fugitif. Jean de Penhoël continua sans prendre garde :

— Comme il se tenait sous les armes! Il me semble le voir encore ferme, sur ses jarrets d'acier, vif à l'attaque, prompt à la parade. Ah! il était devenu plus fort que son maître, le cher enfant!... Mais parlons de nous, ma fille. Je suis entré dans la salle. Ils étaient là une vingtaine de jeunes gens prenant leçon ou faisant assaut. Moi qui ai vu Saint-Georges, Fabien et la Boessière, je puis bien dire cela : on ne se bat plus comme autrefois; les belles manières sont perdues!

Son beau sourire se teignit d'un peu d'ironie.

— Vraiment! s'écria-t-il emporté par une distraction soudaine, ces beaux messieurs d'à-présent sont incroyables! Si vous les voyiez, Marthe, saluer négligemment et tirer le mur comme par manière d'acquit, cela vous ferait pitié, ma pauvre fille! Plus de grâce! une tenue gauche et en même temps fanfaronne! A les voir courir, souffler, crier, se fendre comme des compas pour se donner au hasard quelques méchants coups de fleuret dans les cuisses, on dirait une douzaine de paires de boutiquiers qui se battent avec leurs aunes!

L'oncle en sabots eut un petit rire sec et décidément moqueur. Puis tout à coup sa figure redevint grave.

— A qui vais-je parler de cela? Et devrais-je censurer, moi qui demande l'aumône? Je me suis approché du maître, — du *professeur*, comme on les appelle maintenant, — et je lui ai dit en rassemblant tout mon courage : Monsieur, avez-vous besoin d'un prévôt pour votre salle?

Le professeur m'a toisé d'un regard dédaigneux.

— Est-ce qu'on faisait des armes avant le déluge? m'a-t-il demandé.

Toujours mes malheureux cheveux blancs;

— Je pense bien que l'art a fait des progrès, ai-je répondu; et, sous votre direction savante...

— Mon vieux, on n'apprend plus rien à votre âge.

Je m'en allais tristement, lorsqu'il se ravisa pour mon bonheur.

— Au fait, dit-il, je n'aime pas à renvoyer comme ça les pauvres diables. J'ai besoin de quelqu'un pour balayer la salle, moucheter les fleurets et mettre tout en ordre. Vingt francs par mois, l'ancien, ça vous va-t-il?

— Si cela m'allait, ma pauvre petite Marthe! vingt francs par mois! Comme je l'ai remercié! Et j'entre en fonctions dans huit jours. Entends-tu bien? nous n'avons plus qu'une semaine de misère!

Le pauvre oncle Jean ne se possédait pas de joie.

— Eh bien! reprit-il, voyant que Marthe ne répondait pas, vous ne dites rien, ma fille?

Marthe secoua la tête.

— Huit jours! murmura-t-elle d'un ton si bas que Diane ne put l'entendre à travers la cloison, c'est bien long!... c'est trop long!

Et comme l'oncle Jean l'interrogeait du regard, elle ajouta :

— La main qui nous jetait chaque soir un morceau de pain, s'est lassée sans doute...

Elle n'acheva point sa pensée, mais ses deux mains touchèrent sa poitrine.

La tête du vieillard se pencha vers la terre.

Diane n'avait rien entendu de ces dernières paroles; mais elle avait vu le geste de Marthe, et cela suffisait.

Elle s'élança tremblante d'émotion. En trois sauts elle eut regagné sa chambre, où Cyprienne rentrait à ce moment, tout essoufflée. Cyprienne, joyeuse et consolée, mordait à belles dents un gros morceau de pain qu'elle rapportait.

— Ils souffrent là-haut... dit Diane. Madame a faim!

Les dents de Cyprienne, qui venaient de rompre avidement la croûte appétisante et dorée, lâchèrent prise aussitôt.

— Et moi qui ne pensais pas! s'écria-t-elle. Vite, ma sœur! Heureusement que je ne leur ai pris qu'une bouchée!

Elles remontèrent, lestes comme des sylphides, les marches vermoulues des deux derniers étages; et, l'instant d'après, le pain, glissant entre deux planches, tomba sur le sol poudreux du grenier.

Marthe poussa un cri de soulagement.

Les deux jeunes filles la regardaient manger. Elles souriaient toutes deux.

— Ma sœur, disait Cyprienne, à voir cela on n'a plus faim.

XIX

MADAME COCARDE

Il y avait cinq minutes que Diane et Cyprienne étaient ren·
trées dans leur chambre, dont la porte restait entr'ouverte. Elles
étaient agenouillées toutes deux côte à côte devant l'image de
la Vierge collée au mur, dans la ruelle du petit lit; elles disaient
ensemble leur prière du soir.

Quand elles eurent achevé, Diane ajouta d'un ton simple.
qui révélait l'habitude de chaque jour :

— Sainte Marie, mère de Dieu, intercédez auprès de Jésus
afin qu'il nous envoie cinq cent mille francs, pour racheter les
biens de Penhoël.

— Ainsi soit-il! répondit Cyprienne.

Pauvres enfants!

Elles restèrent un instant agenouillées et priant tout bas.
Parmi les paroles que leur cœur prononçait, à défaut de leur
bouche muette, on eût trouvé sans doute les noms d'Etienne et
de Roger...

Tout à coup, elles se levèrent, tressaillant. La porte entr'ou·
verte de leur chambre avait crié, en même temps qu'on y frap·
pait trois coups discrets.

— C'est moi, madame Cocarde! dit, sur le palier, une voix
chevrotante, mais flûtée, sucrée et gardant évidemment des pré·
tentions à la douceur. Etes-vous couchées, mes tourterelles?

— Pas encore, répondit Diane; cependant, il est bien tard!

— Mais non! mon ange d'amour, repartit la voix sucrée,
cassée, etc.; pas encore neuf heures à ma montre, qui va comme
l'hôtel de ville. Ah ça! on peut entrer, je pense? Pauvres
mignonnes comme elles étaient jolies ainsi à genoux et disant
leurs petites drôleries de prières!

En 1820, les dames du genre de madame Cocarde étaient païennes comme une chanson de Béranger. De nos jours, revenues à des sentiments meilleurs, elles ont des croix d'argent doré à leur ceinture et une chaise à coussins de velours rouge dans la nef folâtre de Notre-Dame de Lorette.

Madame Cocarde entra tout doucement, et referma la porte.

C'était une petite femme pâlotte et blonde, aux traits courts, un peu effacés, aux grands yeux d'un bleu délayé, tendre, comme on dit, craignant la lumière, et cernés d'un cercle gris, empruntant cette couleur à une myriade de rides imperceptibles. Elle souriait d'une assez gentille façon. Sa taille, bien prise dans une robe de chambre de taffetas nankin, paraissait rondelette et potelée. De loin, un myope l'eût prise assurément pour une de ces jolies femmes arrivées à la trentaine, qui conservent des allures enfantines et mignardes un peu au delà de l'âge convenable.

Mais de près l'aspect changeait notablement : sa figure était comme sa voix, quelque chose de flétri et d'usé; c'était une ruine à grand'peine replâtrée, et que toutes les réparations du monde ne pouvaient empêcher d'être une ruine.

Non pas que madame Cocarde eût dépassé de beaucoup la trentaine. Parmi des signes d'une vieillesse précoce, elle gardait certains indices qui parlaient encore de jeunesse. Madame Cocarde avait probablement vécu à grande vitesse.

On se fait ainsi parfois une position bien honnête. Madame Cocarde avait l'estime de son quartier. Elle possédait des rentes; elle était principale locataire des trois derniers étages de la maison où nous sommes. On ne faisait point de bruit chez elle. Et, bien que certaines langues méchantes se permissent un narquois sourire en parlant du genre d'affaires auxquelles se livrait madame Cocarde, tout ce qui vendait vin, sucre, café, viande ou légumes, de la rue Sainte-Marguerite, la déclarait une femme comme il faut.

Madame Cocarde traversa la chambre d'un pas sautillant, et vint s'asseoir à côté du lit, en ayant soin de tourner le dos à la lumière. Cyprienne et Diane restaient debout. Il était facile de voir que cette visite attardée ne leur faisait point un plaisir infini; mais on pouvait deviner également qu'elles avaient intérêt à ménager la visiteuse. Madame Cocarde souriait et les caressait du regard.

— Ça va bien à de petits chérubins comme vous, d'être dévotes, reprit-elle quand elle fut assise : le bon Dieu, la bonne Vierge, les bons anges gardiens! Moi aussi, je croyais à tout cela quand j'étais petite fille. Ah! mes pauvres belles! lorsqu'on arrive à vingt-cinq ans... vingt-six ans... ces enfantillages-là sont déjà bien loin, et l'on songe à des choses plus sérieuses!

Elle fourra ses deux mains dans les poches de sa douillette.

— Savez-vous qu'il fait frais chez vous? reprit-elle en se pelotonnant sur elle-même avec un mouvement frileux. Il y a déjà six semaines que je fais du feu, moi. Je sais bien qu'il y a la différence des situations; mais c'est égal, mes anges, vous devriez avoir un petit poêle à allumer le soir en rentrant.

— Nous verrons, dit Diane, quand l'hiver sera venu.

— C'est qu'il vient, ma pauvre biche; il approche à grands pas! Moi qui vous parle, j'ai mis mes robes d'été dans l'armoire. Et je trouve que les jupons ouatés ne sont pas de trop.

Elle toucha l'étoffe de la robe de Cyprienne, qui se trouvait le plus près d'elle.

— De l'indienne! s'écria-t-elle; et encore de la petite indienne! Mes chers cœurs, comme vous devez grelotter avec ça!

La principale vertu de Cyprienne n'était point la patience.

— Mon Dieu! madame, dit-elle en reprenant sa robe avec un geste brusque, nous faisons comme nous pouvons, et nous ne nous plaignons pas!

— Est-ce que je vous aurais fâchée, ma perle? demanda madame Cocarde, dont la voix flûtée prit des accents plus doucereux encore. Je ne me le pardonnerais pas, car je vous aime de tout mon cœur. Voyez-vous, c'est dans votre intérêt que je parle. Un rhume est bien vite gagné; puis vient la fluxion de poitrine. Mes petits enfants, je sais bien qu'il y a la différence des situations. Je ne vous dis pas de mettre des robes de soie, comme moi; mais de bons corsages en laine bien doublés, voilà ce que je voudrais vous voir!

Elle sortit de sa poche un petit couteau d'écaille un plus long qu'une épingle, et s'en servit en guise de cure-dent.

— Il n'y a rien d'ennuyeux comme des cuisses de bécasse pour rester comme cela entre les dents! poursuivit-elle sans ponctuer par le moindre silence son intrépide bavardage. Aimez-vous la bécasse, mes amours? Je crois bien que vous ne connaissez pas cela. C'est un gibier qui coûte toujours assez cher; mais, Dieu merci! ma situation me permet de ne pas trop regarder à la dépense. Asseyez-vous donc sur votre lit, mes belles, car il n'y a plus qu'une chaise. Vraiment, pour bien peu de choses, vous pourriez avoir un joli petit mobilier. Je ne vous parle pas d'acheter des meubles comme les miens... la différence des situations... mais enfin...

— **Madame**, interrompit Diane, ce que nous avons nous
suffit.

— A la bonne heure, mes trésors! s'écria Mme Cocarde : on
peut dire que vous n'êtes pas difficiles à contenter... Mais, si vous
ne vous asseyez pas, je croirai que vous voulez me renvoyer.

Manifestement, Mme Cocarde avait le droit, en effet, de croire
cela, car les deux jeunes filles demeuraient devant elle muettes,
froides, embarrassées. Néanmoins elles obéirent à ce dernier
appel, et prirent place toutes deux sur le pied du lit avec une
politesse contrainte. Mme Cocarde était, comme nous l'avons dit,
principale locataire des derniers étages de la maison, et, grâce
à l'intercession des deux sœurs, elle consentait à ne point chasser
les Penhoël de leur misérable grenier.

C'était là tout le secret de la déférence que lui montraient
Diane et Cyprienne.

— Bien, mes petits enfants! reprit-elle. Comme cela, au
moins, on peut causer à son aise. J'ai beau avoir les dents bien
rangées, ces coquines de bécasses ont des petits nerfs qui entrent
partout! Et puis, c'est peut-être une arête, car j'ai mangé du
poisson. Ah! mes enfants, l'excellent dîner que j'ai fait! Il faut
que je vous en conte le menu : un potage aux tortues délicieux;
pour relevé, un bar au court-bouillon; pour entrée, une blan-
quette de volaille, que mon cordon-bleu réussit toujours à merveille; pour rôti, cette scélérate de bécasse; après cela, une crème
à la vanille, un raisin et mon café. Je n'ai jamais mieux dîné de
ma vie.

Pendant cette complaisante énumération, Diane et Cyprienne
avaient les yeux baissés. On rouvrait en quelque sorte leur plaie
vive; on appuyait le doigt brutalement sur cette intolérable souffrance, la faim, qu'elles essayaient en vain d'oublier. Madame
Cocarde les lorgnait par-dessous sa paupière clignotante.

— Je ne suis pas ce qui s'appelle une gourmande, poursuivit-
elle; mais j'avais déjeuné plus matin qu'à l'ordinaire... et
c'est si bon de manger quand on a grand'faim!

Cyprienne poussa un gros soupir. Chacune de ces paroles dou-
blait les déchirants élancements qui tiraillaient son estomac vide.
Diane souffrait autant que sa sœur; mais elle restait forte comme
toujours, et aucun signe de malaise ne paraissait sur son visage.

— Et vous, mes belles? reprit gaiement madame Cocarde,
comment avons-nous dîné aujourd'hui? Je m'intéresse à cela,
moi, parce que je vous aime.

Les deux jeunes filles ne répondirent point. Sous la paupière
brûlante de Cyprienne, il y avait une larme d'angoisse.

— Eh bien? continua la principale locataire, on ne veut donc pas me dire ses petits secrets de ménage? On a honte peut-être? Mon Dieu! mes anges, je fais la part des différences de situation. Je pense bien que vous ne vivez pas d'ortolans. Tenez, voulez-vous que je vous dise, moi, ce que vous avez mangé aujourd'hui : une bonne soupe, un bœuf aux choux et du fromage.

Pour la faim mortelle des deux pauvres filles, ce simple menu était plus appétissant mille fois que la carte recherchée du dîner de madame Cocarde.

— Mon Dieu! mon Dieu! fit tout bas Cyprienne.

Le rouge monta au visage de Diane.

— Vous avez deviné à peu près, madame, dit-elle; mais je vous le répète... nous sommes contentes de ce que nous avons.

— Voilà de la vraie philosophie, mon ange! Eh bien! moi, je suis désolée... désolée de voir de charmantes filles comme vous dans la misère.

— Madame!

— Pas de colère, mon enfant! Se montrer orgueilleuse vis-à-vis d'une véritable amie, c'est avoir un mauvais cœur. Fâchez-vous tant que vous voudrez, du reste : vous ne m'empêcherez pas de dire ce que je pense. J'ai le cœur serré, voyez-vous, chaque fois que j'entre dans cette chambre. Deux pauvres chaises, un grabat; cette harpe, qui est seule maintenant, parce que vous avez vendu l'autre, je parie...

— Madame! dit encore Diane.

La principale locataire prit ses deux mains, qu'elle joignit avec celles de Cyprienne :

— Je vous dis que je vous aime, mes pauvres enfants! prononça-t-elle d'un accent pénétré : ayez confiance en moi. Je suis plus vieille que vous : laissez-moi vous sauver.

Ce n'était pas la première fois que madame Cocarde parlait ainsi. Diane et Cyprienne avaient leurs raisons pour suspecter la franchise de ses paroles; et pourtant, telle est la confiance de cet âge, que les deux jeunes filles relevèrent sur la principale locataire leurs regards émus et presque crédules.

— Des robes d'indienne en plein hiver! reprit madame Cocarde, pas de feu! à peine une misérable chandelle!... et, pour soutenir ces jolis corps si délicats, si charmants, une nourriture grossière!... peut-être insuffisante!

Elle sentit frémir la main de Cyprienne.

— N'est-ce pas? poursuivit-elle, insuffisante?

— Oh! murmura Cyprienne, par grâce, ne nous parlez plus de tout cela, madame : si vous saviez ce que je souffre!

— Hein! fit madame Cocarde avec curiosité.

Diane regarda sa sœur à la dérobée; son front devint pourpre; elle releva les yeux sur madame Cocarde et dit à voix basse :

— Elle souffre, parce qu'il y a deux jours qu'elle n'a mangé.

— Deux jours! répéta froidement la petite femme. Moi qui ai mal à l'estomac quand j'oublie mon second déjeuner! C'est bien long!

Elle retira sa main pour la replonger dans la poche de sa douillette.

— Deux jours! répéta-t-elle encore, mais cette fois avec lenteur et comme en faisant un retour sur elle-même. Moi aussi... ces choses-là ne s'oublient pas —! moi aussi, j'ai été deux jours sans manger. Bon Dieu! mes filles, tout le monde a passé par là... C'est le coup d'éperon qui force à faire le premier pas... et je vous promets que les autres pas ne coûtent guère...

Cette froideur subite refoulait l'émotion des deux jeunes filles, et Diane regrettait déjà son aveu.

— Oh! oh! continua la petite femme en suivant le cours de ses réflexions; je savais bien que vous n'étiez pas millionnaires! mais deux jours sans manger! Ah ça! le métier ne va donc pas du tout, du tout?

Comme Diane ne répondait point, madame Cocarde tourna les yeux vers elle et changea brusquement de visage. Sa froideur disparut pour faire place à cette douceur mielleuse et riante qu'elle savait donner à sa physionomie.

— Vous me voyez anéantie, mes beaux anges, dit-elle. Comment! si près de moi! de moi qui vous porte un intérêt si véritable! Mais vous ne vous souvenez donc plus de ce que je vous ai dit dans le temps?

La voix de Diane prit un accent hautain et sévère :

— Nous avons tâché de l'oublier, madame, répliqua-t-elle.

— Comme vous êtes ravissante ainsi, mon ange! s'écria madame Cocarde, qui la regardait avec une sincère admiration : la fierté vous sied comme à une reine! Ah! que je voudrais jeter au feu cette petite robe qui m'impatiente, et mettre à la place de la soie, du velours, des dentelles! Ce serait si facile! et vous me remercieriez tant lorsque vous seriez devenues plus raisonnables!

Diane, le front haut, les yeux baissés, les joues en feu, était belle, en effet, belle comme l'orgueil de la pudeur.

— Nous sommes obligées de nous lever dès le matin, madame, dit-elle, et voilà qu'il est bien tard.

— C'est-à-dire que vous me chassez! s'écria la petite femme, moi, votre meilleure amie! Et pourquoi?... Parce que je veux changer votre misère en bonheur...

Elle se leva, et ajouta sans s'éloigner encore :

— Souvenez-vous de ce que je vous dis là! je vous promets que vous vous mordrez les doigts, mes poulettes, à cause de votre conduite de ce soir. Qui refuse, muse! On n'attendra pas ces demoiselles jusqu'à la fin du monde. Ah! mon Dieu! comme si on ne savait pas ça par cœur! On se rebiffe; on fait la petite rageuse; on rejette bien loin la fortune, puis on se lasse, — je dis les plus fières! Et telle qui a repoussé tout l'or de la terre, des bijoux, des toilettes, des rentes... une situation, quoi! prononça madame Cocarde avec emphase, se laisse prendre par un artiste ou un va-nu-pieds!

— Diane fronça le sourcil, madame Cocarde haussa les épaules et se dirigea vers la porte.

— Voilà comme ça se joue! grommela-t-elle en levant les yeux au plafond. Quand je pense que ces petites se laissent mourir de faim auprès de la soupière pleine! car je vous le dis encore, quoique ce soit conscience de jeter des perles... je m'entends bien! si vous vouliez, demain vous auriez équipage!

Point de réponse. Diane releva l'oreiller du lit pour faire la couverture. Les yeux tendres et clignotants de madame Cocarde eurent un éclair, et sa bouche pincée fit une grimace méchante.

— Equipage, mademoiselle Diane, répéta-t-elle, vous qui n'avez plus de souliers... entendez-vous?

Ceci fut dit avec une explosion d'aigreur et de malice. La petite femme mettait bas décidément son masque doucereux, pour lâcher la bride à sa langue barbelée, mauvaise, griffue comme la patte d'un chat en colère.

Elle avait encore deux ou trois pas à faire pour atteindre la porte. On allait en entendre de belles.

La pauvre Cyprienne n'écoutait plus. Diane, elle, avait laissé la couverture à moitié faite. Sa tête se penchait sur son épaule. Un sourire étrange errait autour de sa lèvre. Son front était pensif, et ses grands yeux, perdant leurs regards superbes, étaient devenus tout à coup rêveurs.

— Entendez-vous? reprit madame Cocarde, exaspérée par le sourire de la jeune fille : vous attendrez longtemps une occasion pareille. Je me serais fait fort de vous obtenir, moi, tout ce que vous auriez voulu. Trente bonnes mille livres de rente! Dites donc, avez-vous l'argent de votre mois pour me payer? Ah! ah! j'ai été trop bonne avec vous! Demain soir, foi d'honnête femme, les gens du grenier iront coucher dans la rue!

Diane restait immobile. A la voir, on eût dit que toutes ces paroles insultantes ne lui étaient point adressées. A ces derniers mots, pourtant, elle se tourna vers madame Cocarde avec lenteur.

La principale locataire, qui crut à une attaque, mit le poing sur la hanche d'un air intrépide; mais ses bras tombèrent lorsqu'elle entendit la jeune fille lui demander froidement :

— Combien faut-il d'argent pour faire trente mille livres de rentes?

— Comment dites-vous, mon cœur? balbutia madame Cocarde, combien il faut d'argent? en capital?

— Oui.

— Six cent mille francs, au denier vingt.

— Six cent mille francs! répéta Diane en regardant sa sœur à la dérobée.

La petite femme se rapprochait.

— Est-ce que nous allons être gentilles? murmura-t-elle avec un retour subit de caressante douceur.

Diane dit d'un ton tranquille :

— Cet homme que vous m'avez déjà dit nous avoir demandées, — pourrait-on aller chez lui ce soir?

Madame Cocarde recula d'un pas, et Cyprienne releva 'a tête en sursaut pour jeter à sa sœur un regard stupéfait. Elle se croyait le jouet d'un rêve. Il n'y avait pas la moindre trace d'émotion sur le beau visage de Diane.

— Peste! fit la petite femme : ce soir! Ah çà! mignonne, vous vous êtes joliment moquées de moi!

— Diane! prononça tout bas Cyprienne.

Diane lui imposa silence d'un geste glacé.

— Je vous demande, dit-elle en s'adressant à la principale locataire, qu'elle regardait en face, si on peut aller chez cet homme ce soir.

— Mais... balbutia madame Cocarde... sans doute.

Elle ajouta en aparté :

— Au fait, c'est lui qui les a dénichées! Mais, tudieu! il paraît que les petits anges savent bien ce que parler veut dire!

— Tout de suite, mon séraphin! reprit-elle en souriant à Diane, et je vous promets que vous serez bien reçues... et que vous trouverez là un souper tout servi!

— C'est bon, dit Diane. Voulez-vous nous y conduire?

— Oh! ma sœur! fit Cyprienne en joignant les mains.

— Si je le veux! s'écria la petite femme. Je passe un châle, je mets un chapeau, et j'envoie chercher une voiture. Attendez-moi : je suis à vous dans deux minutes.

Elle sortit en courant. Les deux jeunes filles restèrent seules. Cyprienne regardait sa sœur avec de grands yeux ébahis, et ne pouvait point trouver de paroles pour l'interroger. Diane était immobile, la taille droite, les bras croisés sur sa poitrine.

— Six cent mille francs! dit-elle enfin... de quoi racheter Penhoël!

— Oh! mon Dieu! fit Cyprienne.

— Ecoute! reprit Diane, pendant que tu allais acheter du pain, j'étais là-haut, et je les voyais souffrir! Comme madame est changée! Ses yeux n'ont plus de larmes... Et notre vieux père qui va chaque jour de porte en porte, repoussé partout, abreuvé partout d'injures et de mépris!

Cyprienne pleurait.

— C'est vrai! c'est vrai! dit-elle parmi ses larmes; mais la honte!

Diane la prit entre ses bras et la couvrit d'un regard de mère.

— Tu as raison, pauvre enfant! murmura-t-elle; mais, crois-moi, je ne veux point offenser Dieu. Toi, ne viens pas, car c'est encore un combat... et si l'on échoue, cette fois, il faudra bien mourir.

— J'irai, dit Cyprienne (1).

FIN DE L'AVENTURIER

(1) L'épisode qui fait suite et termine ce roman est intitulé :

LES FILLES DE PENHOEL

Paris. — Imp. d'Éditions, 9, rue Edouard-Jacques. 11-27.